8

어서 오세요
실력
지상주의
교실에

어서 오세요 실력지상주의교실에   키누가사 쇼고 지음
토모세 슌사쿠 일러스트
조민정 옮김

아사히나 나즈나

나구모와 관련된 2학년
A반 학생.

나구모 미야비

2학년 A반 대표. 새로
운 학생회장으로,
행동과 언동이
도발적이다.

키리야마 이쿠토

2학년 B반, 학생회 부회장.
나구모에게 져서 반은 B반
으로 떨어졌지만 그대로 학
생회에 소속되어 있다.

C반과 D반의 교류

사이나 히요리

야마시타 사키

왕 메이유

카츠라기 코헤이

칸자키 류지

류엔 카케루

히라타 요스케

코엔지 로쿠스케

아야노코지 키요타카

8

어서 오세요 실력지상주의교실에

어서 오세요
실력지상주의 교실에
8

키누가사 쇼고 지음 **ㅣ 토모세 슌사쿠** 일러스트 **ㅣ 조민정** 옮김

S NOVEL

어서 오세요 실력지상주의교실에 ⑧

c o n t e n t s

커버 그림, 본문 일러스트 | **토모세 슌사쿠**

○호리키타 마나부의 독백

누가 들으면 의외라고 생각할 것이 하나 있다.

원래 나는 무언가를 이룰 목적으로 이 학교를 선택한 게 아니라는 사실이다.

막연하게 우수한 인간을 목표로 살아왔지만, 그 종착역을 정해두지는 않았다.

정치가, 의사, 연구자 등을 꿈꾸는 것도 아니다.

그냥 지금까지 어찌 됐건 일을 복잡하게 만들지 않는 인생을 살아왔다.

시키는 과제를 무덤덤하게 해내며 보낸 나날들.

'모델'이 되는 것.

'타의 모범'이 되는 것.

그것이 옳다고 믿어 의심치 않았다.

그런데 나구모 미야비는 그런 내게 정면으로 대항하듯이 점점 움직이기 시작했다.

뭔가를 개척해내는 인간이란 그 같은 남자를 가리킬지도 모른다.

사실 나는 졸업할 때까지 뭔가 행동하는 것을 포기하고 있었다.

나는 정말 신뢰할 수 있는 친구라는 존재를 굳이 만들지 않았다.

그때까지는 이해하지 못했었다. 그리고 3년이라는 시간이 흐르고 나서야 겨우 깨달았다.

내가 저지른 '과오'를. 그리고 그 과오가 '후회'로 이어진다는 사실을.

또한, 그것이 '시초'라는 사실을──.

○새로운 특별시험 −혼합 합숙−

3학기가 시작되고 얼마 되지 않은 목요일 아침, 여러 대의 버스가 고속도로를 줄지어 달리고 있었다. 버스에는 1학년뿐 아니라 2학년과 3학년도 탑승했다. 다시 말해, 전교생의 대이동이었다. 우리 1학년 C반이 탄 버스가 터널에 들어간 직후, 귀가 살짝 막히는 느낌이 들었다. 이 학교에 입학하고 두 번째로 경험하는 버스 이동. 어디로 향하는 중이며 가서 무엇을 하는지, 아무런 설명도 듣지 못했다. 지금 단계에서 우리가 아는 건 모두 체육복을 입으라는 지시를 받았다는 것, 그리고 출발 전에 예비 체육복과 갈아입을 속옷을 여러 장 준비하라는 이야기를 들었다는 것뿐이다. 하지만 적어도 여행은 아니리라.

약 3시간 정도 걸리는 비교적 장거리 이동이어서 그런지, 학생들은 허가받은 범위 내에서 각자 원하는 물품을 챙겨올 수 있었다. 휴대폰은 말할 것도 없고 책, 트럼프, 과자, 주스까지. 그중에는 게임기를 들고 온 학생도 있었다.

버스 자리가 이름순으로 배정되어서 내 옆에는 이케 칸지가 앉았다. 입학 직후에는 친하게 지냈던 것 같은데 어느새 '고만고만한 반 친구'로 사이가 굳어버렸고 최근 들어서는 얽힐 기회도 별로 없었다.

지금도 옆에 앉아 있는 내가 아니라, 의자에 무릎을 세우고 뒤돌아 앉아 다른 자리에 앉은 스도, 야마우치와 큰 소리로 떠들고 있었다. 이따금 시끄럽다고 따지는 여자애 목소리가 들렸지만 신경 쓰는 모습은 없었다. 버스 안이 무척 소란스러웠기 때문에 다소 떠드는 정도는 상관없다는 분위기였다. 조금 쓸쓸하다는 생각이 들었지만 별수 없다. 그나마 시험을 계기로 케세이, 아키토와 가까워진 게 불행 중 다행이었다.

분위기는 화기애애해도 이것이 단순한 소풍이 아니라는 사실은 잘 알고 있다.

지금이 겨울방학 중이면 그냥 레저일지도 모른다는 희망을 버리지 않겠지만, 이미 3학기가 시작되고 말았다.

그러니 무인도 때처럼 특별시험을 각오하고 있어야 막상 시험이 닥쳤을 때 평정심을 유지할 수 있다. 다만, 이케 무리가 떠들고 있다 해서 성장하지 않은 건 아니다. 아마도.

자유롭게 시간을 보내고 있는 학생들을 차바시라가 어딘지 흥미롭다는 듯 지켜보았다.

내 자리 옆, 운전석 가까운 곳에 서서 학생들을 물끄러미 관찰했다.

혹시라도 눈이 마주치면 귀찮으니까 창밖을 보기로 했다.

꽤 긴 터널이다. 터널에 들어간 후로 벌써 2, 3분이 지났다.

그런 생각이 들 때 즈음 서서히 시야가 밝아지는 것을 느꼈다.

마침내 터널을 빠져나온 것이다. 그것을 기다리기라도 했다는 듯 차바시라가 움직였다.

그와 동시에 귀가 점점 더 아팠다.

"분위기 좋은데 깨서 미안하지만, 잠깐만 주목하도록."

마이크를 쥔 차바시라가 반 아이들에게 말했다.

"이 버스가 어디로 향하고 있고, 우리가 앞으로 무엇을 할지 슬슬 궁금할 거라 생각하는데."

"그야 당연히 궁금하죠. 설마 또 무인도에 가는 건 아니겠죠?"

이케가 꼬집어 묻자 차바시라가 대답했다.

"무인도 사건이 너희에게 잊기 힘든 기억으로 자리 잡은 모양이군. 하지만 안심해도 좋아. 그 정도로 규모가 큰 특별시험은 그리 자주 있지 않으니까. 여름에 시험을 마친 너희한테 또 그런 시험을 강요할 만큼 우리도 악랄하진 않다는 뜻이다. 다만, 이미 짐작했듯이 지금부터 새로운 특별시험을 치르게 되는 건 사실이다. 무인도에 비하면 생활 자체는 아주 편할 거야."

그렇게 말했지만 영 믿음이 가지 않았다. 무인도 말고도 일반 학생들에게는 몹시 어려운 특별시험이 지금까지 몇 차례나 있었다. 그리고 무엇보다도 학생들은 특별시험에 숨겨져 있던 퇴학이라는 함정과 맞서 싸워야만 했다.

"앞으로 우리 D반이 치르게 될 특별시험은——."

차바시라가 말을 하다가 멈추었다.

순간 아이들이 의기양양한 미소를 지었다.

그 직후 차바시라는 경의를 표하듯 고개 숙여 사과했다.

"미안하군. 이제는 『C반』이지. 그럼 승급한 너희에게 다시 특별시험의 개요를 설명하도록 하마."

몇 번의 특별시험을 통과하고 3학기부터 당당하게 C반이 된 학생들은 애써 냉정을 유지하며 지금 상황을 받아들이고 있는 것처럼 보였다. 버스에서 특별시험의 개요를 설명한다는 건 이 시점부터 어느 정도 대책을 세워야 하거나 혹은 세울 기회가 있다는 얘기다. 이동 중인 만큼 쓸데없이 자리에서 일어날 수는 없었지만, 버스 안이라면 모두에게 목소리가 잘 닿고 휴대폰을 이용하면 특정 인물과만 대화를 나누는 것도 가능하다.

평소 같으면 야단법석을 떨 이케 무리도 차바시라의 말에 순순히 귀를 기울였다.

이런 행동만 봐도 다소 성장했음을 확인할 수 있다.

"지금 너희는 어느 산에 있는 임간학교(林間學校)로 가고 있다. 아마 앞으로 한 시간도 채 안 되서 목적지에 도착할 거야. 설명에 할애하는 시간이 짧을수록 너희에게 줄 수 있는 『유예』는 늘어나겠지."

특별시험 개시까지 약 1시간 남았다는 건가.

예컨대 설명을 다 듣는 데 20분이 걸렸다고 하면 특별시험의 작전을 짤 수 있는 시간은 나머지 40분. 그것을 '유예'라고 표현했으리라.

"임간학교는 보통 여름에 가는 곳 아닌가요?"

고속도로에서 보이는 산악 지대에는 지금도 여전히 하얀 눈이 남아 있었다. 보이스카우트 출신이라 산에 대해 잘 아는 이케가 질문을 던졌다.

"잠자코 들을 수는 없나? 이제 막 유예 이야기를 꺼냈을 뿐인데."

화났다기보다는 살짝 유쾌한 투로 말하는 차바시라. 이케가 머리를 긁적이며 사과했다.

곳곳에서 웃음소리가 들렸다.

임간학교. 그 단어가 낯설었던 나는 휴대폰으로 검색해보았다.

'주로 여름철, 날씨 좋은 날에 산 등 자연을 만끽할 수 있는 곳에서 열린다. 학생의 건강 촉진 등을 목적으로 한 집단행동. 또는 그 교육 시설을 가리킨다.'

그렇군. 이케의 말처럼 보통은 여름철에 열리는 학교인 듯하다.

하지만 꼭 그 시기에만 해야 한다는 법은 없다.

"평상시 학교에서는 상급생과 접촉할 기회…… 특히 동아리를 하지 않는 학생은 만날 일이 적었지만, 이번 임간학교에서는 학년을 초월하여 7박 8일간 집단행동을 하게 될 예정이야. 지난 체육대회 그 이상이 될 거다. 이번에 치르게 될 특별시험의 명칭은 『혼합 합숙』. 구두 설명만으로는 불안할 테니 지금부터 자료를 나눠주마."

차바시라가 제일 앞자리 학생에게 자료 뭉치를 건넸다. 그는 한 장만 빼고 나머지를 뒤로 넘겼다. 자료는 비교적 두꺼운 굵기로 20페이지 정도나 되었다. 딱히 미리 펼쳐보지 말라는 지시는 없었기 때문에 페이지를 스르륵 넘겨보았다. 자료에는 합숙 장소로 보이는 곳의 사진이 빠짐없이 실려 있었다.

또, 학생들이 묵게 될 방과 대욕장, 식당 등이 소개되었다.

이것만 봐서는 재미있을 것 같달까, 마치 여행 일정표를 확인하는 느낌이었는데……. 요소요소에 등장하는 특별시험과 관련된 단어가 기분을 무겁게 만드는 건 피할 수 없는 사실이었다. 특별시험이라고는 하지만 구두 설명도 모자라 꽤 두툼한 자료까지. 얼마 전에 치른 페이퍼 셔플은 구두 설명이 전부였던 점을 생각했을 때 이번 시험은 그 방향성이 다소 성가실 듯한 예감이었다.

잠시 후 학생 모두가 자료를 받았다.

확인을 마친 차바시라는 이야기를 재개했다.

"먼저 읽어봐도 상관없는데, 어쨌든 혼합 합숙에 대한 설명을 시작하겠다. 자료는 버스에서 내리기 전에 회수할 테니 그 전까지 규칙을 꼼꼼히 파악하도록 해. 그리고 질문은 마지막에 한꺼번에 받을 테니 지금은 조용히 이야기를 들을 것. 알겠나?"

차바시라가 그렇게 말하며 이케를 쳐다보았다. 이케는 두

세 번 입에 지퍼를 채우는 시늉을 했다.

"이번 특별시험은 정신적 성장을 주된 목적으로 하는 합숙이다. 그렇기 때문에 앞으로 사회인으로 살아가는 데 필요한 기본 소양을 비롯하여, 평소에 얽힐 일이 없는 사람과도 원활한 관계를 구축해나갈 수 있는지를 확인하고 배워나가게 될 거야."

그것이 상급생과 집단행동을 하는 이유로 이어지는 걸까. 차바시라도 말했듯, 동아리에 소속된 학생들은 선후배와 어느 정도 관계를 맺지만 그래도 대체로 동아리의 범위 내에 머문다.

그들 이외에는 선배와 아예 접점이 없는 사람도 많다.

원래는 시험과 동아리를 매개로 하지 않고 자주적으로 교류를 해나가야 바람직하지만 말처럼 그리 쉽지 않은 게 현실이다. 그나저나 구체적으로 어떤 방법으로 상급생들과 접촉하게 만든다는 걸까? 접촉이 필요한 웬만한 일이 일어나지 않는 한, 체육대회 때처럼 학생들끼리 서로의 거리를 좁히긴 힘들 텐데.

뭐, 그렇게 되지 않게 하려고 '합숙'이라는 방식을 내걸고 산속으로 이동하는 거겠지만…….

여하튼 특별시험의 규칙이 잘 마련되어 있지 않으면 빈틈이 생기기 쉽다. 1학년과 2학년은 육체적으로나 정신적으로 성장에 큰 차이가 있다. 십 대들에게 1년은 무척 큰 법이다. 대등하게 승부를 펼치는 건 절대 불가능하리라.

"우선 목적지에 닿는 대로 너희를 남녀별로 나눌 거야. 그리고 학년 전체가 상의해서 6개의 그룹을 만들 예정이다."

"남녀별로 각각 6개의 그룹……."

옆자리의 이케가 잘 기억해두려고 마음에 새기듯 혼잣말을 했다. 설명은 이제 막 시작되었으니 차바시라는 이케를 그냥 내버려두고 계속 말을 이었다.

"그룹 인원은 하한선과 상한선이 정해져 있다. 자료 5쪽에 나와 있는 인원수 패턴을 꼼꼼히 살펴보도록."

일제히 자료 5쪽을 보는 학생들. 그곳에는 합숙 그룹에 관한 규칙이 적혀 있었다.

'하나의 그룹을 형성할 때 그 인원은 최소와 최대 인원이 정해져 있다. 그룹의 인원수는 학년 및 남녀를 분리한 총인원수로 산출된다. 가령 같은 학년 남학생이 60명 이상일 경우 8~13명. 70명 이상이면 9~14명. 80명 이상이면 10~15명이 한 그룹의 하한선과 상한선에 해당한다. 단, 60명이 안될 경우는 별도 참조.'

내용은 위와 같았다. 한 반의 학생 수와 남녀 비가 학년별로 차이가 없다고 가정할 때, 기본적으로 한 반의 정원은 40명이고 남녀 비율은 5:5이므로 1학년 남학생 수는 총 80명.

10~15명이 한 그룹을 형성하여 총 6개의 그룹으로 나뉘는 셈이다. 총인원수에 대한 언급이 있는 이유는 학년 전체

의 퇴학자 수에 따라 필요한 인원이 달라진다는 것이리라.

"이미 알았을 거라고 생각하지만, 남녀 각각 6개의 그룹이라는 건 다른 반 학생과 혼합해서 그룹을 형성한다는 뜻이야. 임간학교에서는 그 그룹으로 특별시험을 치르게 된다. 일련탁생(一蓮托生)하는 셈이지."

"다른 반 애들이랑 같이 그룹을 짜라니 말도 안 돼요. 걔들은 경쟁 상대잖아요."

가만히 듣고 있을 수 없었는지, 이케가 또다시 차바시라의 귀에도 들리게 투덜거렸다.

그러다가 금세 좋은 아이디어가 떠올랐는지 머리 위로 전구 마크가 켜진 것처럼 소리쳤다.

"그런가, 딱히 신경 쓰지 않아도 되는 건가. 그냥 우리 C반끼리 두 그룹을 짜버리면 되잖아. 안 그래? 아야노코지."

이케가 소곤소곤 물었다. 과연 최소 10명으로 구성된 그룹을 C반에서 두 개 만들면 해결될 문제이기는 하다. 하지만 이케의 그런 아이디어는 아쉽게도 통용되지 않았다.

"네 생각도 일리 있지만 그리 단순하진 않단다. 한 반으로만 그룹을 형성하는 것은 『규칙상』 인정되지 않아. 그룹은 정해진 인원수의 범위에만 있다면 어느 반의 누구랑 짜도 자유지만 최소 두 반 이상이 혼합되어야 해. 그리고 무엇보다도 그룹 결성은 의논을 통한 만장일치제로, 반대자가 한 명도 나오지 않아야 한다."

차바시라의 말은 인원 분배 항목에 꼼꼼히 나와 있었다.

'그룹에는 최소 두 반 이상의 학생이 들어가야 한다.'

"적이랑 억지로 같은 그룹이 되어 시험을 치르라는 건가."

질문이라고 할 수는 없지만 이케가 무심코 흘린 말.

차바시라가 살짝 어이없어하면서 그 말을 받았다.

"그래. 물론 최대한 자기 반으로 구성된 그룹을 만드는 것
도 불가능하지는 않아. 다른 반 학생을 딱 한 명만 넣어도
성립되긴 하니까."

요컨대 최소 10명인 그룹을 두 개 만든 다음 그중 9명을
C반 학생으로 채우는 것이다. 그렇게 하면 '거의 C반'만 있
는 그룹이 탄생할 수 있다.

하지만 그런 그룹이 합의를 통해 학년 전원의 인정을 받
을 수 있다고 생각하기란 힘들다. 다른 반 색깔이 짙은 그
룹에 흔쾌히 들어올 사람은 그리 많지 않겠지.

그리고 인원수가 많아야 좋을까 적어야 좋을까, 아니면
별반 차이가 없을까?

만약 이게 인원이 많을수록 유리해지는 시험이라면 소수
그룹은 위험하다. 하지만 시험이 어떤 조건인지 모르는 이
상 인원수의 우열에 관해서는 어떠한 판단도 내릴 수 없다.
길이 될지 흉이 될지는 이 시험의 본질적인 내용에 달렸으
리라.

"그룹의 인원수는 많은 게 좋을까, 적은 게 좋을까. 그것
이 지금부터 설명할『결과』항목에 큰 영향을 주게 될 거다."

차바시라가 그렇게 말하며 살짝 웃었다.

모두의 생각이 일정 방향을 향하고 있었으니 파악하기 쉬웠으리라.

"규칙에 대해 계속 설명해주시겠어요? 결과도 궁금하지만, 우선은 그룹이 뭘 해야 하는지 궁금합니다."

불온함을 감지한 히라타가 차바시라에게 설명을 재촉했다.

"그렇군. 이케의 의문을 매번 다 받아줘서야 진도가 안 나가겠지."

이케가 미안하다는 듯 머리를 슬쩍 긁적였다.

"그룹은 말하자면 임간학교에서의 임시 반과 같다고 보면 된다. 다만, 말은 임시라고 했지만 내용이 아주 알차. 그룹끼리 수업을 듣는 것은 물론이고 밥 짓기, 빨래, 목욕, 취침까지 전반적인 일상생활을 공유하게 될 거다."

욕실도 잠자는 공간도 함께 쓰게 된다는 사실을 알자 남녀 할 것 없이 모두 비명을 질렀다.

"다른 반 애들이랑 같이 생활해야 한다니, 도저히 무리인데……."

이케가 그렇게 투덜거리는 것도 이해가 된다. 체육대회때 처음으로 다른 반과 힘을 합치긴 했지만 그건 경기에 한한 일시적인 것. 고락을 함께했다고 보는 건 아무래도 어렵다.

그런데 여기 와서 마침내 반의 장벽을 뛰어넘는 시험에

돌입하려고 하고 있다.

어쩌면 네 반이 모두 섞인 그룹이 탄생할지도 모른다.

"이번 특별시험의 결과는 임간학교 최종일에 치르는 종합시험으로 결정된다. 대략적인 테스트 내용은 자료 7쪽에 실려 있어. 읽어두도록."

그렇게 말하면 당연히 모두 동시에 확인할 수밖에 없다.

'도덕', '정신 단련', '규율', '주체성'

일반적인 학교에서는 대부분 학습하지 않는 항목이 나열되어 있었다.

요컨대 영어와 수학 등 학력을 확인하는 시험과는 거리가 멀다고 생각해야 할까.

성가신 것은 이런 시험에는 '명확한 답'이 없다는 점이다. 자료에는 각각의 항목이 나와 있었지만 죄다 추상적이었다.

구체적으로 어떤 시험을 치르게 되는지는 전혀 다루지 않았다.

나는 계속해서 예시로 소개된 계획표를 살펴보았다.

기상해서 아침 과제 후 도장으로 가 좌선을 하고 노동(청소 등) 및 아침 식사. 그다음 교실에서 다양한 소양을 익힌다. 아침 일정이 끝나면 점심식사, 오후 과제를 받고 다시 좌선. 저녁 식사와 목욕 후 취침까지, 지금까지 해온 생활과는 일선을 긋는 일정이었다. 참고로 일반적인 휴일과 달리,

이곳은 토요일에도 오전 수업이 있다. 일요일 하루만 쉬는 것이다.

"더 구체적인 내용은 임간학교에 도착하는 대로 발표될 거다. 마지막 날에 어떤 특별시험을 어떤 순서로 치르게 될지도 지금 단계에서는 알려줄 수 없어."

특별시험 중에 임기응변으로 대응해나갈 수밖에 없다는 뜻이다. 어쩌면 '좌선'이라는 항목도 시험에 포함될지 모른다. 자세와 동작 하나하나가 시험에 반영된다고 생각해두는 편이 낫겠지. 그 밖에 '스피치'라든지 '제작' 같은 단어도 왠지 의심스러웠다.

"그룹 결정은 아주 중요하다. 여섯 개의 그룹은 일심동체가 되어 일주일간 합숙해야 해. 무슨 이유가 있던지 간에, 도중에 그룹 탈퇴 및 멤버 교체는 불가능하다. 멤버가 질병이나 부상으로 그룹을 이탈할 경우에도 마치 '그 학생이 존재하는 것처럼' 그룹이 보완해서 임해야 한다."

그러니까 멤버끼리 사이가 틀어지거나 서로 적대해서는 앞으로 나아갈 수 없다는 뜻인가. 그룹을 짤 때 다른 반을 더 배제하는 방향이 될 것만 같다.

임간학교에서의 본격적인 수업은 내일 아침부터 시작해 다음 주 수요일까지 진행된다고 한다. 그리고 8일째가 되는 목요일에 전 학년이 일제히 시험을 치르고 채점한다.

"1학년이 여섯 개의 그룹을 만들고 역시 같은 시기에 그룹을 짠 2, 3학년과 합류하게 된다. 즉, 최종적으로 1학년부터

3학년까지 섞인 약 30~45명으로 구성된 여섯 개의 그룹이 형성되는 거지."

같은 학년끼리 그룹을 짜는 것도 곤란한 상황인데 거기에 다른 학년까지 들어온다니.

그 사실이 밝혀진 순간, 버스 안에 이상한 기운이 감돌았다.

"쉽게 말해서 같은 학년끼리 만드는 그룹은 소그룹이고, 전 학년이 합쳐진 그룹은 대그룹이라고 생각하면 된다."

같은 학년끼리 만드는 여섯 개의 그룹은 각각 '소그룹'.

소그룹은 2, 3학년의 소그룹과 합쳐지고, 최종적으로 여섯 개의 '대그룹'이 탄생한다.

"너희가 제일 궁금해할 결과에 대해 설명하자면, 여섯 개로 나눈 대그룹 멤버 전원이 받은 시험 결과의『평균점』으로 평가한다. 다른 학년의 성적도 크게 좌우한다는 뜻이지."

요컨대 40명 전후로 이루어진 대그룹 전원의 평균을 내는 것이다.

신경 쓰이는 점은 인원수의 차이다. 평균점이면 불평등은 일어나기 힘들겠지만, 소그룹이 어떻게 모이느냐에 따라서 대그룹이 완성되었을 때 상당한 인원 차이가 발생하게 되리라.

제일 중요한 것은 '대그룹을 만드는 방법'이다.

이것이 학력만 겨루는 시험이라면 우수한 학생들로만 구성된 대그룹이 승리할 게 뻔하다. 이는 반대로 말하면, 우수하지 않다고 판단된 학생은 필연적으로 상위 그룹에서 밀려나고 하위 그룹이 형성된다.

하지만 이번 특별시험은 학력이 높은 학생들을 모은다고 해서 이기는 것이 아니다.

"개요는 어느 정도 파악했겠지. 그럼 마지막으로 제일 중요한 설명을 하마. 바로 이번 특별시험의 결과가 무엇을 초래하는지에 관해서다."

무엇을 얻고 무엇을 잃을 위험이 있을까.

또, 반 단위가 아니라 그룹별로 하는 의미가 여기에 숨어있겠지.

"평균점 1위부터 3위에 해당하는 대그룹은 학생 전원에게 프라이빗 포인트와 반 포인트를 지급한다. 그리고 4위부터 최하위 대그룹에게는 감점이 있다고 생각하면 돼."

결과에 관한 상세한 사항은 당연히 자료에도 실려 있었다.

'기본 보상'

1위: 프라이빗 포인트 1만 점, 반 포인트 3점.

2위: 프라이빗 포인트 5,000점, 반 포인트 1점.

3위: 프라이빗 포인트 3,000점.

위의 보상이 학생 개개인에게 지급된다.

만약 10명으로 구성된 소수 그룹에서 9명이 같은 반이라면 1위를 차지했을 때 반 포인트를 27점이나 받을 수 있는 셈이다. 어디까지나 이상론이지만, 같은 반 학생을 최대한 모아 1위를 차지하는 것이 가장 바람직하다. 하지만 인원이 많으면 많을수록 졌을 때 받는 타격도 크다. 게다가 인원이 늘어날수록 그룹을 통제하기 힘들어진다.

참고로 걱정되는 마이너스 요소는 플러스 요소보다 약간 더 부담이 컸다.

4위: 프라이빗 포인트를 −5,000점.
5위: 프라이빗 포인트를 −1만 점, 반 포인트를 −3점.
6위: 프라이빗 포인트를 −2만 점, 반 포인트를 −5점.

위와 같은 포인트를 각각 잃게 된다.

프라이빗 포인트, 반 포인트 둘 다 0 아래로 내려가지는 않지만, 누적 적자로 남는 모양이어서 앞으로 시험 등을 통해 보상 받으면 정산되는 구조였다.

지금까지 없었던 요소라고 할 수 있으리라.

1위부터 3위까지 받는 성공 보상이 적은 것처럼 느껴지는 데에는 어떤 커다란 이면이 있는 듯했다. 보상 항목에는 이런 문구도 있었다. 차바시라가 그것을 먼저 읽었다.

"소그룹 내의 반 수에 따라 보상이 배로 늘어나는 구조다. 또, 소그룹을 구성하는 총인원수가 많으면 그 후에 배율이 더욱 증가하지. 이는 전부 1위부터 3위까지만 적용되는 규칙이고, 4위 이하의 마이너스에는 적용되지 않으니 안심해라."

소그룹을 구성하는 학생들이 두 반이면 1위부터 3위까지는 앞에서 소개한 보상 그대로이지만, 세 반 구성이 되면 포인트가 모두 2배. 네 반 구성이면 3배로 늘어난다. 그리고 총인원수에 따라서도 배율이 달라져서 10명이 1배라고 할 때 15명이 1.5배로 최대이다. 특별한 예지만, 만약 9명으로 구성된 그룹이 생겼을 경우에는 0.9배가 된다.

1위가 받을 수 있는 최대 보상을 계산해보면 그룹이 네 반 구성이어서 3배, 거기에다가 소그룹의 최대 인원수가 15명이어서 1.5배가 적용되어(소수점 이하는 반올림) 일인당 프라이빗 포인트는 45,000점, 반 포인트는 14점이 된다.

여기까지는 특별시험의 장점이자, 성가시지만 흥미로운 부분이기도 하다.

하지만 중요한 건 이다음이라고 할 수 있으리라.

"그리고── 최하위를 차지한 대그룹에는 엄청난 페널티가 주어진다."

"페널티……라면 설마."

"맞아. 『퇴학』이다."

이제는 예전만큼 놀랍지 않은 페널티 부분이 드러났다.

"하지만 최하위를 차지한 대그룹 전원을 퇴학시키는 건 아니야. 그랬다간 한 방에 40명 정도의 학생들이 퇴학당하고 마니까. 퇴학 기준은 소그룹 평균점이 학교 측이 준비한 평균점의 커트라인을 밑돌았을 때에 한한다."

약간 귀찮은 구조인데, 종합 순위는 대그룹의 평균점을 바탕으로 산출하더라도 퇴학은 소그룹의 평균점을 참고한다는 것이다.

"커트라인 밑일 때는 소그룹의『책임자』가 퇴학당하게 돼."

"그 책임자는 어떤 식으로 정하는데요?"

"소그룹 내에서 의논해서 뽑는 거야. 그게 전부야."

"뭐야, 잘못하면 퇴학당할지도 모르는데 누가 책임자가 되려고 하겠어?"

자진해서 하겠다고 나설 학생이 과연 얼마나 될까.

"그만큼 이익도 있어. 책임자와 같은 반인 학생은 보상을 두 배로 받는 구조다."

"……두 배, 라고요?"

지금까지 침묵했던 호리키타가 놀라서 중얼거렸다.

"그래. 이번 특별시험에서 최고 보상을 받으려면 그룹에 C반 학생을 12명 넣으면 돼. 그리고 나머지 세 명은 A, B, D반에서 한 사람씩 교환하는 거지. 그런 다음 책임자를 C반의 누군가가 맡고 1위를 차지할 수만 있다면……."

"그럼 어, 어떻게 되는 건데요?"

계산이 안 되는 야마우치가 흥분해서 거친 콧바람을 내쉬었다.

"프라이빗 포인트를 108만 점. 반 포인트를 336점 얻을 수 있지."

"사, 삼백 삼십 육?!"

만약 그렇게 된다면 단번에 반이 확 뒤집힐 것이다.

다른 반 점수에 따라서도 달라지겠지만, 이 시험을 통해 A반으로 올라가는 것도 불가능하지 않다.

위험을 부담하면 부담할수록, 얻을 수 있는 보상이 파격적인 셈이다.

게다가 최고 보상을 받을 확률이 결코 낮지 않았다.

"책임자는 소그룹 결정 후, 그룹 내부 회의를 거쳐서 내일 아침까지 정한다. 만약 그때까지 책임자가 정해지지 않을 경우 그 소그룹은 즉시 실격. 즉, 전원 강제 퇴학이 되는 거야. 물론 지금까지 책임자를 못 정해서 퇴학당한 바보 같은 그룹은 없었지만."

학교 측이 정해주는 것도 아니고, 어디까지나 학생들끼리 알아서 정하라는 소리였다.

당연히 책임자 결정은 쉽지 않으리라. 최종적으로 입후보자가 없으면 제비뽑기나 가위바위보로 정하는 수밖에 없다. 전원 퇴학당하게 된다고 생각하면 그건 필연적이었다.

다만, 끝내 결정하지 못하고 그런 전개가 된 시점에서 그 그룹의 결속력은 이미 위태로워졌을 가능성이 높다.

"또한 책임자가 퇴학당하게 되었을 경우, 그룹 내의 한 사람에게 연대 책임을 물어 동반 퇴학을 명령할 수 있다. 일종의 길동무라고 할 수 있지."

"뭐, 뭐라고요?! 그게 뭐예요, 말도 안 돼! 그럼 대충 아무나 책임자 자리에 앉히고 다른 반 리더를 망가뜨릴 수도 있겠네요?!"

그런 것이 쉽게 성립하리라는 생각은 들지 않는다. 책임자는 당연히 어느 정도 선별 과정을 거쳐 뽑는 게 당연하다. 누가 봐도 버리는 말인 학생을 쉽게 책임자 자리에 앉히지는 않겠지. 그런 어리석은 짓을 허용한다면 그건 그룹 전체의 책임이다.

그리고 애당초, 친구들을 위해 기꺼이 다른 반 학생을 껴안고 자폭할 수 있는 학생이 어디 있겠는가. 만년 D반에 갇혀 당장 내일에라도 학교를 그만둘 생각이 있는 학생이 있다면 이야기는 달라지지만. 그럼 그만둘 낌새가 보이는 학생의 정보도 나돌았겠지.

"안심해라. 물론 아무나 마음대로 연대 책임을 질 수 있는 것은 아니야. 커트라인 밑으로 떨어지게 된 원인 중『하나』라고 학교 측에서 인정한 학생만 그 대상이 될 수 있다. 일부러 낙제점을 받거나 시험을 보이콧하지 않는다면 문제는 일어나지 않는다는 소리야."

과연 그렇다면 책임자도 그 그룹의 멤버도 보호받을 수 있다.

그나저나 이번 시험, 아무래도 이 '책임자'가 지녀야 할 자세에 대해 의문을 품지 않을 수 없다.

확실히 지금까지 치렀던 특별시험과는 형세가 다르다.

생각해야 하는 것은 이 특별시험의 과제가 전 학년 공통이라는 점.

같은 시각, 다른 버스에서도 똑같은 내용이 설명되고 있다는 사실.

이 순간 이때, 다양한 전략이 세워지고 있다고 봐야겠지.

1학년뿐 아니라 2학년은 2학년의, 3학년은 3학년의 싸움을 펼치게 된다.

의문을 해소한 나는 어떤 남자에게 메시지를 보내두었다.

이번 특별시험에 '학생회'가 연관되어 있는지 확인하고 싶었기 때문이다.

"그리고 또 한 가지 중요한 것은 퇴학자가 나온 반에는 그에 상응하는 페널티가 부과된다는 사실이야. 페널티는 시험 내용에 따라 달라지는데, 이번 특별시험에서 퇴학자가 나왔을 경우에는 일인당 반 포인트 100점이 깎인다. 반 포인트가 부족하면 이후 가산될 때 정산돼. 정산이 끝날 때까지는 당연히 언제까지나 0 그대로야."

얻을 수 있는 효과는 아까와 같지만, 감점도 상당하군.

이번 시험의 한 가지 관건. 책임자가 되면 얻을 수 있는 포인트가 두 배로 늘어난다는 점은 매력적이지만, 대신 퇴학이라는 위험을 짊어져야 한다. 안전하다고 자신할 수 있는 소그룹에 들어가지 않는 한 자진해서 나설 사람은 아무도 없겠지.

그래도 구미가 당기는 기회를 빤히 보면서 다른 반에 넘겨줄 수는 없다.

게다가 연대 책임까지 따라 붙는다. 막다른 길 같은 규칙이 깔려 있군.

"이상으로 설명을 마친다. 질문 있으면 받으마."

히라타가 즉시 손을 들었다.

"만약 퇴학자가 나왔을 경우…… 구제 방법은 있나요?"

"퇴학당하면 그걸로 끝이지, 더 손쓸 방법이 없는 것 아니야?"

스도가 그렇게 말했지만 히라타는 부정했다.

"그렇지는 않을 거야. 실제로 스도 너도 차바시라 선생님께 퇴학 처분을 받은 적이 있어. 하지만 호리키타의 기지로 구제받았듯이, 무슨 방법이 없다고 하면 이상해."

그러한 히라타의 짐작은 적중했다. 차바시라가 미소 지으며 대답했다.

"정답이다. 남은 최종 수단은 프라이빗 포인트로『퇴학 취소』를 사는 것인데, 당연히 그 대가는 비싸다. 퇴학 취소…… 즉『구제』는 원칙적으로 어느 학년 할 것 없이 같은 포인트가 필요하지. 한 사람을 구제하는 데 프라이빗 포인트 2,000만. 그리고 반 포인트도 추가로 300점을 내야 해. 이건 어디까지나 구제 장치에 불과할 뿐, 퇴학 시에 받을 페널티는 없어지지 않아. 물론 내야 하는 포인트가 둘 중 하나라도 부족하면 행사는 불가능하다."

막대한 프라이빗 포인트가 필요한 구제는 도저히 감당할 수 있는 게 아니었다. 이번 시험으로 말하자면 구제를 위해 필요한 실질적 반 포인트는 최소 '400'점이었다.

퇴학 선고를 받은 학생은 사실상 구제하기 힘들겠지.

한 사람을 구하기 위해 반 전체가 거액의 마이너스를 부담하게 되니까 말이다.

"2,000만 포인트를 반 전체가 보태도 상관없는 거죠?"

하지만 히라타는 그 구제를 행사할지도 모를 미래를 생각하며 확인을 게을리하지 않았다.

"그렇지. 가진 게 별로 없는 너희와는 어쨌든 거리가 먼 이야기겠지만."

차바시라가 자료를 덮었다.

"목적지까지 이제 얼마 남지 않았는데, 이 시간을 어떻게 활용할지는 전적으로 너희 자유다. 자료는 도착 후에 회수할 거야. 그리고 휴대폰은 일주일간 사용 금지다. 시험이 끝나면 돌려줄게. 기타 개별적으로 가져온 생활용품과 놀이도구는 그대로 가지고 있어도 되지만, 식료품은 허용하지 않아. 생물 등 장기 보관이 불가능한 것은 쓰레기 봉지에 넣고 하차할 때 버리던지, 아니면 도착하기 전까지 다 먹도록 해라. 이상."

특별시험 설명에는 별다른 반응을 보이지 않던 학생들도 그 한마디에 다시 한번 비명을 내질렀다. 무인도에서 이미 경험했다고는 하지만, 일주일이나 휴대폰을 압수당한다면 상당히 괴로우리라.

"저도 질문 있습니다!"

씩씩하게 손을 든 이케. 차바시라가 쓴웃음을 지었다.

"남녀 따로 행동한다고 했는데, 구체적으로 얼마나요?"

"임간학교는 건물이 두 동 있어. 그중 본관을 남자가 쓰고, 별관을 여자가 쓴다. 두 건물은 옆으로 나란히 서 있지만, 기본적으로 일주일간 따로 생활하게 될 거야. 쉬는 시간이나 방과 후에 허락 없이 밖으로 나가는 것 역시 금지다."

"그렇다는 건 대화도 못 나눈다는 건가요?"

"아니, 하루에 딱 한 시간, 본교 식당에서 남녀가 다 같이 식사하는 시간이 있다. 그때에 한해서는 학교 측의 지시가 없어. 그러니까 마음대로 해도 된다는 거다. 알겠나?"

"네!"

여자와 말할 수 있다는 게 그리도 좋은지, 이케가 기뻐했다.

나는 아무 생각 없이 허리를 들어 비교적 가까이 앉은 시노하라 쪽을 쳐다보았다.

이케의 말에 시노하라는 조금 어이없어하면서 한편으로는 왠지 들뜬 것 같기도 했다.

어쩌면 크리스마스 때 식사 자리에서 분위기가 꽤 괜찮았는지도 모르겠다.

"다른 질문 없으면 이만 끝내마."

시답잖은 질문밖에 나오지 않는다고 판단했는지, 차바시라가 곧 마무리 지었다.

"선생님. 마이크를 좀 빌려주실 수 있나요?"

그런 차바시라를 불러 세운 사람은 히라타였다.

"물론이지. 좋을 대로 해라."

차바시라는 마이크를 놓고 자리에 앉았다. 그녀와 교대하듯 히라타가 천천히 앞으로 나와 마이크를 잡았다.

"선생님의 말씀대로라면 남은 시간이 얼마 없는데, 일단은 모두의 의견을 듣고 싶어. 이번 시험을 어떻게 치를지. 그룹은 어떻게 나눠야 좋을지."

"한 그룹에 반 애들을 최대한 많이 넣는 게 제일 낫지 않아? 애들을 잘 추려서 12명의 소그룹을 하나 만들고, 나머지는 다른 반 애들을 한 명씩 넣으면 완벽할 것 같은데."

스도가 히라타에게 말했다.

"이상적으로는 그렇지만 과연 우리가 만든 그 열두 명짜리 소그룹에 다른 반 세 사람이 합류해줄까? 당연히 경계할 텐데."

노골적으로 승리를 노리는 그룹이다. 우리 입맛대로 각 반에서 학생이 한 명씩 그룹에 들어와 줄 거라는 생각은 도저히 들지 않는다. 게다가 그 그룹이 1위를 하지 못했을 때 받을 타격도 크리라.

"그런데 말이야! 머리 좋은 녀석끼리 그룹을 짜버리면 우리는 승산이 없잖아."

야마우치가 투덜거렸다. 이번 시험이 학력 승부가 아니라는 사실을 아직 이해하지 못한 모양이었다.

"우리도 프라이빗 포인트를 받을 기회를 원한다고."

야마우치가 불만을 토로하는 것도 이해는 된다. 예전 선상 시험에서도 화제가 되었던 일이다. 상위를 차지한 대그룹은 프라이빗 포인트를 받지만, 하위 학생은 아무런 이익이 없다. 아니, 오히려 프라이빗 포인트를 잃게 된다.

그러면 많은 학생은 당연히 우승마에 탈 수 있는 대그룹에 들어가길 원할 것이다.

"그 부분에 관해서는 모두가 동의한다면 균등하게 나누는 방법을 쓰고 싶어. 어느 대그룹이 상위권이 될지는 아무도 몰라. 시험이 끝난 후에 반 전체적으로 프라이빗 포인트가 늘어난 것이 확인되면 정확히 분배하는 거야. 포인트 양도는 허용되니까 문제될 것 없어."

마이너스일 경우에도 모두 다 같이 부담하면 리스크도 내려간다.

"오, 그런가. 그런 방법이 있었나."

물론 우수한 학생들은 불만이 나오기 쉽지만, 이 특별시험이라면 말이 잘 통할 것이다.

무엇이 승부의 결정적인 수가 될지 아직까지 하나도 밝혀진 게 없기 때문이다.

"후후……."

그런 히라타의 제안을 가만히 듣고 있던 차바시라가 등을 돌린 채 웃었다.

"지금까지 너희가 질문하지 않아서 대답해줄 수 없었는데, C반으로 승급한 보상으로 딱 한 가지 조언을 해주마."

"조언, 이라고요?"

히라타는 그 말을 순수한 보상으로 받아들이지 않고 경계했다.

"규칙으로 제한되어 있지 않을 때, 프라이빗 포인트의 양도는 자유인 것이 맞아. 시험 중이든 일상생활 중이든 위법성이 없는 범위에서 마음대로 옮겨도 돼. 다만 프라이빗 포인트는 단순한 용돈과는 달라. 그 점을 이해하도록."

"2,000만 포인트를 모아 원하는 반으로 이동할 수 있는 권리를 말하는 건가요? 아니면 구제를 말하는 건가요?"

"그게 아니야. 프라이빗 포인트를 활용하는 길은 다양해. 1점이라도 더 많이 가지고 있으면 궁지에 몰렸을 때 도움이 될 수 있다는 거다. 사이좋게 나누고 서로를 뒷받침해주는 것만이 옳다고 할 수 없다는 소리야. 예를 들어 이케가 어떤 실수를 저질러서 당장 100만 포인트를 내지 않으면 퇴학당할 위기에 놓였다고 가정해보자. 그런데 양도는 인정되지 않고 그 순간에 프라이빗 포인트 100만 점이 없으면 퇴학, 이라면 어떨 것 같나? 균등하게 나누는 전략을 계속 고수하다가 돌이킬 수 없는 사태에 빠질 수도 있는 거야."

예시로 지목당한 이케가 옆에서 마른 침을 꿀꺽 삼키는 소리가 들렸다.

"그리고 다른 애들이 그때 반드시 도와준다는 보장도 없어. 그다음 순서로 궁지에 몰리는 사람이 자기가 될지도 모르니까 말이야. 자기 몸을 지킬 수 있는 건 자기 자신뿐이다."

마치 포인트를 균등하게 나누는 작전은 잘못이라는 듯 차바시라가 충고했다.

고마운 조언인지도 모르겠지만, 이렇게 하면 반이 단합하기 어려워진다.

"열심히 노력한 인간이 성공 보상을 받는다. 그건 이 사회에서 당연한 일이야. 사회인이 되어 받은 월급과 보너스를 동료들과 균등하게 나누는 기특한 녀석은 희귀 중에서도 희귀 케이스겠지."

그걸 인지한 다음 어떻게 할지는 자유다, 하고 말하며 차바시라가 웃었다.

차바시라의 말은 아마도 맞을 것이다.

아무 사례가 없는데 이 학교 교사가 그렇게 부추기는 행동을 하지는 않겠지.

언제나 완전한 매뉴얼을 바탕으로 얘기하기 때문이다.

하지만 이 이야기에는 이면이 있다.

개인이 보유하는 프라이빗 포인트가 효력을 발휘하는 사례는 물론 있으리라.

하지만 반대로 반 친구들이 포인트를 다수 보유하고 있어서 도움을 받을 수도 있다.

나와 호리키타도 예전에 퇴학 위기에 놓인 스도에게 프라이빗 포인트를 대납하여 인정받은 전례가 있기 때문이다.

결국 포인트를 균등하게 나눠두는 것도 예상치 못한 사태의 대비책으로 이어진다. 개인에게 대금을 전부 맡긴다면 횡령할 위험도 있고, 얼마든지 배신할 수 있으니까.

자기 반인데도 차바시라는 분위기를 어지럽히는 말을 내뱉었다.

물론 그게 학교의 방침일 가능성도 있겠지만······.

"다수결로 한 번 알아볼까? 그걸로 정하자는 건 아니고 이 이야기를 듣고 너희가 어떻게 생각하는지 궁금해. 앞으로 이런 특별시험의 보상을 균등하게 나누는 편이 좋다고 생각하는 사람이 있으면 손 들어줄래? 물론 나중에 생각이 바뀌어도 괜찮아."

히라타가 그렇게 말하며 자기가 먼저 손을 들었다.

고민하는 학생이 대부분으로, 드문드문 손이 올라올 뿐이었다.

반이 하나로 똘똘 뭉쳐 서로를 돕는 것은 중요하지만, 여차하는 순간 처벌받지 않기 위한 보험을 마련해두는 것 역시 몹시 중요하다.

아직 학생 대부분이 프라이빗 포인트를 수만에서 많게는 수십만 점밖에 가지고 있지 않을 것이다. 그러니까 1위가 되는 과정에서 무슨 일이 있어도 포인트로 대응할 수 있는 안전권까지 포인트를 유지하고 싶은 학생도 많겠지.

스스로 자신감이 없는 학생일수록 포인트를 균등하게 나

누기를 희망했다. 예상보다는 많았지만, 최종적으로 손을 든 학생 수는 과반을 넘지 못했다.

"고마워."

대부분은 포인트의 균등 분배를 원하지 않는다는 결과. 이렇게 되면 균등파인 히라타도 자기가 원하는 방향으로 쉽게 끌고 갈 수 없다.

"괜한 충고였나? 히라타."

"아니요, 감사합니다. 지금 단계에서 저희에게 무척 소중한 정보예요."

그때 휴대폰이 한 번 울렸다. 녀석이 보낸 답장이라고 생각하고 주머니에서 휴대폰을 꺼냈는데, 그게 아니라 호리키타 '동생' 쪽이 보낸 채팅이었다.

'뭔가 생각해놓은 것 없어?'

남에게 전가하는 투의 문장이다.

'아무것도 없어.'

그렇게만 써서 보냈다. 그러다가 생각을 고쳐먹고 한 문장을 더 전송했다.

'이번에는 남녀가 따로 치르는 시험이야. 내가 도와줄 방법은 하나도 없으니까 알아서 열심히 해봐.'

응원만 해두었다. 호리키타는 내게 이런 저런 말을 하고 싶겠지만 이 자리에서는 그럴 수도 없다. 나는 호리키타와의 채팅을 일찌감치 끝내고, 진행 중이던 또 하나의 그룹 채팅방을 확인했다. 아야노코지 그룹(내 입으로 말하기도 좀 그렇지만) 쪽이었다.

케세이와 아키토, 아이리, 하루카가 각자 나름대로 이 시험에 대한 생각을 공유하고 있었다.

바로 읽었지만 특별한 코멘트 없이 창을 닫았다. 그리고 히라타와 아이들이 나누는 대화에 귀를 기울였다.

"작전을 세우려고 해도 시간이 모자라. 그리고 남자랑 여자가 다른 장소에서 그룹을 짜야 되니까 서로 조언해주기도 어렵겠지."

"그런……."

여자들 입장에서 보면 언제든 의지할 수 있는 남자이자 우리 반 기둥 히라타에게 이번에는 도움을 받지 못하게 되는 셈이다. 그러니 마음이 불안해지는 것도 당연하다.

"우리 남자들이 도와줄 수 없는 상황이 될 거니까, 여자애들 중에서 뚜렷한 리더를 정해야 한다고 생각해. 부탁해도 될까, 호리키타?"

히라타는 시험 설명을 처음 들은 순간부터 생각했으리라. 그는 호리키타를 콕 집었다.

당연히 이 반에서 그 역할을 맡을 수 있는 건 호리키타 정도밖에 없겠지.

"좋아. 힘든 일이 생기면 언제든 나한테 와서 상의해도 돼."

별로 싫어하는 기색도 없이 호리키타가 대답했다.

하지만 호리키타가 조금씩 반 아이들에게 의지할 수 있는 존재가 되어가고 있다고는 한들 아직 히라타에게는 한참 못

미친다.

지금의 호리키타라면 그걸 스스로 잘 알고 있겠지.

"다만, 나 혼자로는 미덥지 못하다고 느끼는 여자애도 적지 않을 거야. 내 입으로 말하기도 좀 그렇지만, 난 터놓고 상의하기 좀 껄끄러운 성격 같으니까."

정말 자기 입으로 할 말은 아니군.

"그래서 서브 리더로 쿠시다가 도움을 줬으면 해. 어때?"

호리키타가 앞쪽에 앉은 쿠시다를 불렀다.

"나, 나 따위가 도움이 될까?"

"물론이지. 넌 우리 반의 그 누구보다도 신뢰받고 있어."

"으음…… 그래. 나라도 괜찮다면 힘을 보탤게."

"고마워. 이제 다른 사람들도 상의하기 훨씬 쉬워졌겠지? 나한테 직접 말하기 힘들면 쿠시다를 통해도 상관없어. 아무리 시시콜콜한 이야기라도 기꺼이 들어줄게."

쿠시다에 대한 신뢰가 어느 정도인지는 둘째 치고, 지금 취할 수 있는 작전으로는 최선인 것이 틀림없다. 이번 시험의 규칙상, 남자와 여자는 서로에게 관여하기가 상당히 힘들다. 여자 쪽에서 펼쳐질 싸움에 남자가 끼어드는 것부터 일단 불가능하다. 받는 수업이든 시험이든, 같은 시설 안이라고는 해도 전혀 별개의 장소에서 하게 된다. 접촉할 수 있는 기회는 오직 저녁 식사 시간 한 시간뿐. 상시 연락을 취할 수 있는 휴대폰까지 거둬간다면 더욱 그렇다.

그래도 최대한의 정보 수집은 필수겠지.

여자 쪽의 정보를 모으는 일꾼을 모아야 한다.

우리 반 내에서 말하자면 쿠시다의 동향이 조금 신경 쓰인다.

내가 움직일 수 있는 사람은 호리키타와 케이 둘밖에 없는데, 전자는 지금 여러 가지로 성가신 상황에 놓여 있다. 게다가 내 의도를 지나치게 억측하거나 쓸데없는 행동을 할 수 있다는 점도 고려해야 한다.

무엇보다도 다른 여자애들을 상담해주게 되면 다른 행동을 할 여력이 없으리라.

그러면 쓸 수 있는 사람은 역시 케이 밖에 없나.

하지만 그룹 전체를 통찰해야 하는 일을 케이 한 명에게만 맡겨둘 수는 없다.

나는 필요한 최소한의 사항을 케이의 휴대폰으로 전송했다.

금방 확인했는지 아무 내용도 없는 답신이 돌아왔다.

남녀가 긴 시간 동안 따로 싸우는 특수한 특별시험이 시작된다는 것을 알았을 때부터 내가 곧 연락하리라고 예상했겠지. 케이도 조언을 듣고 싶은 부분이 있으리라.

책임자와 연대 책임을 지는 제도가 있으니 케이가 희생당하는 상황 역시 전혀 불가능한 이야기는 아니다. 수업 태도와 시험 점수는 케이도 결코 좋다고 할 수 없으니까.

그래서 나는 스스로를 지킬 수 있는 기술을 몇 가지 알려주기로 했다.

모든 학생이 쓸 수 있는 것은 아니지만 조금이나마 위험을 피할 수 있는 방법이다.

사실 나는 앞으로 치르게 될 특별시험 따위야 아무래도 좋았다. 이기기 위한 전략을 세울 생각도 없고, 그냥 무난하게 보낼 것이다.

그렇다고는 해도 케이에게 조언을 보냈듯, 아예 손 놓고 지켜보겠다는 것은 아니다.

이번 특별시험의 최악의 사태는 C반에서 다수의 퇴학자가 발생해버리는 케이스다.

나 혼자서 반 전체를 완벽하게 보호하는 것부터가 일단 무리겠지.

내가 지킬 대상의 범위를 좁혀야 한다.

즉, 나를 제외하고 유력한 조력자가 될 케이와 히라타 등은 보호하는 것이다.

또 학생회 일도 생각해서 호리키타는 남겨 둘 필요가 있다.

그리고 친구 케세이, 아키토, 하루카, 아이리인가.

이 네 사람은 살아남았으면 좋겠지만 보호 대상에서는 제외했다.

어디까지나 친구 중 한 사람으로, 부디 퇴학당하지 않기를 바랄 뿐이다.

전 학년이 집결할 기회가 그리 많지 않다는 걸 고려하더라도 나구모는 동향을 신경 쓰는 것만으로 충분하리라. 주위에서 펼쳐지는 자질구레한 싸움에는 별로 흥미가 없다.

1

버스는 고속도로를 벗어나 어느 정도 포장된 산길을 느릿느릿 올라갔다. 이 학교는 밖으로 나서면 산으로 바다로 이동하는 전통이라도 있는 것일까.

어쨌든 도착하는 대로 새로운 특별시험이 시작된다. 휴대폰을 거둬가는 걸 봐도 정보를 모으기 위해 자신의 발품과 인맥을 동원할 필요가 있는 성가신 시험이다. 하지만 경솔하게 움직였다간 그만큼 정보가 밖으로 새어나갈 수 있기 때문에, 세심한 주의를 기울여서 행동해야 한다.

"나랑 안 맞는데……."

솔직하게 새어 나온 말. 특별시험을 몇 번 치러봤지만 전혀 익숙해지지 않는다.

지금까지 살면서 남과 힘을 합친 적은 극히 드물었다.

"이제 곧 목적지에 도착한다. 버스에서 내리면 곧바로 실내로 이동해 그룹을 짜게 될 거다. 그룹을 짜고 방 배정이 끝나는 대로 점심식사를 하고, 오후에는 각자 자유롭게 행동해도 좋아."

"그렇다는 건…… 예스, 오늘은 공부를 안 한다는 거잖아!"

기뻐하던 이케가 나를 보며 한 번 웃었다.

그 말이 맞겠지. 하지만 오늘은 여름방학과 달리 평일. 이동 시간이 있었다고는 하나 너무 파격적인 대우가 아닌가. 소풍과 하나도 다를 게 없다.

목적지에 다다른 버스는 서행해서 주차장으로 이동한 다음 멈춰 섰다.

"호명하는 학생부터 순서대로 휴대폰을 제출하고 버스에서 내린다. 아야노코지, 이케——."

차바시라는 오십음 순으로 남학생부터 이름을 불러 버스에서 내리게 했다. 나는 휴대폰 전원을 끈 다음 교사 옆에 놓여 있는 플라스틱 상자에 넣었다.

버스에서 내리자마자, 평소에 접점이 별로 없는 낯선 교사가 다가왔다. 그는 버스에서 조금 떨어진 곳에 가서 대기하라는 지시를 내렸다.

"으악, 춥다아!"

버스에서 내린 이케가 자기 몸을 껴안고 소리쳤다. 산악지대여서일까. 학교에서 출발할 때보다 더 추웠다. 하지만 그 추위를 순간적으로 잊게 만드는 광경이 눈앞에 펼쳐졌다.

"우와…… 여기 뭐야? 보통 임간학교 규모가 아닌데……."

우리 앞에는 운동장으로 보이는 넓은 장소, 그리고 그 뒤에 오래되어 보이는 학교 건물 두 동이 우뚝 서 있었다.

여기서 앞으로 일주일을 보내야 하는 모양이다.

무인도 때도 그랬지만, 이런 자연 속 생활은 거의 경험해 보지 못했다.

만약 그러한 것들과 관련된 시험이라고 예상한다면, 보이스카우트 출신인 이케 등이 도움이 될지도 모른다. 또 체력적인 면을 고려했을 때 스도의 존재도 믿음직스러울 것 같다.

여자애들도 하나둘 차에서 내렸는데, 호리키타는 도착하자마자 나와 접촉하고 싶은 모양이었지만 공교롭게도 이미 정렬이 시작되었기 때문에 무리였다.

남녀가 나뉘어 각자의 건물로 향했다. 남자는 본교라고 불리는 큰 건물에 배정되었다.

학교 건물 안으로 들어가니 어딘지 향수를 자극하는 나무 냄새가 콧구멍을 간지럽혔다.

"나무로 지어진 옛날 학교네. 지은 지 오래된 것 같은데도 관리를 잘 했는지 굉장히 깨끗한 상태야."

히라타가 그렇게 말했는데, 주위 의견도 같은 모양이었다. 지나가면서 언뜻 본 교실 같은 곳에는 에어컨이 없었고, 가운데에 난로만 놓여 있을 뿐이었다.

아마 내일부터 이런 교실에서 수업을 받게 될 것이다.

우리가 안내받은 곳은 체육관으로 보이는 장소.

이미 A반과 B반 남자애들이 도착해서 우리를 쳐다보았다.

우리 다음으로 D반이 들어오고, 2학년과 3학년으로 이어지겠지. 우리는 서 있는 상태로 줄 서서 대기하라는 지시를 받았다.

A반과 B반 모두 떠들지 않고 차분한 모습이었다.

버스 안에서 어느 정도 작전, 방침을 정했다고 봐야 할까.

2

전 학년 남학생들이 체육관에 모였다. 잔뜩 주눅 든 1학년은 곧바로 줄을 선 후, 떠들지도 않고 얌전히 지시를 기다렸다. 잠시 후 다른 학년 교사로 보이는 남자가 단상 위에 오르더니 마이크를 쥐고 학생들을 향해 입을 열었다.

"버스에서 사전 설명을 들어서 시험 내용은 대충 이해했을 거야. 따라서 지금 이 자리에서는 새삼스럽게 설명하지 않겠다. 그럼 지금부터 소그룹을 만들어 보자. 각 학년이 의논해서 소그룹 6개를 만들도록. 그리고 대그룹은 오늘 저녁 8시에 만들게 될 예정이다. 이상이야. 참고로 대소 불문하고 그룹 결정에 관해 학교 측은 일체 관여하지 않는다. 중재 역할 역시 전혀 맡지 않을 거야."

남자 전교생에게 지금부터 자유롭게 소그룹을 짜라는 지시를 내렸다. 대그룹을 만들기 전에 우선 소그룹부터 만드는 것이다. 다른 반은 과연 어떤 작전을 펼칠까. 버스 안에서 어느 정도 전략을 짰을 텐데, 과연.

저마다 학년별로 간격을 띄우고, 체육관에서 그룹을 만들기 시작했다.

다른 학년의 상황도 다소 신경 쓰이지만 거리가 좀 있어서 내가 있는 위치에서는 세세한 움직임을 파악할 수 없다.

내가 그런 식으로 아무 생각 없이 상급생들을 관찰하고 있을 때였다.

그룹 결정이 시작되고 몇 초도 채 지나지 않아 1학년 반에 움직임이 있었다.

한동안 탐색전이 이어질 줄 알았는데 A반이 노골적으로 하나의 큰 그룹을 만들기 시작했던 것이다. 교착 상태 중의 눈에 띄는 행동. 필연적으로 주위의 이목을 모았다. 이윽고 A반은 열네 명으로 된 하나의 그룹을 형성했다. 그리고 B반 이하 우리들에게 이렇게 말했다.

"우리 A반은 보다시피 이 멤버로 한 그룹을 구성할 생각입니다. 보면 알겠지만 현재 그룹 인원은 열네 명이어서 앞으로 한 명만 더 들어오면 필요한 인원이 충족됩니다. 그럼 우리 그룹에 들어올 한 사람을 모집하겠습니다."

그렇게 말한 것은 자신의 이름을 마토바라고 밝힌 A반 학생이었다.

그룹에 속한 열네 명 중에 카츠라기도 있었는데, 전면에 나선 것은 마토바라는 남자. 카츠라기는 그룹의 책임자가 아닌 걸까. 아무튼 A반은 초장부터 그룹 안에 최대한 자기 반을 넣는 작전을 내세웠다.

"야, 뭘 너희 마음대로 하고 있어? 너희끼리 그러는 건 너무 치사하지 않냐?"

스도가 화내면서 마토바를 노려보았다.

"이게 정말 우리 마음대로 하는 걸까요? 우리 제안대로라면 한 그룹을 구성하는 반이 최대 두 반뿐입니다. 그럼 1위가 됐을 때의 배율이 낮죠. A반에만 이로운 탐욕적 제안이라고는 생각하지 않는데요."

"하, 하지만 14명이나 들어가는 건 치사하지!"

"그렇지 않아요. 오히려 평등합니다. 남은 세 반이 15명이라는 틀 안에서 그룹을 세 개 만들 수 있으니까 각 반도 우리와 비슷하게 그룹을 짜면 되는 것 아닌가요?"

"그런가……?"

마토바의 말이 퍼뜩 이해되지 않은 스도가 뒤돌아 히라타를 쳐다보았다.

"그렇겠네."

"이해했으면 이야기가 빠르겠군요. 참고로 A반에서 남은 여섯 명은 여러분이 어느 그룹에 어떻게 배치하더라도 기꺼이 따를 방침입니다."

어떤가요? 하고 히라타를 보며 미소 짓는 마토바.

B반 칸자키와 시바타 무리에게도 시선을 보냈다.

"음…… 그렇군, 나쁜 이야기는 아닌 것 같은데. 어떻게 생각해, 칸자키?"

"미안하지만 바로 대답할 수는 없어."

"그렇겠지. 남은 A반의 여섯 명이 일부러 다른 그룹의 발목을 잡는 짓까지는 하지 않을 거라 생각한다만, 역시 신경 쓰이겠지."

속공으로 그룹을 결정하려는 A반. 하지만 칸자키는 바로 결단을 내리지 않고 제안을 보류하려고 했다.

그때 마토바가 강한 어조로 말했다.

"지금부터 5분을 주겠습니다. 그 전까지 결정하세요."

"시간제한이 있다는 건가. 그룹 결정은 이제 막 시작됐을 뿐이야. 그건 A반만의 의견이지, 일방적으로 정해도 될 문제가 아니야. 5분밖에 유예를 주지 않겠다는 건 당치 않다고 생각하는데?"

A반처럼 다른 반들도 14명을 자기 반 아이들로 채울 수 있는 제안이라지만, 그게 모든 반에 공평하게 작용한다는 말은 속임수다. 1위를 차지했을 때 포인트 배율이 낮아도 상관없다고 생각할 수 있는 건 포인트를 리드하고 있는 현재 1위 A반 밖에 없다.

"그렇군요. 물론 우리끼리 결정해도 될 문제는 아닐지도 모르죠. 하지만 착각하지 마십시오. 우리가 말하고 싶은 건 딱 5분만 교섭하겠다는 뜻이 아닙니다. 어디까지나 5분에 한해 특별 전형을 만들 생각입니다."

"특별 전형?"

마토바는 어디까지나 자기들 위주로 이야기를 진행했다. 아직 다른 반의 의견이 정해지지 않아 행동하기 전이었기 때문에 자기 마음대로 제안할 수 있는 상황이었다. 확실한 선제공격에 가까웠다.

"우리 A반의 열네 명이 그룹 하나를 만든 다음, 다른 반에서 딱 한 명만 받는 방법. 이게 최선인지 아닌지는 둘째 치더라도, 우리가 멋대로 밀어붙이는 것처럼 느껴지는 건 사실입니다. 따라서 들어올 한 명, 그러니까 특별 전형인 사람에게 지금에 한해 혜택을 하나 드리죠."

버스에서 미리 짰을 작전을 마토바가 착착 펼쳤다.

"우리 그룹에 들어오는 학생은 조금의 위험도 짊어질 일이 없을 겁니다. 우리 그룹은 카츠라기가 책임자를 맡고, 만에 하나 꼴찌가 된다고 해도 책임을 지는 건 카츠라기 한 사람뿐입니다. 연대 책임자로 같이 퇴학당하게 하지 않는다고 확실히 약속할 수 있어요. 아아, 물론 의도적으로 나쁜 점수를 받거나 그룹의 일원에게 타격을 주지 않는 경우에 한한 이야깁니다만. 순수하게 시험 성적이 나쁜 건 전부 허용합니다."

그것이 특별 전형, 이라는 건가.

"진짜냐⋯⋯."

일부 학생은 특별 전형 제안에 일정 가치를 발견했다. 반을 위해 승리했을 때 포인트 배율이 높은 그룹을 만들거나 이기기 위한 멤버를 모으는 것도 필요한 행동이지만, 그러한 것들을 생각하는 사람은 기본적으로 반의 핵심 인물들. 퇴학을 두려워하는 다른 일반 학생들 입장에서 보면 이 시험을 100% 안전하게 해결할 수 있는 '특별 전형'이라는 제도가 썩 나쁘지 않았다.

카츠라기가 책임자인데 나와서 이야기를 진행하는 사람은 마토바라는 남학생. 말투와 이야기를 이어가는 방식을 봤을 때 그도 나름대로 능력 있는 학생이라는 것을 알 수 있었다. A반에는 아직 겉으로 드러나지 않은 우수한 인재가 꽤 있다는 거겠지.

그런데 카츠라기가 앞으로 나오지 않는 이유는 뭘까. 반에서 입지가 사라지면서 패배했을 때 책임을 짊어지게 된 것일까?

"우리는 이 열네 명으로 1위를 차지할 생각이기 때문에, 나머지 한 사람은 프라이빗 포인트의 혜택을 받을 가능성도 높아요. 각자의 반에는 이번 특별시험에 자신 없는 사람도 있지 않나요?"

그렇게 말하며 1학년 학생들을 휘익 둘러보았다.

마토바가 지금 한 말은 특별 전형에 달려들고 싶은 학생들에게 영향을 미쳤을 것이다.

"하지만 5분 이내에 결정하지 못하면 이 특별 전형 제안은 무효입니다. 만에 하나 우리 반이 페널티를 받았을 때 가차 없이 길동무로 삼겠습니다."

"흥미로운 제안이지만, 그럼 5분을 넘긴 시점에서 너희 그룹에 들어갈 가치가 뚝 떨어지지. 십중팔구 길동무가 될 텐데 누가 거기 들어가고 싶어 하겠어?"

굳이 말할 것도 없지만, 하고 칸자키가 말을 덧붙였다.

"맞아. 무슨 일을 당할지 뻔히 아는 그룹에 어느 바보가

제 발로 들어가?"

순간 특별 전형에 혹했던 학생들도 그렇게 말했다.

"어떻게 생각하든 상관없지만 우리는 절대 뜻을 꺾지 않을 겁니다."

그렇게 말한 마토바는 그룹을 이끌고 한 걸음 후퇴했다.

의논하는 데 낄 생각이 없다는 의사 표명이었다.

"그냥 무시하자. 어차피 5분을 넘기면 아무도 저 그룹에 들어가려고 하지 않을 거야. 시간이 지나면 결국 쟤네가 먼저 우리 대화에 끼려고 할걸?"

"그렇겠지."

칸자키와 시바타는 그렇게 말하며 일단 거리를 두는 방침으로 정리한 듯했다. D반의 카네다 무리도 별다른 움직임은 찾아볼 수 없었다.

하지만 히라타만은 생각이 조금 다른 것 같았다. 나와 케세이, 아키토 쪽으로 다가오더니 의견을 살피듯 소곤소곤 물었다.

"……너희는 어떻게 생각해?"

"A반 작전 말이야?"

케세이가 먼저 입을 열었다.

"응. 난 의외로 저 제안이 나쁘지 않은 것 같아. C반 전원이 무사히 이 특별시험을 통과하는 것이야말로 이번 시험의 절대 조건이야. C반으로 올라왔으니까 말이지. 이 좋은 분위기를 망가뜨리고 싶지 않고, 난 우리 반 애들이 퇴학당하는 걸 바라지 않아. 그런데 꼴찌 그룹에는 퇴학 위험이 따라붙으니까 시험에 자신 없는 학생을 A반 그룹으로 보내서 보호하면 그래도 좀 마음이 놓일 것 같은데."

과연 보호하려면 A반의 제안을 따르는 게 이익이라고 볼 수 있다.

"하지만 A반이 이번 특별 전형의 약속을 끝까지 지킨다는 보장이 없어. 혹시라도 꼴찌가 됐을 때 억지로 연대 책임을 물을 가능성도 있고. 구두 약속일 뿐이라며 무효라고 우길지도 몰라."

히라타가 불안해하는 것도 당연했다.

원래는 구두 약속에도 법적 구속력이 있다. 하지만 그렇게 주장해봐야 결론은 나지 않고 입씨름만 계속되겠지.

A반이 오리발이라도 내밀면 일이 성가셔진다. 무엇보다 길동무로 삼지 않는 조건은 그룹을 '의도적'으로 방해하지 않았을 경우다. 시험 점수가 낮아도 고의인지 아닌지 판단하기란 무척 어렵다.

그렇다고 펜도 종이도 없는 이 자리에서 증거를 기록으로 남길 수도 없다.

교사에게 부탁하려고 해도, 그룹 결정에 일절 관여하지 않는다고 공공연히 말한 상태다. 이 구두 약속을 기억해달라고 말해봐야 무의미하리라.

그래도 마토바의 특별 전형 이야기는 1학년 모두가 똑똑히 들었다. 이를 무시하고 퇴학의 길동무로 삼는 것은 상대

쪽에도 큰 손해다. 기본적으로는 믿어도 되겠지.

"……한 사람을 보호해주면 우리한테는 고마운 일일지도 몰라."

케세이도 히라타의 말에 동의했다.

"그래. 남은 건 우리가 받아들이겠다고 나왔을 때 B반이랑 D반이 어떻게 판단할지야."

특별 전형에 응하는 것은 강제 수단을 쓴 A반을 지지하는 행동이나 다름없다.

잠깐의 시간이라고는 하나 히라타는 마지막 순간까지 치열하게 고민하고 싶은 모양이었다.

갑작스러운 제안이 나온 지 3분 정도 지났다. 1초 1초 성실하게 세고 있는지는 모르겠지만, 마토바 일행은 느긋한 자세로 일관했다. 누군가가 손을 들 거라고 예상하는 걸까, 아니면 다른 작전이라도 생각하고 있는 것일까.

남은 2분 동안 상황을 지켜보면서 마토바 무리가 움직일 순간을 기다릴지 말지는 B반 이하의 리더들에게 달렸다.

"칸자키 씨. 제안이 하나 있는데."

D반의 카네다가 B반 칸자키에게 다가갔다. 귀에 대고 소곤소곤 말하는 게 아니라 주위에 다 들릴 만큼 당당했다. 카네다가 불러서 히라타도 걸음을 옮겼다.

"이건 기회로 봐야 한다고 판단했어요. A반이 뭉쳐준 덕분에 저 그룹은 시험에 승리한다고 해도 두 반의 배율 점수밖에 얻을 수 없어요. 게다가 조건을 받아들이면 나머지 A

반 학생을 우리 마음대로 배치할 수 있는 권리가 생깁니다. 즉, 우리는 남은 그룹 전체를 네 반이서 만들 수 있다는 거죠. 이건 상위를 차지할수록 A반과의 차이를 좁힐 수 있는 기회 아닌가요?"

"그건 A반 그룹이 승리할 때의 이야기지."

자세한 점수는 모르지만 페이퍼 셔플에서 A반은 B반을 이겼다.

만약 시험이 학력을 가리는 승부라면 불리하다고 보는 것 같았다.

"물론 리스크는 있어요. 하지만 이건 단순한 학력 승부가 아닙니다. 어때요. 지금은 타도 A반으로 가는 게 최선이 아닐까 싶은데요. 나쁘지 않은 제안 아닌가요?"

카네다가 그렇게 말했다. B, C, D 세 반이 협력해서 A반을 포위하는 계획.

"뭐, 세 반이 서로 협력하려면 A반 14명이 들어가는 그룹을 인정해야 하겠죠. 하지만 네 반의 점수 배율 혜택을 생각하면 값싼 대가예요. 심지어 특별 전형까지 준비해준다고 하니까, 그야말로 안성맞춤이라고 봅니다."

"그래. 나도 카네다의 작전이 좋다고 생각해."

히라타가 동의했다. 칸자키는 더 신중한지 아직 결정을 내리지 못했지만 네 반이라는 데서 오는 장점은 놓치지 않고 생각하는 듯했다.

"하지만 누구를 저 그룹에 보내지? A반으로 구성된 그룹에 들어가겠다고 지원할 애는 적어도 B반에는 없을걸. 나까지 포함해서."

특별 전형으로 지켜준다고 하더라도 그 한 사람은 일주일 동안 A반과 같은 그룹이 되어 생활해야 한다. 가시방석인 것만은 확실하다.

"B반이랑 D반에 묻고 싶은데, 희망자 있어?"

히라타의 물음에 두 반 학생들이 서로의 얼굴을 마주 보았다.

하지만 손은 좀처럼 올라오지 않았다.

"자, 그럼 C반 애들한테도 물어볼게. 희망자 있어?"

이번에는 우리 반.

우리 반의 반응도 B, D반과 별로 다르지 않았다. 그중에는 특별 전형이 되면 좋겠다고 생각하는 학생도 있겠지만, 주위 시선도 그렇고 일주일간 가시방석이리라는 점이 불안했는지 입후보자는 나타나지 않았다.

"이건 그냥 개인적인 내 추측에 불과하지만, A반은 약속을 지킬 거라고 생각해."

"무슨 근거로 그렇게 말하는 거지?"

"그들은 A반이니까? 길동무로 삼지 않겠다고 공언해놓고 하위 반 학생을 억지로 휘말리게 한다면 앞으로는 이런 거래가 일절 통하지 않게 돼. 이제 겨우 1학년 3학기니까, 앞으로의 일을 생각한다면 이런 교섭에서 신뢰를 잃는 건 엄청난 손해라고 봐."

히라타의 의견은 일리가 있었다.

이것이 마지막 승패를 결정짓는 싸움이라면 A반도 앞뒤 가리지 않으리라.

하지만 아직 2년 넘게 시간이 남아 있다. 여기서 어느 정도 약속을 지킨다는 이미지를 구축해둬야 다른 시험에서도 같은 방법을 쓸 수 있다.

시기적으로 봤을 때 갑자기 그런 무모한 짓은 하지 않을 거라는 게 히라타의 의견이었다.

"적을 칭찬하고 싶지는 않지만, 그들은 A반이야. 단순히 말해서 우리보다 성적이 좋지. 꼴찌가 되거나 평균점이 확 떨어질 일은 없을 거라고 생각해. 그러니까 들어가더라도 절대 지는 그룹에 배정되는 게 아니라는 걸 인식했으면 좋겠어."

히라타가 한 말의 의미는 이케 무리도 잘 이해했으리라.

"다행히 B반이랑 D반에 희망자가 없는 모양이니까, 난 우리 반에서 한 사람을 골라 A반 그룹에 보내고 싶어. 그래야 그들이 이기면 우리 반이 같이 덕을 볼 거고, 만에 하나 생길 퇴학도 막을 수 있어. 어때?"

그렇게 말하자마자 이케와 야마우치 쪽을 쳐다보았다.

자기 능력에 불안감을 느끼는 학생들을 한 사람이라도 더 지키고 싶은 거겠지.

히라타는 마지막 굳히기에 들어갔다.

"특별 전형으로 들어간 학생이 시험에서 그룹의 평균점

보다 낮은 점수를 받아도 비난하지 않겠다고 약속해줄 수 있어?"

그렇게 마토바에게 확인했다.

"물론이죠. 우리는 애초에 기대하지 않아요. 우리가 처음 말한 조건만 지켜준다면 약속은 확실히 지킵니다."

"……내가, 들어갈까?"

그렇게 중얼거린 사람은 이케. 그 말을 듣고 야마우치도 덩달아 나섰다.

"이 몸도 들어가고 싶은, 것 같기도 하오."

이어서 박사도 입후보했다. 이렇게 해서 총 세 사람이 후보에 올랐다.

"그럼 공평하게 가위바위보를 해서 이긴 사람이 저 그룹에 들어가는 걸로 정할까?"

히라타의 제안에 따라 세 사람은 가위바위보에 들어갔다.

그 결과, 야마우치가 이겨서 혼자 A반 그룹에 들어가기로 결정되었다.

이리하여 순식간에 A반이 주도한 첫 번째 그룹이 완성되어, A반 학생 여섯 명을 남기고 마시마 선생님에게 보고하러 갔다. 불과 몇 분 사이에 일어난 일이었다.

"이제 우리끼리 마음대로 그룹을 만들 수 있게 됐는데, 어떻게 할까요? 일단 A반이 쓴 작전처럼 각 반이 열네 명을 넣은 그룹을 세 개 만드는 것도 가능해요. A반이 했듯이 나머지 한 사람을 길동무 대상으로 삼지 않는 전략을 내세워

서로 잘 협력하는 것도 방법이겠죠. 하지만 저는 아까도 말했다시피 네 반을 골고루 섞는 걸 제안하고 싶어요."

"그래. A반의 제안을 받아들였으니 네 반을 모두 섞는 게 좋겠지."

"그럼 이의는 없는 걸로. C반은 어떻게 할 거죠?"

칸자키와 카네다가 어디까지나 높은 배율을 노리는 작전을 제시했다.

"승리가 목적이라면 그 방법이 좋겠네. 반대하지 않아."

"기다려, 히라타. 그렇게 쉽게 받아들여도 되냐? 난 이시자키 같은 애랑 같은 그룹이 될 생각이 전혀 없는데."

스도가 이야기에 끼어들었다. 스도뿐 아니라 케세이 등 많은 C반 학생들도 같은 마음이었다. 그리고 B반과 D반 중 일부에서도 불평불만이 새어 나왔다.

네 반을 섞는 것은 배율을 따졌을 때 이익이 많지만 그만큼 문제도 생기기 쉽다.

견원지간인 학생끼리 같은 조가 되면 성적에도 영향을 미치게 된다.

"나도 알아. 바로 정리될 이야기라고는 나도 생각 안 해. A반은 어떤 기준에 따라 열네 명을 골라서 한 그룹을 만든 것 같은데, 우리는 그렇게 간단히 할 수는 없으니까."

A반 학생들이 납득하는 태도를 봐도 보상은 반 아이들 전원이 균등하게 나누는 게 분명하리라. 아니면 그룹에 속하지 않아 부담이 큰 여섯 명에게 그 이상의 보상을 약속했을

지도 모른다. A반이라는 안전한 위치에 있기 때문에 취하기 쉬운 작전이기도 하다.

"일단 서로의 주장을 받아들여가면서 임시 그룹을 만들어 보는 건 어때? 문제가 있으면 바로 해산하면 그만이고."

"그래. 나도 그 의견에는 찬성이야. 여기서 계속 탐색만 해봐야 평행선이고 귀중한 시간만 낭비할 뿐이야. A반 애들은 이미 그룹 문제를 해결하고 다음 단계로 넘어가고 있잖아."

서로 언쟁만 벌여서는 다음 단계로 넘어갈 수 없다고 판단한 듯하다.

다른 학생들도 일단은 리더 격에게 맡길 생각인지 다른 의견은 거의 나오지 않았다.

"우리도 반대는 없어요."

카네다도 시원시원하게 받아들였다. 지극히 당연하다는 듯 진행된 그룹 나누기.

하지만 그 모습을 지켜보는 학생들은 말을 하지 않았을 뿐, 어딘지 의아한 표정이었다. 원래 D반의 리더는 카네다가 아니라 류엔이라고, 주위 사람들은 당연히 그렇게 생각했다. 그런데 리더라고 생각한 류엔은 대화에 끼기는커녕 모두와 거리를 둔 채, 상황이 어떻게 돌아가는지 살피는 기색조차 없었다.

3학기가 시작되면서 류엔이 일선에서 물러났다는 소식은 이미 학년 중에 퍼져 있었다. 물론 구체적인 사정을 모르는 학생들 중에는 눈속임이라고 의심하는 사람도 적지 않았다.

"일단 물어보겠는데, 그거 류엔의 지시야?"

히라타와 칸자키조차 직접 묻기 곤란해하는 것을 시바타가 대놓고 물었다. 카네다는 안경을 벗은 다음 렌즈에 묻은 먼지를 후후 불어 털었다.

"아니요, 이건 제가 개인적으로 생각한 겁니다. 그의 의향과는 상관없어요. 설령 뒤로 연결되어 있다고 해도 지금 이렇게 말하고 있는 건 접니다. 무슨 문제라도 있나요?"

표정이 살짝 험악해진 카네다에게 시바타가 다가가며 사과했다.

"확인만 하고 싶었을 뿐이야. 기분 상했으면 미안해."

"아닙니다. 그보다도 이야기를 계속 진행하죠. 그룹을 나누는 문제는 자칫 잘못했다간 상당한 시간이 걸립니다. 잡담하면서 멀리 돌아갈 여유는 없는 것 같은데요."

그룹 나누기는 물론 어려운 문제이다. 각 멤버는 그룹을 위해 행동하면서 동시에 자신이 퇴학당하지 않게 처신을 잘해야 하며, 반이 보상을 받을 수 있게끔 움직여야 한다. 이는 간단해보이지만 무척 어려운 일이다. 그리고 그룹 나누기는 유력한 인물을 끌어오는 것보다 쓸모없는 존재가 들어오지 않는 게 중요한 싸움이기도 하다. 그룹에 방해가 되는 학생을 어떤 방법으로 다른 그룹으로 보낼지가 중요하리라.

그룹을 짜기 위해 C반에서는 히라타, B반에서는 칸자키, D반에서는 카네다가 15명으로 이루어질 각 그룹의 첫 번째 멤버로 나섰다. 나머지 소수 그룹은 일단 뒤로 미뤄둘 모양이었다.

반에서 적임자로 판단되는 11명을 선별하는 작업이 시작되었다.

그룹에 들어가길 희망한 학생 몇 명이 즉시 히라타 쪽으로 자리를 옮겼다. 자기 반이 주도하는 그룹이라면 길동무 신세를 면할 수 있는 데다가 서로에 대해 잘 안다. 다른 반의 개입도 최소한으로 줄일 수 있다. 그래서 당연하다는 듯 모여들었다. B반도 비슷한 경향이어서 상상했던 것보다 빨리 정원이 차는 것 같았다. 남은 D반도 느리지만 역시 그룹을 짜기 시작했다.

D반의 모습을 주목한 사람은 나뿐만이 아니리라. 칸자키와 시바타 등 주요 인물들은 물론이고 많은 학생이 관찰하고 있었다. 류엔 카케루가 현 시점에서 D반에 어떤 존재인지 알고 싶었기 때문이다.

B반에게도 C반에게도, D반은 아직 완전히 믿을 수 없는 존재였다.

류엔이라는 존재는 지금까지 수차례 덫을 놓았으니까. 무리도 아니다.

"키요타카는 어떻게 할 생각이야?"

케세이와 아키토가 확인하러 내게 왔다.

"두 사람은?"

나는 고민하는 척하면서 되물었다.

"난 케세이가 하는 대로 따라 하려고. 머리 쓰는 거에는 약하니까."

"……C반 애들로 이루어진 그룹은 매력적이야. 그런데 히라타의 방식에 좀 불만이 있어."

"그게 무슨 말이야?"

아키토가 이해하지 못하고 물었다.

"히라타는 승리보다 반 애들을 지키는 걸 우선하고 있어. 그게 나쁘다는 건 아닌데, 결국은 이길 확률이 떨어져. 실제로 이케, 오니즈카, 소토무라는 히라타 그룹에 들어가는 걸 희망하고 있어. 도움이 되고 안 되고는 당연히 시험 내용에 따라 다르지. 어쩌면 나보다 점수를 더 많이 받을지도 모르고. 하지만 예상되는 시험 내용이면 점수를 잘 받지 못할 가능성이 더 높아."

"뭐, 그건 그런가……."

"A반은 오합지졸들이 아니니까. 야마우치가 발목을 잡는다고 해도, 히라타 그룹이 이길지 생각하면 회의적이야. 피할 수 있는 건 길동무뿐이지. 그럴 바에야 난 차라리 소수 그룹에 들어가서 소수정예로 승리를 위해 싸우는 게 옳다고 봐."

"평균점 승부라면 그게 안전한 방법이라는 건가."

1학년 전체 중 남자는 80명.

각각의 반에 20명씩. 그것을 잘 나누면 다음과 같다.

A그룹 (A 14명, C 1명)=15명

B그룹 (B 12명, A 1명, C 1명, D 1명)=15명

C그룹 (C 12명, A 1명, B 1명, D 1명)=15명

D그룹 (D 12명, A 1명, C 1명, B 1명)=15명

남은 20명(A반 3명, B반 6명, C반 5명, D반 6명).

이 20명으로 나머지 그룹 두 개를 만들게 되겠지.

하지만 거의 모든 학생이 각 반 대표의 생각대로 팀을 결성하는 가운데 그렇게 하지 않을 학생들도 존재했다.

대표적인 예로는 D반의 류엔 카케루가 분명 그러하리라. 처음부터 이 시험에 뛰어들 생각 따위 없는 것처럼 어느 누구와도 얽히려 하지 않고 혼자 시간을 보내고 있었다.

그렇다고 그냥 혼자인 게 아니다. 아무도 자신을 상대해주지 않아 쓸쓸하게 시간을 보내는 게 아니라, 당당히 고독을 관철하고 있는 모습이었다.

하지만 그룹이 전부 정해지지 않으면 다음 단계로 넘어갈 수 없다.

필연적으로 소수 그룹 중 누군가가 반드시 류엔을 데려가야 한다.

같은 반 이시자키 무리조차 말을 걸지 않는 상황인데 행동에 나설 학생이 있다고 한다면, 나는 딱 한 사람밖에 떠올릴 수 없다.

"류엔. 괜찮으면 우리 팀에 들어오지 않을래?"

그렇게 말 건 사람은 당연히 우리 반 히라타였다. 이미 반대항전을 반쯤 기권한 상태인 류엔의 입장에서 보면 강제참가를 강요하는 시험이 귀찮을 게 틀림없지만, 한편으로는 특별히 반항하지도 않을 것 같다.

"기다려, 히라타! 류엔을 넣자니 농담 하지 마!"

히라타 그룹에 들어가려던 모든 학생이 반대했다.

누가 좋다고 제일 큰 폭탄을 안고 싶어 하겠는가. A반으로 올라가기 위한 전략에 류엔 카케루는 가장 불필요한 존재였다.

이 학교의 A반 자리를 놓고 벌이는 싸움 자체는 학생들도 어느 정도 이해하고 있었다.

다만 그것과 동시에 끓어오르는 의문도 있었다.

바로 'A반이 아닌 상태로' 졸업하는 경우다.

물론 어딘가에 진학 혹은 취업하게 해주는 꿈같은 제도의 혜택은 받지 못하겠지만, A반이 아닌 학생들이 어느 정도 수준까지 평가받을 수 있을지 궁금했다.

그것은 입학을 통과한 학생들 사이에서 끝나지 않는 의문이었다.

좋은 정보와 나쁜 정보가 한데 뒤섞인 느낌이다.

단점으로는 '이기지 못한 학생'이라는 꼬리표가 붙는 경우. 희망하는 학교나 기업에서 그렇게 판단을 내리고 채용하지 않을 수 있다는 부분이었다.

하지만 반대로 고도 육성 고등학교 출신자를 높이 사는

층이 많으리라는 의견도 있었다. 실력주의 속에서 3년간 부대끼며 귀중한 경험을 한 점, 정부 주도 학교라는 점도 높이 평가할 것이다. 즉 눈을 높이지 않는다면 졸업할 만한 가치, 그러니까 장점이 충분히 있다고 보았다.

요컨대 D반이든 C반이든 A반으로 올라가지 못한다고 해서 너무 비관할 필요는 없다.

2학년은 이미 나구모가 압도적 힘과 지지를 받아 A반에서 군림하며, B반 이하와의 거리를 확 벌려놓았다. 아직 1년이라는 유예기간이 남아 있어 역전할 여지가 있다고는 하나, 하위 반 입장에서 힘든 게 사실이다.

3학년도 비슷한 상황이었다. 2학년만큼 압도적이진 않아도 호리키타의 오빠가 소속된 A반이 단 한 번도 톱의 자리를 내주지 않고 한결같이 앞서 나가고 있다고 들었다.

적어도 현재 D반인 2학년과 3학년은 역전의 기회가 거의 없다고 봐도 좋으리라. 울트라 C(체조용어로 최고 난이도 기술을 뜻한다)…… 그러니까 퀴즈 방송 마지막 문제에서 지금까지의 점수를 확 뒤집는 장치라도 없는 이상 무리이리라.

아직 전체적인 그림이 그려지지 않는 1학년은 차치하고, 퇴학당해도 상관없다고 생각하는 학생은 우선 없을 것이다.

싸움에 져서 퇴학당한 학생을 학교나 기업이 환영할 리 없다.

책임자에 의한 연대 책임 제도 등은 어디까지나 억제력을 위한 것. 강제적인 방법으로 퇴학자를 만들지 않기 위해 생긴 규칙이다. 그래도 경계를 늦추어선 안 된다. 퇴학당해도 상관없다고 생각하는 학생이 존재할 가능성도 있고, 만에 하나 책임자가 퇴학당하게 된다면 가차 없이 물귀신 작전을 쓰겠지.

즉 책임자 이외의 학생은 1점이라도 더 높은 성적을 받아, 길동무 대상에서 제외될 필요가 있다. 그리고 책임자에게 밉보이지 않는 것도 중요하다.

"나를 그룹에 넣으려고 하다니 대단하네, 히라타. 하지만 의견 합치가 안 될 것 같은데."

그렇다, 그룹 결정은 한 명이라도 반대하는 사람이 있는 한 절대 하나가 될 수 없다.

히라타가 설득한다고 해도 스도 일행은 절대 고개를 끄덕여주지 않으리라.

"야, 케세이. 소수정예도 상당히 위험한 것 아니야?"

남은 사람들을 보면서 아키토가 중얼거렸다.

"……생각한 것 이상으로."

케세이도 느꼈는지, 어이없다는 듯 한숨을 푹 내쉬었다.

C반에서 남은 다섯 명은 나와 케세이, 아키토, 박사, 오니즈카, 그리고 코엔지였다.

박사와 오니즈카는 히라타 그룹에 들어가고 싶어 했지만, 단순히 인원 초과 때문에 튕긴 상태. 코엔지로 말할 것 같으면 만년 마이페이스라고 할까, 같이 의논하려는 기색조차 없었다.

우리 다섯 명이 뭉치고 싶다고 주장하는 것도 가능하지만, 남은 10명짜리 그룹은 총 2개. 그러니까 다른 반도 같은 방법을 쓰는 게 불가능하다.

심지어 적극적으로 책임자를 맡으려는 학생이 거의 없었기 때문에 마치 시간이 멈추기라도 한양 학생들이 그대로 굳었다.

"난 류엔이랑 같은 그룹만 아니면 돼."

B반 학생 하나가 그렇게 주장했다.

"나도 류엔만은 피하고 싶어."

옆에 있던 케세이도 같은 의견이어서, 아무도 류엔과 같은 그룹이 되려고 하지 않았다. 하긴, 무슨 일을 당할지 모르니까.

유일하게 같은 그룹이 될 가능성이 있었던 이시자키 무리도 지금은 류엔이 멀리 하고 있는 상황이었다. 또, 옥상 소동과 직접 연관이 없어 류엔에게 나쁜 이미지가 별로 없을지도 모르는 시이나 히요리는 여자이기 때문에 이 자리에 영향을 줄 수 없었다.

"쉽게 결정될 것 같지 않네요."

"D반 그룹에 넣는 게 최선책이야."

"그럼 다행인데, 지금은 아무래도 어려운 상황 같아서."

"……사이가 틀어졌다는 소문은 들었어. 하지만 쉽게 믿기에는 증거가 부족해."

칸자키, 아니 이 자리에 있는 거의 모든 학생이 그렇게 의심하는 것도 무리가 아니었다. D반이 의도적으로 류엔을 멀리하게 만든 다음 뒤로 뭔가를 시키려는 상황처럼 보이기도 하겠지.

"칸자키. 난 류엔이 정말 곤란한 처지에 놓여 있다면 어떻게든 해야 한다고 생각해."

"어떻게든 해야 한다는 말은 B반과 C반이 류엔을 도와줘야 한다는 뜻이야?"

"응."

"D반을 돕는 건 다시 말해 두 반을 희생하는 일이기도 해. 결국 어느 쪽이 더 위험한지 저울에 달아보면, 류엔을 받아들이는 게 좋은 방법은 아닌 것 같은데."

칸자키의 말이 옳았다. 누군가가 류엔을 받아들여 리스크를 짊어져야 한다면 그건 그가 소속된 반이어야 한다. 우리가 굳이 자진해서 고생할 필요는 없다. 설령 카네다와 이시자키 무리가 싫어한다고 해도, 다른 반에 떠미는 쪽이 더 무리난제이다.

만약 이것이 두 명씩 짝 지어 펼치는 승부였다면 히라타는 틀림없이 고민하지도 않고 류엔과 짝이 되는 길을 택했으리라. 하지만 이번 그룹은 10명이 넘는 학생들로 구성된다. 한 사람의 선의만으로 모든 것을 결정할 수는 없다.

그 후 갑자기 들이닥친 침묵은 그룹 결정이 생각보다 시간을 오래 끌 것이라는 사실을 암시했다. 류엔을 배제하고, 결과적으로 금방 그룹을 짜는 데 성공한 세 그룹 내에서도 의심암귀(疑心闇鬼)가 자라난 것 같았다.

3

"한 가지 제안할게. 지금 문제가 되는 건 류엔이고, 류엔이 어느 그룹에 들어갈지에 대한 문제 때문에 애를 먹고 있는 거잖아? 그러니까 류엔을 받아들이는 대신 내가 그 그룹의 책임자가 되는 건 어떨까?"

그렇게 발언한 사람은 옆에서 상황을 조용히 지켜보고 있던 아키토였다. 그는 계속해서 말을 이었다.

그런데 아무도 받아들이려 하지 않는 류엔을 자기가 맡겠다고 표명하는 것도 아이들의 의심을 샀다.

"무슨 꿍꿍이야?"

"간단한 이야기야. 대신 1위가 되었을 때 성공 보상을 더 많이 받고 싶어."

반발하는 목소리가 전혀 없는 건 아니었지만, 류엔을 떠맡는 쪽이 훨씬 위험하다는 것은 모두 잘 알고 있었다. 단지 아키토는 아무리 봐도 보상을 노리고 하는 행동이 아닌 듯했다. 아무도 류엔을 받아들이려고 하지 않으니까, 그냥 아무 이유나 대충 둘러대고 받아들인 것처럼 보였다.

"무슨 생각으로 그런 제안을? 혹시 책임지게 됐을 때 누군가를 길동무로 삼을 생각인 것 아니야?"

"노골적으로 그룹을 방해하지 않는다면 그런 짓은 안 해. 그리고 애당초 규칙상 그건 불가능하잖아."

아키토가 똑 부러지게 말하자 임시 그룹 멤버가 입을 꾹 다물었다.

이렇게 우여곡절도 많았지만, 마침내 1학년 남자가 6개의 그룹으로 분류되었다.

그리고 동시에 내 그룹도 결정되었다.

C반에서는 '코엔지', '케세이', '나'까지 세 명.

B반에서는 '스미다', '모리야마', '토키토'까지 세 명.

A반에서는 '야히코'와 '하시모토'.

그리고 D반에서는 '이시자키'와 '알베르트'. 이렇게 총 10명으로 구성된 그룹.

같은 반 학생들이 대부분인 네 그룹과는 선명하게 이질적이었다.

말은 그렇게 해도, 아키토가 이끌게 된 또 다른 그룹 역시 마찬가지인가.

하지만 내가 들어간 그룹에는 이 그룹 나름의 문제가 있었다.

바로 그룹 중 유일하게 책임자가 아직 정해지지 않았다는 사실이었다. 적극적으로 책임자를 희망하는, 리더십을 발휘하는 스타일의 학생이 이 그룹에는 한 사람도 없는 것 같았다.

먼저 나서서 이야기를 정리해 줄 사람도 없었기 때문에 그룹 내에 뭐라고 설명할 수 없는 분위기가 만연했다. 어쨌든 지금은 그룹 결성을 학교 측에 보고하는 것이 먼저다. 책임자 선정은 그 후에 해도 늦지 않다. 우리 열 명은 여섯 번째 그룹으로 보고하러 나섰다.

"류엔은 피할 수 있었지만, 평균점을 잘 넘길 수 있을지 의구심이 드는 그룹이야."

케세이의 불안한 듯한 말. C반 이외의 학생은 솔직히 우수한지 잘 모른다. 그리고 나로서는 이시자키, 알베르트와 같은 그룹이 되는 것을 피하고 싶었는데, 이렇게 된 이상 어쩔 도리가 없다.

이시자키는 노골적으로 나를 피하듯 시선을 주지 않았는데, 제삼자가 뭔가를 눈치챌 정도는 아니다. 단순히 안중에 없다는 인상밖에 받지 않을 것이다.

"코엔지도 문제고."

진지하게 임하면 학력도 신체능력도 더할 나위 없이 훌륭하지만, '진지하게 임하면'이라는 전제가 반드시 붙어야 한다.

"아무리 코엔지라도 마이너스를 받는 짓은 안 하지 않을까? 그러다가 같이 퇴학당하게 되면 그날로 끝이니까 말이야."

대충 쳐도 평균점 이상은 받을 것 같은데. 어쨌든 계산대로 움직일 존재가 아니라는 것만은 확실하다.

코엔지가 의욕을 보여주지 않는다면 앞으로 어떻게 될지는 예측하기 어렵다.

보고를 마쳤을 때, 먼저 밖에 나갔던 A반을 중심 그룹이 아직 남아 있다는 것을 깨달았다. 처음에는 나머지 다섯 그룹의 편성이 어떻게 됐는지 알아보고 싶어서인 줄 알았는데, 아무래도 그건 아닌 것 같았다. 2학년과 3학년도 있었으니까. 무엇보다, 2학년 중에는 압도적인 존재감을 발산하고 있는 학생회장 나구모 미야비의 모습도 보였다.

1학년 전원이 빨리 그룹을 완성한 것을 확인하고 입을 열었다.

"좀 더 시간이 걸릴 줄 알았더니, 의외로 빨리 끝냈군."

2학년도 3학년도 거의 모든 소그룹을 완성한 듯했다.

"너희 1학년에게 제안이 있어. 지금 바로 대그룹을 짜지 않을래?"

"나구모 선배. 그건 오늘밤에 정하라고 하지 않았나요?"

"그건 이렇게 빨리 소그룹을 완성할 줄 몰랐던 학교 측의 배려였지. 우연히 전 학년 모두 소그룹을 다 만들었으니까 이대로 다 해치워버리는 게 더 이득 아닐까?"

교사들도 이런 일은 예상 범위에 들어 있지 않았으리라.

대그룹을 만들려고 하는 낌새를 알아차린 교사들이 당황하며 움직이기 시작했다.

학생회장이 직접 그렇게 제안했기 때문에 다른 학생들은

감히 거절할 수 없었다.

"그래도 괜찮죠, 호리키타 선배?"

"아아, 그래. 나도 그 편이 좋아."

그런 짧은 대화가 오고간 후, 나구모를 중심으로 이야기가 전개되었다.

"어떻게 할까요? 드레프트 제도 같은 걸로 정해도 재미있지 않을까요? 1학년 소그룹 대표자 6명이 가위바위보를 해서 지명 순서를 정하는 거죠. 이긴 순서대로 2학년과 3학년 소그룹을 지명해서 대그룹을 완성하는 거예요. 공평하면서 짧은 시간 내에 결정할 수 있어요."

"1학년은 가진 정보가 많지 않아. 지명은 공평하지 않은 것 같은데."

"공평하게 정하는 것은 애초에 불가능합니다. 어차피 가진 정보는 다 차이가 나기 마련이니까요."

"1학년 생각은 어때? 이 방식에 불만이 있으면 말해라."

말할 수 없다는 걸 알면서 나구모가 물었다.

"저희는 이의 없습니다."

A반 마토바가 1학년을 대표한다는 듯 그렇게 대답했다.

"그래? 그럼 지금 바로 시작할까?"

나구모는 한 번 미소를 지어보인 후 이제 막 만든 자신의 소그룹에 합류했다. 그리고 2학년과 3학년이 알아보기 쉽게 각각 여섯 개의 그룹으로 갈라졌다.

1학년의 다섯 소그룹 책임자들이 의견을 나누기 위해 앞으로 나왔다.

그 모습을 본 나구모는 어린아이라도 보듯 온화한 표정을 지었다.

"이제 여기 그룹만 남았군."

우리 소그룹만 책임자를 정하지 못했기 때문에 아무도 나서지 않았고, 솔선해서 가위바위보에 참여하려는 학생은 없었다. 나는 아무도 모르게 케세이의 등을 살짝 밀었다. 순간 의아한 표정을 지은 케세이가 어쩔 수 없다는 듯 손을 들었다.

소그룹의 대표자 여섯 명이 모여 원을 그리며 선 다음 가위바위보를 시작했다.

그 결과, 케세이는 네 번째로 선배 그룹을 지명할 수 있게 되었다.

첫 번째 지명자는 A반의 마토바를 중심으로 한 그룹. 두 번째는 C반을 중심으로 한 히라타 그룹이고, 세 번째 순서는 카네다가 대표인 D반 중심 그룹이었다.

"어느 그룹을 고를지 미리 의논해도 좋아."

인기가 높을 것으로 예상되는 그룹은 2학년 A반 리더이자 학생회장인 나구모의 그룹과 3학년 호리키타의 오빠를 중심으로 한 그룹 정도려나. 다만 히라타처럼 학년을 뛰어넘어 지인이 많은 사람이라면 눈에 잘 띄지 않는, 재야의 우수 그룹도 파악할 수 있을지 모른다.

첫 번째 순서인 마토바가 망설임 없이 3학년, 호리키타 마나부가 소속된 소그룹을 선택했다. 이어서 히라타가 열한 개의 그룹을 하나하나 물끄러미 관찰해나갔다.

그렇게 해서 내린 결론은 또 하나의 인기 그룹이 아니었다. 내가 아는 사람이 한 명도 없는 3학년 그룹.

"어이, 히라타, 정말 괜찮겠어? 학생회장이 있는 그룹이 낫지 않아?"

이케가 그렇게 끼어드는 것도 무리가 아니었다.

"응. 괜찮을 것 같은데. 뛰어난 사람들은 매력적이지만, 그만큼 가진 문제가 필연적으로 커지기도 하고. 게다가 내가 선택한 그룹의 선배들도 지지 않아."

히라타는 그렇게 말하며 자신만만하게 고개를 끄덕였다.

히라타가 그렇게 판단했다면, 하고 이케도 더 깊이 파고들지는 않았다. 지금까지 키워온 신뢰의 크기 덕분이겠지.

이어서 D반 그룹. 카네다는 반 아이들과 상의라기보다는 자기가 어느 그룹을 희망하는지 통보하다시피 했다. 반론이 나오지 않았는지, 곧 지명에 들어갔다.

"우리는 2학년의 고다 선배 그룹으로 부탁드립니다."

또 나구모 그룹이 아닌 다른 그룹을 지명했다.

"어째서 나구모를 피한 걸까?"

내 소박한 의문에 옆에 있던 아키토가 설명해주었다.

"그야 나구모 선배를 뺀 나머지 구성원이 좀 미묘하니까."

"그래?"

"뭐, 모두 다 그렇다는 건 아닌데, C반이랑 D반이 많아.

2학년에서 A반이 많은 그룹은 카네다가 지명했어."

즉, 카네다도 아무 이유 없이 나구모를 피한 게 아니라는 소리인가. 아니, 오히려 든든하고 강력한 동료를 선택한 것이다.

다만, 마음에 걸리는 것은 왜 나구모가 A반을 중심으로 한 그룹을 형성하지 않았는가이다. 물론 나구모가 2학년 전체를 장악했다는 건 잘 알지만, 그래도 자기 반 아이들을 대거 포함시켜야 시험을 치르기가 한결 안전할 텐데.

네 번째로 케세이의 순서가 찾아왔다.

"내가 결정해도 돼?"

케세이가 그룹에 소박한 질문을 던졌다.

"나는 딱히 상관없어. 어차피 아무도 모르니까."

이시자키 이하 D반은 케세이에게 아예 맡길 셈인 듯했다. A반도 특별한 의견을 내지 않았다. 아직 의견을 말하지 않은 B반은 고민 끝에 결론을 냈다.

"나구모 선배 그룹을 골라."

멤버는 C반과 D반이 많지만 학생회장이라는 부분을 높이 평가했으리라.

케세이는 그 의견을 받아들여 나구모가 이끄는 그룹을 선택했다. 그 후에도 계속 의논이 이어졌고 두 번째 선택까지 끝났다. 이리하여 총 여섯 개의 대그룹이 완성되었다.

"호리키타 선배. 어쩌다가 다른 대그룹이 되어버렸으니, 한 번 승부를 겨루는 게 어때요?"

나구모가 그렇게 제안하자 호리키타가 날카로운 눈빛으로 쳐다보았다.

한편 3학년들 사이에서는 살짝 어이없다는 느낌의 한숨 소리가 새어 나왔다. 특별시험을 앞에 두고 쓴 소리를 하려는지 3학년 후지마키가 한 걸음 앞으로 나왔다. 예전에 체육대회 때도 나서서 이끈 적이 있기 때문에 나름대로 발언력을 갖춘 학생이라는 사실을 알 수 있었다.

"나구모. 이게 도대체 몇 번째야, 적당히 좀 해라."

"몇 번째라는 게 무슨 말씀이신지? 후지마키 선배."

"네가 자꾸 그런 식으로 호리키타한테 도전장을 던져도 지금까지는 참견하지 않았어. 하지만 이번에는 1학년까지 포함된 대규모 특별시험이야. 너 개인의 놀잇감으로 삼으려는 행동은 인정할 수 없어."

"왜죠? 이 학교에서는 1학년이든 3학년이든 상관없이 누가 누구에게 선전포고를 하는 건 별로 이상한 일도 아니잖아요? 특별시험의 규칙 북에도 금지라는 말은 한마디도 없었는데요."

나구모는 덩치가 큰 후지마키를 상대로도 전혀 주눅 들지 않고 오히려 도발했다.

"기본적인 도덕 이야기를 하는 거야. 적혀 있지 않아도 해야 할 일이 있고 하면 안 되는 일이 있어, 당연히."

"저는 그렇게 생각하지 않습니다. 오히려 같은 학년의 경쟁만 바라는 선배야말로 재학생의 성장 가능성을 저해하는 방해꾼이 아닌지?"

"학생회장이 되었다고 해서 뭐든지 다 용납되는 건 아니야. 너야말로 월권행위라는 걸 자각해라."

"그럼 자각하게 해주시죠. 뭣하면 후지마키 선배도 상대해드릴까요? 그래도 3학년 A반의 넘버 2니까."

하는 김에, 라는 태도를 노골적으로 드러내며 나구모가 건방지게 주머니에 손을 넣었다.

값싼 도발이었지만 일부 3학년은 모욕적으로 느낀 모양이었다. 몇몇 학생이 앞으로 나오려고 하고 있었다. 하지만 호리키타가 그들을 막았다.

"지금까지 난 네 요구를 거절해왔어. 왜 그랬는지 아나?"

"글쎄요. 제 친구들은 선배가 저한테 질까 봐 무서워서 그런 것 아니냐고 하던데, 에이 설마 그건 아니겠죠? 호리키타 선배는 제가 본 사람들 중에 제일 우수한 사람이거든요. 지는 걸 두려워하지도 않을 거고, 애당초 질 거라는 생각도 안 하죠."

나구모의 말에 귀를 기울이는 2학년 중에는 왠지 나구모를 숭배하는 것처럼 보이는 학생들도 있었다.

친구, 은인, 그런 시각이 전부가 아니다. 라이벌이자 싫은 상대지만, 한편으로는 존경하는 인물이기도 한 것이다. 어쨌든 다양한 감정들이 나구모를 향하고 있었다.

학교에 들어온 후 2년간 이 남자는 평범한 사람들은 불가능한 방법으로 많은 것을 해냈으리라. 그게 어느 정도나 되는 일인지는 3학년들조차 이해하지 못했다. 1학년은 더욱 알 리가 없지.

"단순히 후지마키 선배와 똑같아요. 무익한 싸움을 원하지 않기 때문입니다."

"네가 선호하는 싸움은 아무 상관도 없는 사람들이 너무 많이 휘말려."

"그게 이 학교의 방식이자 묘미라고 생각하는데요……. 뭐, 견해차겠죠. 아무튼 저는 체육대회 릴레이라면 선배가 달아날 곳이 없으니 드디어 승부를 겨룰 수 있겠다고 생각했는데, 아쉽게도 실현하지 못했어요. 전 여전히 욕구불만이라고요."

"2학년과 3학년의 대결에 의미가 있는 시험이라고는 생각하지 않아."

"그래요. 선배는 그런 사람이에요. 하지만 저는 어디까지나 전 학생회장과 현 학생회장의 개인적인 싸움을 희망하는 것뿐입니다. 선배는 이제 곧 졸업해서 떠나버려요. 그 전에 제가 선배를 뛰어넘을 수 있는지 없는지, 그걸 확인하고 싶어요."

갈망을 억누를 수 없는지, 나구모의 요구는 끝을 몰랐다.

"뭘 가지고 승부할 생각인데?"

순간 3학년들이 놀란 표정을 지었다. 호리키타의 오빠가 나구모의 도전을 받아들이는 듯한 흐름이었기 때문이다.

"누가 더 많은 학생을 퇴학시키는지, 는 어때요?"

나구모의 한마디에 1학년과 3학년들이 웅성거렸다.

"농담하지 마라."

"재미있을 것 같지만, 이번에는 그만두죠. 다시 진지하게 제안하자면, 어느 그룹이 더 높은 평균점을 받는지. 심플하면서도 알기 쉽지 않을까 싶은데요."

"그렇군. 그거라면 받아들여도 상관없어."

"감사합니다. 선배라면 받아들일 줄 알았어요."

"단, 어디까지나 나와 너의 개인적인 싸움인 게 조건이다. 다른 사람을 끌어들이지 마."

"끌어들이지 말라고요? 하지만 특별시험의 방식을 봐도, 상대 그룹의 발목을 잡는 행동은 하나의 작전이라고 생각하는데요."

"그건 시험의 본질과는 거리가 멀어. 어디까지나 그룹의 결속력을 묻는 시험이니까. 결코 상대 그룹의 틈을 파고들어 마구 휘저으라는 게 아니야."

"……그러니까, 뭘 어떻게 하자는 거야?"

이시자키가 케세이에게 무심하게 물었다.

"정정당당하게 실력을 겨루는 것 이외에는 인정할 수 없다는 거겠지. 이해하기 쉽게 말하자면 류엔같이 상대를 짓밟는 전략은 쓰지 말라는 얘기야."

"……그렇구나."

두 사람이 조용히 나누는 대화와는 별개로, 호리키타 마나부와 나구모의 대화는 계속해서 이어졌다.

"내가 말한 조건을 받아들일 수 없다면 제안에 응하지 않겠어."

호리키타의 오빠가 부정하는 것은 상대를 위험에 빠트리는 행위.

아마도 나구모가 잘하는 공작을 미리 봉쇄하려는 속셈 같았다.

"이기기 위해서 호리키타 선배의 장기말을 공격하는 방법은 쓰지 말라는 얘기군요. 좋아요."

고민할 줄 알았더니 나구모는 의외로 쉽사리 받아들였다.

하지만 호리키타의 오빠의 말은 끝나지 않았다.

"우리 그룹뿐만이 아니야. 다른 모든 애들을 짓밟는 방식 역시 인정 못 해. 네가 뭔가에 관여했다고 판단되는 시점에서 이 승부는 무효다."

"역시 선배라니까. 놓치질 않는군요. 호리키타 선배의 그룹 이외에 협력을 요구해서 공격하게 만드는 방법도 생각했었는데 말이죠……."

나구모가 그렇게 말하며 기분 나쁘게 웃었다.

"알겠습니다. 승부를 열망하는 건 저뿐인 것 같으니, 어느 정도의 조건은 받아들이겠습니다. 어디까지나 정정당당하게 누가 더 그룹의 결속력 등에 높은 점수를 받는지. 그 승부를 겨뤄보죠. 미리 말씀드리는데, 승패 결과에 따라 페널티를 부과할 필요는 없겠죠? 어디까지나 자존심만 건 승부인 걸로."

거기에 대해 호리키타의 오빠는 긍정도 부정도 하지 않았다.

아마 자존심조차 걸 생각이 없다는 뜻이겠지.

4

기나긴 오프닝 시간이 끝난 후, 나구모가 우리 소그룹을 불러 세웠다.

"선배들은 다 갔지만, 잠시 시간 좀 내줄래? 너희는 아직 책임자를 정하지 못한 모양이니까."

나구모의 지적에 케세이가 살짝 당황해서 물었다.

"엥, 그걸 어떻게 아셨어요?"

"가위바위보를 하라고 했을 때, 누가 봐도 너희의 행동이 이상했으니까. 만약 그룹이 완성된 단계에서 책임자가 정해졌다면 그 녀석이 바로 나왔겠지. 그런데 그때 너희랑 또 다른 그룹만 반응이 느렸어. 한마디 더 하자면, 책임자를 정하지 않은 그룹은 세 반 아니면 네 반이 혼합된 밸런스 그룹일 거야."

나구모는 1학년 학생 하나하나를 모를 텐데, 추리를 통해 그룹이 어떤 식으로 나누어졌는지 알아맞혔다.

그 정도로 어려운 추리는 아니라지만, 아무나 다 눈치챌 수 있는 것은 아니다. 정말 근소한 차이로 늦었을 뿐인데.

실제로 나는 케세이의 등을 밀어 바로 가위바위보에 나서게 만들었다. 그 자리에서 누가 나갈지 의논해버리면 책임자가 없다는 사실을 들키고 만다. 그런 약점이 될 요소를 스스로 노출시킬 필요는 없다고 생각했다. 내 그런 시도도 허무하게 끝나고 말았지만.

"책임자는 나중에 정해도 상관없는 것 같던데요."

"그렇지. 하지만 1학년 책임자가 누군지 우리도 파악해두고 싶어. 그리고 책임자가 조금이라도 더 빨리 자신의 역할을 알아차렸으면 해. 늦으면 늦어질수록 책임자로서의 자각이 뒤처지는 데다가 억지로 떠맡으면서 생긴 불안이 무섭게 압박할 거야."

어디까지 파악했는지는 미묘한 부분이지만, 어쨌든 나구모가 지금 당장 책임자를 정하게 하고 싶다는 건 틀림없어 보였다.

"……어떻게 할래?"

나를 제외하면 별로 친한 애도 없는 그룹에 질문을 던지는 케세이. 본인도 이런 식으로 진행을 맡고 싶지는 않으리라.

"정하는 방법은 뭐든 좋아. 지금 여기서 책임자를 정해줘."

학생회장이 직접 지시했으니 태도가 삐딱한 이시자키와 알베르트로서도 반론할 여지가 없다.

"아무도 입후보 안 할 것 같은데? 이것도 그냥 가위바위보로 정하면 안 돼?"

이시자키가 빨리 해치우자며 주먹을 내밀었다. 그 흐름을 타듯이 나도 주먹을 냈다.

아홉 명, 아홉 개의 주먹이 원을 그리며 늘어섰다.

아직 한 명이 부족하다. 가위바위보에 손을 내밀지 않는 학생이 있었다.

"야, 코엔지."

케세이가 살짝 떨어진 위치에서 창밖을 바라보고 있는 코엔지를 불렀다.

하지만 코엔지는 우리 쪽을 쳐다보려고도 하지 않았다.

"거기 금발, 빨리 하라고."

2학년 중에서 누군가가 살짝 짜증스럽게 소리쳤다.

그러자 코엔지도 그제야 자기 이름이 불렸다는 사실을 깨닫고 뒤돌아보았다.

"후후후. 내 머리카락, 눈에 띄게 아름답지?"

"뭐라고?"

가위바위보에 대한 게 아니라 어디까지나 머리카락 부분에 반응했을 뿐.

"코엔지, 진지하게 임해라."

"진지하게? 가위바위보에 참여하는 게 진지한 일인가?"

"1학년…… 코엔지, 라고 했나? 너, 상급생들을 얕보는 거냐?"

당연히 찍히고 말았다. 처음부터 예상하던 일이었다.

"얕본다고? 아니, 난 아무도 얕보지 않았는데. 처음부터 너희한테 아무 흥미도 없었어. 그러니 안심하기를."

남을 얕보는 행동은 하지 않는다, 그렇게 대답할 작정이었겠지만 완전히 역효과였다.

"난 가위바위보를 하지 않겠어. 책임자 따위에는 흥미가 없어서."

"흥미가 없는 건 나나 다른 녀석들도 마찬가지야. 해야 하니까 하는 거잖아."

질렸다는 듯 케세이가 설득에 나섰지만, 코엔지는 전혀 응할 기색이 없었다.

"말이 이상하네, 보~이. 흥미가 없는데 왜 참여하지?"

"아니지, 원래 그런 규칙이야."

"그건 그룹에서 누군가가 책임자가 되어야 한다는 규칙이지. 그렇다면 나 말고 다른 사람 아무나 하면 그만이야."

"까불지 마라, 여기서 네 멋대로 하는 게 통할 것 같냐?"

예전에 류엔과 함께 코엔지와 부딪친 적 있었던 이시자키가 덤벼들듯이 다가갔다.

"후후후. 그럼 너희들이 알아서 나를 그룹 책임자로 세우든지?"

코엔지가 앞머리를 쓸어올렸다.

생각지 못한 그의 제안에 이시자키도 행동을 멈추었다.

"진짜 너로 해버릴까? 정말 그래도 된다고 했지?"

"책임자를 나한테 떠넘기는 거야 너희 자유지. 일일이 반론할 생각도 없어. 책임자 자리가 계속 공석이면 그룹이 페널티를 받게 되지? 그게 두려우면 그렇게 해도 상관없어."

하지만 이어서 코엔지가 한 말에 모두 어이없다는 표정을 지었다.

"난 한다고 마음먹은 건 해. 하지만 안 한다고 마음먹은 건 절대 안 해. 즉 누가 직접 담판을 지으러 온다고 해도 내 생각을 바꾸는 일은 절대 없을 거란 얘기야. 당연히 책임자의 책무도 다하지 않을 거다. 시험마저 보이콧할지도 몰라. 결과적으로 평균점을 밑돌게 되어도, 누군가를 길동무 삼게 되더라도 말이지. 오케이?"

"……그건…… 하지만 그러면 네놈도 퇴학이라고!"

"훗훗후. 그렇게 되겠지."

마치 퇴학이 하나도 무섭지 않다는 듯. 그런 태도를 보였다.

"사실은 질문부터 틀려먹었는데. 설사 내가 모든 시험에서 0점을 받는다고 해도 너희가 고군분투하면 평균점은 커트라인 밑으로 내려가지 않아. 그러니까 당당하게 하면 된다고."

코엔지는 다시 한번 머리칼을 쓸어 올렸다. 하지만 커트라인 밑으로 내려가지 않는다는 보장은 어디에도 없으므로 그의 주장에는 아무런 근거도 없었다. 그 정도로 혹독한 시험이 아닐 거라는 코엔지의 너무 제멋대로인 판단, 혹은 참여하고 싶지 않아 아무렇게나 지껄인 것에 지나지 않는다. 어쨌든 코엔지의 이질적인 기질은 충분히 전달되었으리라.

"뭐 저런 놈이 다 있냐. 머리가 어떻게 된 거 아니야?"

이시자키가 뒤로 한 걸음 물러서며 그렇게 중얼거린 것도 이해가 된다.

한편 나는 코엔지의 말에서 한 가지 모순점을 찾았다. 이 자리에 있는 이시자키 무리는 절대 그 모순점을 알아차리지 못하겠지. 왜냐하면 코엔지의 태도 자체에는 거짓이 없기 때문이다.

만약 코엔지가 의도적으로 그 모순을 만들어 낸 것이라면……

그걸 확인하려면 시험 당일이 되어야 하는 커다란 리스크가 있는데.

"어차피 0점 받을 용기도 없을 거면서. 그냥 밀어붙이자고."

가능하다면 귀찮으면서 위험하기도 한 책임자 자리를 강제로 코엔지에게 떠넘기고 싶겠지. 물론 다른 반 입장에서 보면 두 배의 포인트를 얻을 수 있는 기회를 날리는 것이며, 길동무로 선택될 가능성도 있어서 복잡미묘한 부분이겠지만……. 코엔지가 정말 0점을 받는 행동을 한다면 그때는 비참한 말로가 기다리고 있다.

"관둬, 이시자키. 그랬다가는 네가 길동무 꼴이 날 거다."

적에게 아량을 베풀듯, 같은 반도 아닌 하시모토가 이시자키를 말렸다.

"하지만…… 젠장, 떠맡아서 이익이 생기는 거라면 나도 절대로 안 그런다고."

"뭐, 그렇겠지."

어이없어하면서도 하시모토는 납득했다는 듯 고개를 끄덕였다.

이 그룹이 1위가 될 수 있다고는 아무도 생각하지 않는다. 그러니까 자진해서 책임자를 맡으려는 학생이 기본적으로 나타나지 않는 것이다.

어쩌면 우리 그룹은 상상 이상으로 힘든 상황에 직면하게 될지도 모른다. 이대로 끝까지 코엔지가 코엔지인 채로 있다면 상당한 점수를 잃게 될 것이다. 원래 얻을 수 있는 '최저점'마저 받지 못한다면 2학년과 3학년의 입장에서 그야말로 계산하지도 못한 엄청난 사태가 되겠지.

그때, 이런 코엔지의 이상한 태도에 끼어드는 존재가 등장했다.

"네 소문은 나도 들었지, 코엔지."

의외도 의외인 인물…… 코엔지와 접점이 전혀 없을 것 같은 나구모가 흥미롭다는 듯 그를 응시하며 가까이 다가갔다. 평소에 얽힐 일이 없는 두 사람.

"나도 넌 알아. 새 학생회장이잖아?"

코엔지는 학생회장을 상대로도 겁내지 않고 평소와 다름없이 굴었다.

"까부는 건 네 자유지만 말이야, 정말 퇴학당해도 상관없다고 생각하는 건가?"

약점을 보이지 않는 코엔지에게 나구모가 물었다.

그리고 계속해서 말을 이었다.

"이 학교에는 아주 성가신 제도가 있지. 그럼에도 불구하고 너는 지금까지 뺀들거리는 태도로 지내왔어. 그건 다 이 학교를 졸업하기 위해서야. 그런데도 여기서 책임자가 떠맡을 위험을 태연하게 짊어지고, 심지어 시험을 보이콧하겠다? 거짓말이군. 너는 단순히 A반에 올라갈 노력을 하고 싶지 않을 뿐이지, 이 학교를 그만둘 생각은 없어."

"후후후. 꽤나 흥미로운 말을 하는군. 어떻게 거짓말이라고 딱 잘라 말할 수 있지?"

아마도 정답일 것이다. 코엔지는 입학하고 얼마 되지 않았을 무렵, 반 아이들이 A반을 노릴 의지가 있느냐고 물었을 때 이렇게 대답했었다. 자기는 흥미 없다고. 그냥 학교만 졸업하면 된다고.

퇴학은 당하기 싫지만, 윗반을 노릴 필요는 없다. 내가 이 학교에 바라는 것과 몹시 비슷하다. 즉, 시험을 대충 치러도 문제없다는 자세. 그러니까 강하게 나오는 것이다.

"네 얼굴에 그렇게 쓰여 있어."

나구모가 놀리듯이 말하자 코엔지는 유쾌하다는 듯 웃었다.

"브라보, 브라보."

짝, 짝 박수를 쳤다. 그리고 나구모가 댄 적당한 이유에 대해 솔직히 대답했다.

"책임자가 되기 싫어서 나도 모르게 거짓말을 했군. 정정

하도록 할까? 나는 A반을 노릴 생각은 없지만 퇴학당할 생
각도 없어. 그러니까, 이대로 빈둥거리며 지내는 게 최고라
고 생각하고 있지."

자백이라도 하듯이 그렇게 말했다.

그 말에 모두 납득하는 것처럼 보였지만, 나구모는 그렇
지 않았다.

"A반에 흥미가 없다, 라. 그것도 사실은 거짓말이지?"

"이런 이런, 이미 내 이미지는 거짓말쟁이로 굳어진 건가?"

"거짓말이 아니면 설명하기 힘든 부분이 있는데, 코엔지.
넌 지금 시점에서 A반으로 졸업하기 위한 확실한 방법을 찾
은 것 아니야?"

나구모가 그냥 믿기는 힘든 소리를 했다. 이시자키와 우
리 1학년뿐만 아니라 2학년과 3학년들까지 깜짝 놀랐다.

"호오? 몹시 흥미로운 말을 하는군. 괜찮다면 그 논리를
들려줄 수 있을까?"

"내 말 잘 들어라. 내가 여기서 그 논리를 설명하면 넌 그
『확실한 방법』을 더는 쓸 수 없게 돼. 아니, 내가 못 쓰게 할
거다."

"후후후. 그래도 상관없어, 네가 내 생각을 읽고 있는지
아닌지 그걸 알고 싶어졌으니까."

나구모의 추궁에도 코엔지는 겁먹기는커녕 기쁜 미소를
지었다.

"2,000만 포인트를 써서 A반으로 승급하기. 누구나 그걸

한 번쯤은 작전으로 세워 실행하려고 하지. 실제로는 그렇게 많은 포인트를 쉽게 모을 수 없지만, 그래도 결코 불가능한 이야기는 아니야. 넌 입학하자마자 3학년이 졸업하면서 남긴 포인트가 어떻게 정산되는지, 우선 그것부터 알아보았을 거야."

"계속해."

"졸업할 때 프라이빗 포인트는 학교 밖에서도 쓸 수 있게 『현금화』돼. 그 가치는 당연히 포인트 때보다야 떨어지지만, 파격적인 제도인 건 똑같아. 넌 그 현금화되는 가치보다 더 많은 프라이빗 포인트를 사들일 계획이었겠지?"

나구모의 설명을 듣고 당연히 주변 학생들은 동요와 놀라움을 감추지 않았다.

지적을 받은 코엔지는 만족스러운 듯 고개를 끄덕이더니 입을 열었다. 그리고 적확한 언어로 대답했다.

"맞아. 나는 입학 직후에 그런 결과를 알고 진리에 도달했지. 재학 중에 아무리 추락한다고 해도 최종적으로, 그리고 합법적인 수단을 써서 프라이빗 포인트를 손에 넣기만 하면 싱겁게 A반으로 졸업할 수 있다는 걸. 그리고 너무 간단하게 공략법을 만들어버렸기 때문에 급격하게 학교가 지루해진 거야."

부자여서 가능한 기적의 방법이라는 건가.

A반행을 포기한 학생, 혹은 이미 승리가 확정된 학생, 그리고 졸업이 다가온 학생에게서 프라이빗 포인트를 비싼

값에 사들이는 것이다. 학교 졸업 후에 포인트를 사들이는 게 보장만 되면 많은 학생들이 포인트를 양도해도 이상하지 않다.

하지만 통상적으로는 그 부분이 극히 어렵다.

가령 현금과 같은 가치로 산다면 2,000만 엔. 고등학생 혼자 준비할 수 있는 금액도 아니거니와 지불하겠다고 나와도 쉽게 믿기 힘든 이야기이다.

"다행히도 이 학교에 들어오기 전, 기업 홈페이지에 차기 사장으로 내 사진 프로필이 올라갔거든. 수천만을 굴릴 수 있는 능력은 충분히 되고도 남지. 날 신용하게 만드는 건 비교적 쉬웠어."

"그래. 실제로 너한테 포인트를 팔 예정이었던 2학년이 몇 명이나 있었지. 3학년 중에도 그 수가 상당했을 거고. 넌 입단속을 시켰겠지만, 2학년 중에는 나에게 전폭적인 신뢰를 보내는 학생들도 적지 않거든. 네 감언이설을 믿어도 될지 내게 상의하러 온 애들도 있었어. 물론 난 한 가지 안건으로 보고 찬성했어. 리스크가 없는 건 아니지만 넌 상당한 부자인 모양이니까. 하지만 그것도 오늘까지다."

그렇게 말한 나구모는 2학년과 3학년에게 시선을 던졌다.

"실제로 부자라지만 보다시피 코엔지는 믿을 만한 남자가 아니야. 자기가 필요하면 아무렇지 않게 거짓말할 애지. 프라이빗 포인트를 절대 팔지 않는 게 좋을 거다."

그리고 한마디를 덧붙였다.

"혹시 모르니까 이번 일은 내가 학교 측에 말해놓을게. 프라이빗 포인트를 졸업 전에 사들이는 건 아마 원래는 인정되지 않을 거니까."

"상관없어. 난 어디까지나 A반에 올라가기 위한 준비를 했을 뿐이지 실제로 그걸 실행할지 말지는 아직 결정하지 않았으니까 말이야."

코엔지는 어디까지나 작전 중 하나로 가정했을 뿐인 듯했다.

하지만 말도 안 되는 이야기다. 그야, 현실적으로 코엔지가 2,000만이라는 엄청난 금액을 준비할 수 없다면 다른 사람들은 절대 실현 불가능한 유일무이한 전략이니.

"······이상한 녀석인 줄은 알고 있었는데, 영역 밖에서의 한 수라니. 훌륭하네."

하시모토가 놀랍다는 듯, 한편으로는 어이없다는 듯 중얼거렸다.

"그 좋은 방법을 스스로 버리다니, 코엔지는 도대체 무슨 생각인 걸까?"

여러 시선이 코엔지와 같은 반인 나와 케세이 쪽으로 쏠렸지만 우리라고 알 턱이 있을까. 아니, 정확하게 말하면 딱한 가지 짐작 가는 부분은 있다.

코엔지는 A반으로 졸업할 이유가 없다는 것. '학교를 졸업하는 것'밖에 바라는 게 없는 코엔지의 입장에서 보면 친구들과 서로 힘을 합치는 행위가 무의미하다는 것을 느끼고 있을 터였다.

공략법을 발견했지만 무리해서 실행할 필요는 없다.

그러니 들켜도 문제 될 게 없었다는 건가. 아니면 또 다른 공략법을 찾는 게 기대되기 시작한 건가. 코엔지에 대한 나구모의 통찰력과 정보는 상당한 것이었다.

"코엔지가 말로 밀리는 건 처음 봤어."

케세이가 그렇게 중얼거려서 나도 동의하려고 했다.

그런데……

"하지만 학생회장. 이렇게 해서 난 가위바위보에 참여할 이유가 명확하게 사라졌어. 모든 게 드러났으니, 책임자 자리를 맡을 생각이 없다는 것만 말해둘게."

"……그렇군."

과연 코엔지는 일종의 계산을 했는지도 모른다. 하지만 자세는 달라지지 않았다.

오히려 계산이라는, 유일하게 기회로 삼을 틈을 스스로 노출시켜 내던져버렸다.

이렇게 해서 코엔지에게 책임자를 억지로 떠넘기는 방법은 쓸 수 없게 되었다.

코엔지는 상상을 초월한 부자여서, 만에 하나 퇴학당하더라도 미래가 어두울 리 없다. 그런 인간이 퇴학을 겁낼 거라고는 도저히 생각하기 어렵다.

물론 강경책을 써서 코엔지를 책임자 자리에 앉히는 것도 가능하지만, 그런 용기가 있는 학생은 이 그룹에 없으리라.

코엔지의 길동무라도 되면 큰일이니까 말이다.

"아, 진짜, 그냥 내가 하는 게 낫겠다……."

포기한 듯 케세이가 손을 들었다.

그것을 시작으로 일단은 다른 반 학생들도 반응을 보였지만 코엔지, 이시자키, 알베르트까지 만만치 않은 학생들로 포진되어 있다는 점, 그리고 다른 그룹에 비해 이길 전망이 별로 없다는 것을 이유로, 경쟁하듯이 입후보하는 학생은 없었다.

"그럼 결정됐군."

나구모는 책임자 결정을 끝까지 지켜본 다음 모임 해산을 지시했다.

그 후 우리는 학교 측의 지시에 따라 체육관을 빠져나갔다.

5

"이건…… 생각했던 것보다도 훨씬 오래된 느낌인데."

우리는 소그룹별로 묵게 될 방까지 안내받았다. 방에는 목제 2층 침대가 여러 개 놓여 있었는데, 아마 인원에 맞춰서 침대 수가 늘거나 줄겠지. 이시자키가 곧장 제일 구석에 있는 2층 침대로 걸어가더니 침대에 걸려 있는 사다리를 밟고 위로 올라갔다.

"난 여기."

"뭘 네 맘대로 정해? 너만 그러는 건 치사하지."

이시자키의 앞선 행동에 야히코가 살짝 욱해서 말했다.

"이런 건 빠른 사람이 임자라고."

이시자키가 콧방귀를 끼며 자리에 누우려고 했다. 야히코를 내려다보면서.

"누가 어느 침대를 사용할지는 다 같이 상의해서 정해야 해."

멋대로 행동하게 놔두지 않겠다며, 책임자가 된 케세이도 주의를 주었다. 야히코에게 그랬듯 이시자키는 귓등으로도 들을 생각이 없었겠지만, 케세이 옆에 있던 나와 순간 눈이 마주쳤다. 나는 최대한 시선이 마주치지 않으려고 무시했던 것 같은데, 같은 그룹에 있다 보니 아무리 노력해도 피할 수 없는 부분이 있었다.

"으......."

순간 당황한 듯 겁에 질린 듯한 이시자키의 변화. 허둥지둥 침대에서 뛰어 내렸다.

"의논이라면...... 구체적으로 어떻게 결정하자는 건데?"

갑작스러운 이시자키의 심경 변화에 케세이가 이상하다는 듯 고개를 갸우뚱거렸다.

아무래도 케세이가 준 주의를, 내가 준 주의로 받아들였는지도 모른다. 그렇다면 그건 지나친 피해망상이다. 나야 더 빠른 사람이 원하는 침대를 먼저 차지하는 것도 딱히 이상한 방식이 아니라고 생각했으니까. 물론 의논해서 원만하게 정할 수 있다면 그게 제일 좋겠지만.

"후후후. 그 자리가 필요 없어졌으면 내가 사양 않고 쓰도록 할까."

코엔지가 조금 전 이시자키가 차지했던 침대 위로 폴짝 뛰어올랐다.

"야, 지금 뭐하는 짓이야!"

정신을 차린 이시자키가 위쪽 침대에 눕는 코엔지에게 소리쳤다.

하지만 상대는 상식이 통하지 않는 코엔지. 전혀 들을 생각 없이, 불과 몇 초 만에 자기 방에 있는 것처럼 편하게 뒹굴고 있었다.

"젠장, 이래서 의논이 되겠냐."

코엔지를 시초로 일부 학생이 침대를 하나둘씩 차지해나갔다. 이시자키도 코엔지와의 입씨름을 멈추고 다시 다른 위쪽 침대를 골랐다. 어느 학생이든 불문하고 공통점이 있었는데, 위쪽 침대부터 희망한다는 것이었다. 체격이 커서 위로 올라가는 게 힘든 알베르트만 유일하게 아무 불평 없이 이시자키의 아래 침대를 확보해 무거운 몸을 뉘였다.

이제 더는 의논해서 정할 수 있는 분위기가 아니었다.

"내가 갈 수밖에 없나."

케세이가 그렇게 말하며 아무도 원하지 않는 코엔지의 아래 침대를 확보했다. 주위에서 잘 알아주지 않지만, 아무도 원하지 않는 일을 선뜻 나서서 해주는 친구가 있다는 건 의외로 큰 부분을 차지했다. 참고로 결국 나도 아래 침대를 쓰게 되었다. 내 위쪽은 A반의 하시모토였다.

"잘 부탁해. 으음……."

위에서 하시모토가 손을 뻗어 인사를 건넸는데 내 이름은 모르는 것 같았다.

"난 아야노코지야. 잘 부탁한다."

"난 하시모토."

가벼운 악수를 나누며 앞으로 잘 지내자고 약속했다.

오늘 남은 시간은 완전히 자유였다. 그래서 그룹이 아니라 각자 개인적으로 시간을 보냈다. 히라타처럼 리더십 있는 학생이 있었다면 지금부터 친해지려고 노력했겠지만…….

나로서는 다른 반 학생들과 친해질 기회가 없어 아쉽기도 하고 한편으로는 성가신 대화를 하지 않아도 되어 편하기도 한 복잡 미묘한 감정이었다.

"야, 소박한 의문이 하나 드는데 말이지. 알베르트는 일본어 할 수 있어? 일본어는 통하겠지?"

위에 있던 하시모토가 이시자키와 알베르트에게 물었다.

"당연하지. 안 그래? 알베르트."

이시자키가 하시모토에게 대답하면서 몸을 쑥 내밀어 아래 침대에 있는 알베르트를 내려다보았다.

하지만 알베르트는 아무 대답도 없이 가만히 정면만 응시했다.

"……설마 안 통하는 건가?"

"넌 같은 반이잖아?"

하시모토가 웃자, 이시자키가 살짝 욱해서 말을 덧붙였다.

"어쩔 수 없잖아. 평소에는 늘 류엔 씨가 지시를 내렸으니까."

"류엔 씨라니?"

이시자키가 아무렇지도 않게 붙이는 존칭. 하지만 이제는 이상한 모순을 낳았다.

"너희랑 싸워서 리더 자리에서 물러났다는 이야기, 정말이야?"

"시끄럽네, 당연히 진짜지. 방금 그건…… 나도 모르게 옛날 버릇이 나온 것뿐이라고."

그룹의 결속력을 단단히 다지기는커녕, 벌써부터 탐색전이 시작된 것 같군. 류엔이 일선에서 물러났다는 이야기는 모두가 그 신빙성을 의심하고 있었다.

벌써부터 시작된 입씨름을 곁눈질한 나는 밖으로 나가 학교 안을 걷기로 했다.

6

첫날 식사, 그러니까 아침에 버스에서 내린 후로 처음 여자애들과 접촉할 수 있는 시간이 찾아왔다.

식당은 넓어서 상당한 인원을 수용할 수 있었으며, 계단을 올라가면 1층을 한눈에 내려다볼 수도 있었다. 버스에서 봤던 자료에는 이 식당이 약 500명을 수용할 수 있다고 했는데, 정말 많은 학생으로 몹시 붐볐다.

"휴대폰이 없으니까 누구랑 만나기도 쉽지가 않네."

아마 호리키타와 케이가 나를 찾고 있겠지만, 나는 굳이 움직이지 않았다. 두 사람이 나를 발견했을 때 그 반응은 정반대이리라. 호리키타는 망설임 없이 내게 말을 걸겠지만, 케이는 지켜보기만 할 것이다. 딱히 자신을 찾는 낌새가 느껴지지 않으면 지금은 접촉할 필요가 없다는 걸 알 테니까.

첫날에는 특히 다양한 학생과의 접촉이 예상된다. 나를 마크하는 사람이 많을 거라 생각하지 않지만, 사카야나기나 나구모 같은 학생은 눈을 번뜩이고 있을 가능성도 높다. 히라타 등도 함께 있었다지만 어쨌든 나와 케이가 같이 있었다는 것까지 나구모는 파악하고 있다.

그러니 경솔한 접촉은 피하고 싶다.

오늘은 그냥 다른 사람들이 누구와 접촉하는지 정도만 혼자 관찰해야겠다.

우선 그 전에 식사부터 하자. 1시간이라는 제한된 시간은 소중하니까.

나는 밥이 담긴 트레이를 들고 혼자 자리를 잡았다.

평소 학교에서는 학년별로 어느 정도 구역이 나누어져 있는데, 그룹이 분류된 이번에는 모든 학년 학생들이 한 데 뒤섞여 식사하고 있었다. 그룹끼리 뭉친 사람도 많지만 정보 수집을 위해 돌아다니는 학생 역시 적지 않았다.

이곳에 유일하게 여자와 접촉할 수 있는 장소라는 점도 크다.

단순히 커플이 만나는 한정된 시간이기도 하다.

"하아후우우우우."

완전히 녹초가 되어버린 듯, 그렇지만 귀여운 목소리가 가까이에서 들려왔다.

1학년 B반 리더 이치노세 호나미였다.

그녀의 주위에 남녀 불문하고 많은 학생이 몰려들었다.

나는 근처 빈자리에 앉아 그들이 무슨 대화를 나누는지 엿듣기로 했다.

이럴 때는 비교적 주변에 내 존재를 들키지 않을 자신이 있다.

"……존재감이 없는 걸 스스로 자랑스러워하는 것도 정말 한심한 이야기지만."

어쨌든 근처에 앉아도 이치노세 무리는 특별히 반응하지 않았다.

뭐, 식당에는 500명 가까운 학생들이 있으니 주위에 누가 있는지 일일이 신경 쓰기란 어렵겠지.

"고생했어, 호나미. 많이 힘들었어?"

"냐하하. 힘들지 않았느냐고 묻는다면 힘들었다고 할까.

좀 더 순조롭게 그룹이 정해질 줄 알았는데. 옥신각신할 때는 하게 되네."

"어쩔 수 없지. 다른 반은 원래 적이니까."

"하지만 아까 칸자키한테 들은 바로는 남자 쪽은 빨리 결정된 모양이더라."

"에엥~ 진짜~? 우리는 정오 조금 넘어서까지 걸렸는데."

남자도 절대 순조롭게 결정된 것은 아니지만, 여자 쪽은 분쟁이 더욱 심했던 모양이다. 첫날에 수업이 없었던 것도 교사가 그걸 예견했기 때문인가.

"있지. 설마 이번 시험에서 누군가가 퇴학당하게 되는 걸까……?"

"절대 그럴 일 없다고 말할 수는 없겠지. 우리 1학년은 지금까지 퇴학자가 나오지 않았지만, 방심은 금물이라고 생각해."

위기감을 잃지 않고 특별시험에 임하고 있는 모양이었다.

"만약 내가 길동무로 선택되기라도 하면 그땐 어쩌지……."

"걱정하지 마, 아사코. 성실한 태도로 임하면 그런 일은 절대 일어나지 않을 거야."

"그럴, 까……?"

"그리고 혹시라도 그런 순간이 오면 모두 힘을 합쳐 도우면 돼."

이치노세가 그렇게 말하며 의기소침해진 아사코를 달랬다.

멤버 중에 이치노세가 제일 지친 모습이었지만 그래도 씩씩하게 행동하고 있었다.

"지쳐버렸어."

테이블 위에 엎드리는 이치노세.

그 바람에 조금 떨어진 곳에 앉아 있던 나를 발견한 것 같았다.

"아야노코지, 야호!"

이치노세? 거기 있는 줄 몰랐어. 이렇게 대꾸하는 건 오히려 더 부자연스럽다.

거리상으로 목소리가 충분히 들린다는 것을 감안했을 때, 그냥 솔직하게 말하는 편이 더 나을 것 같다.

"소란스럽네."

"여자는 수다를 떠는 게 힘의 근원이 되기도 하고 안 되기도 하고."

잘 알 수 없는 말을 하면서 이치노세는 다시 테이블 위에 엎드렸다.

평소에 이렇게 맥 빠진 모습을 보인 적이 없어서 좀 의외였다.

"아, 이렇게 있으면 안 되려나?"

이치노세가 다시 몸을 일으키려고 해서 말렸다.

"원래 피곤하면 다들 그렇게 있는 거야."

"미안해. 너까지 기분 안 좋게 만들어 버려서."

전혀 그렇지 않은데. 말로 할 수 없어서 속으로만 그렇게 말해두었다.

"그룹 때문에 꽤 힘든가 보네."

"그룹을 짜기까지의 과정이 정말 힘들었어. 여자는 좋고 싫은 게 확실하달까, 저 애는 싫다고 대놓고 말하는 애도 많거든. 그런 부분에서 남자들은 개인적인 감정을 대충 얼버무리는 사람이 많지 않아?"

"류엔은 대놓고 싫어하지만."

"웃으면 안 되는데, 그건 역시 어쩔 수 없는 것 같아. 하지만 류엔도 괴롭지 않을까? 모두가 자기를 거북하게 여기는 거, 체력도 소모될 텐데."

그 생각은 틀리지 않았지만, 류엔에게는 해당하지 않으리라. 무겁게 짊어지고 있던 것이 사라져 느긋하게 지내는 것처럼 보였으니까.

"너무 무리하지는 마."

더 오래 있을 필요는 없다고 판단한 나는 자리에서 일어났다.

"괜찮아, 괜찮아. 난 건강한 거 빼면 시체니까. 그럼 또 보자, 아야노코지."

이치노세가 손을 흔들며 눈으로 배웅해주었다. 하루 한 시간, 여자와 접촉할 기회를 주는 이번 규칙. 남학생과 여학생은 서로의 일에 직접 관여할 수 없지만, 정보 공유 목적인 시간이 분명하다는 것을 쉽게 상상할 수 있었다.

아마도 여기서 정보를 모아 지시를 내리고 싸우게 하는

것이 노림수였겠지.

소통 능력이 뛰어나고 신뢰도가 높은 학생이 유리한 필드.

"나랑 진짜 안 맞는데."

무인도 때와 마찬가지로 기본적인 부분에서 내가 할 수 있는 게 없었다.

○시험받는 인간성

아침 6시가 조금 지났을 무렵. 방에 경쾌한 BGM이 깔렸다. 방에 설치된 스피커에서 나오는 소리였는데, 기상을 알리는 신호라는 건 굳이 생각할 것까지도 없었다.

어둑어둑한 실내는 얇은 커튼 사이로 아침 햇살조차 아직 들어오지 않았다.

"뭐야…… 시끄럽게시리."

이시자키의 볼멘소리가 아침을 여는 첫 목소리였다. 기상 음악에도 눈을 뜨지 못하는 학생도 있었지만, 대부분 몸을 일으키거나 안경을 쓰는 등 느릿느릿 활동을 시작했다.

"이제부터 계속 이 시간에 일어나야 하겠지."

위에서 하시모토가 한숨을 푹 쉬며 중얼거리는 소리가 들려왔다.

"일단 모두 일어나는 게 좋아. 누구 한 사람이라도 빠지면 감점될지도 몰라."

케세이가 셔츠에 팔을 집어넣으며 호소했다. 같은 방에서 생활하는 이상 연대 책임을 면할 수 없다.

"야, 코엔지가 없는데."

"여어, 좋은 아침, 제군들. 날 찾으러 돌아다니려던 참인가?"

이마에 땀방울이 살짝 맺힌 채 환한 미소로 등장하는 코엔지. 우리보다 훨씬 일찍 일어난 모양이었다.

"화장실에 다녀온 느낌은 아닌데."

"후후. 개운하게 눈에 떠져서 아침 운동을 하고 왔지."

"아침 운동이라니. 오늘부터 어떤 과제가 우릴 기다리고 있는지 모르는데. 괜히 쓸데없이 체력을 쓰는 건 반대야."

케세이가 주의를 줘도 애초에 들어먹을 남자가 아니다. 그러기는커녕 미소를 띠며 반론했다.

"막 운동을 끝낸 직후라도 난 여전히 남들과 차원이 다른 체력을 가지고 있을 테니 걱정은 낫띵. 그리고 체력 소비에 찬성하지 않았으면 어제 그 부분을 주의시켰어야 하는 것 아니었을까?"

"그건…… 설마 운동할 줄은 꿈에도 몰랐으니까 그렇지."

"아니아니, 다른 사람도 아니고 네가 그렇게 말하면 이상하지. 예전 크루징 때 나와 같은 방이었던 걸로 기억하는데. 내가 언제나 운동을 빼먹지 않는 남자라는 건 기억의 한쪽 구석에 남아 있지 않았을까?"

그런 것도 기억 못하면 말이 안 되지 하고 코엔지가 말을 내뱉었다.

"자꾸 그렇게 나대지 마라, 코엔지."

케세이를 감쌀 생각은 아니었겠지만, 이시자키가 코엔지 앞에 섰다. 그룹 책임자를 결정하는 순간부터 지금까지, 코엔지는 자기 생각만 고집하고 있었다.

그룹 내에서 강한 반론이 일어나는 건 무리도 아니었다.

이미 불순분자로 취급하기 시작했으리라.

지금은 시간이 없다. 첫날부터 지각하는 것만은 사양하고 싶다.

평소 같으면 히라타 등이 그렇게 판단을 내리고 신속하게 그룹을 이끌 텐데.

확실한 리더가 없는 이 그룹은 그런 흐름으로 이어지지 않았다.

"적당히 하고 이제부터는 협조하겠다고 지금 당장 약속해라."

"협조 약속이라니 그게 무슨 의미지? 이 즉석 그룹에 충성심 따위라도 가지고 있다는 건가? 도저히 그렇게는 안 보이는데."

"나라고 뭐 협조하고 싶어서 이러는 줄 아냐?!"

주위를 휙 둘러보는 이시자키. 가장 큰 이유는 나일 게 뻔하다. 무심코 내게 시선이 머물렀다.

"A반이라는 이유 때문에 마음에 안 드는 건가?"

내 옆으로 내려온 하시모토가 그 시선을 받았다.

"쳇. A반만 문제가 아니라, 전부라고."

이시자키는 그렇게 통틀어 말한 후 다시 코엔지 쪽으로 몸을 돌렸다.

"너는 레드 헤어랑 비슷한 불량 가도를 달리고 있는 것 같군. 그냥 보고 있으면 유쾌하겠지만, 직접 엮이니 식상한 느낌이야. 나 상관 말고 빨리 집합 장소로 가는 게 좋지 않을까? 무능함이 다 탄로 나기 전에."

유일하게 사태를 파악할 수 있는 사람이 코엔지라는 것도 상황적으로 불난 집에 기름을 부었다. 게다가 부채질하는 말까지 덧붙였으니 이시자키의 화를 키운 것은 명백했다.

"나도 바라는 바다!"

소리를 빽 지르는 이시자키. 그리고 코엔지의 그 말에 케세이가 퍼뜩 시계를 보더니 당황했다.

"집합 시각까지 5분도 채 안 남았어! 싸우는 건 나중에 해!"

"될 대로 되라고 해. 지각하면 다 이놈 탓이라고!"

이제 이시자키의 분노는 물을 조금 뿌리는 것으로는 진화되지 않았다. 불길은 오히려 점점 더 거세져만 갔다.

케세이는 상황을 어느 정도 볼 수 있고 발언도 가능하다. 하지만 상대방의 마음까지 꿰뚫어 보고 감싸주는 행동은 약했다.

"단세포네. 그러니까 D반까지 떨어졌지."

거기다 대고 연료를 더 던져 넣는 발언이, 이번에는 야히코의 입에서 튀어나왔다.

한편 다른 B반 학생들은 숨죽여 이 분위기가 수습되기만을 기다리는 모양새였다.

"비참하군. 이런 그룹으로 뭘 한단 말이야."

내 옆에 있던 하시모토가 한숨을 푹 쉬며 한탄했다.

"음, 어쩔 수 없나."

계속 방관하고 있을 줄 알았던 하시모토가 그렇게 말하더니 침대의 나무 부분을 주먹으로 쾅 때렸다.

그 소리에 코엔지를 제외한 학생 전원이 반응했다.

"좀 냉정해지자고. 서로 옥신각신 다투는 것도 꼭 나쁘다고 할 순 없지만, 장소와 타이밍이 최악이잖아? 혹시라도 비품이 부서지기라도 한다면 당연히 책임 문제로 이어진다고. 또, 퉁퉁 부은 얼굴로 가면 무슨 일이 있었느냐면서 추궁 당할 게 분명해. 안 그래?"

목소리가 아닌 다른 소리로 침묵을 유도한 후 전할 말을 제대로 전하는 하시모토. 자기는 상관없다고 소리치던 이시자키도 지금 여기서 할 일은 아니라는 걸 이해했으리라.

"거기 안경, 이름이 뭐였지?"

"유키무라야."

"그래, 유키무라가 말했듯이 시간이 없어. 일단 화를 가라앉히고 지금은 집합부터 하지 않을래? 그런 다음 아침을 먹고 그래도 화가 안 풀리거든 다시 싸워서 해결하든지 말든지 판단하면 그만이야. 그게 그룹 아닐까?"

"……다행인 줄 알아라, 코엔지. 네 수명이 조금이나마 늘어나서."

"이야, 정말 잘됐어. 난 평화주의자니까 말이야."

역시 A반이라고 해야 할까. A반에서 하시모토의 서열은 잘 모르겠지만, 상황을 훌륭하게 수습했다.

불은 여전히 꺼지지 않았지만, 그래도 폭발까지는 치닫지 않게 되었다. 타닥타닥 불꽃 튀기는 도화선이 이어진 폭탄을 꺼안은 채로, 우리는 방을 빠져나갔다.

그리고 그룹이 나뉜 각 학년 학생들이 한 교실에 모였다.

인원은 40명 전후. 반 하나가 완성되었다고 말할 수도 있으리라.

1학년들이 2, 3학년에게 가볍게 아침 인사를 건넸다.

잠시 후 교사가 교실에 들어왔다.

"3학년 B반 담임 오노데라다. 지금부터 점호한 후 밖에 나가 지정된 구획을 청소하게 될 거야. 그런 다음 학교 건물을 청소한다. 이것이 매일 아침 일과야. 비가 올 경우에는 바깥 청소가 면제지만, 대신 학교 건물 청소에 두 배의 시간이 배정될 예정이니까 결과적으로 청소 시간은 그대로 변하지 않는다. 그리고 오늘부터 시작될 수업에는 학교 교사뿐 아니라 다양한 과제를 맡은 분들도 오실 예정이야. 제대로 인사하고 예의를 갖춰 대하도록."

그런 짧은 설명을 받은 우리 그룹은 청소를 하러 나섰다.

1

빈틈없이 깔린 다다미의 골풀 냄새가 콧구멍을 간지럽혔다.

왠지 향수에 젖게 하는 공간이 눈앞에 펼쳐졌다.

교사의 안내를 받아 간 곳은 널찍한 도장 같은 공간이었다.

다른 그룹의 일부 학생들과도 동시에 과제를 치르는 모양이었다.

"오늘부터 여기서 아침저녁으로 좌선을 할 예정이다."

"좌선이라니, 이 몸은 인생 처음으로 해보는 것 같소이다."

맞은편에 있던 박사가 아무렇지 않게 한마디를 내뱉었는데, 이 과제를 담당한 남자가 그 말을 듣고 가까이 다가왔다.

"무, 무슨 일로 그러시오?"

위압적이기까지 한 무언의 압력에 깜짝 놀란 박사가 그를 올려다보며 물었다.

"그 말투는 태어날 때부터 그랬나? 아니면 고향이랑 관계 있는 건가?"

"그런 것은 아니오만……."

"그럼 네놈은 무로마치 시대나 에도 시대 사람도 아니겠지?"

"엥? 물론 그런 것도 아니오만……."

"그런가. 무슨 생각으로 그런 말투를 쓰는 건지는 잘 모르겠지만, 여기서는 그것 역시 감점 대상이다. 이번 일을 계기로 장난스러운 말투를 교정하고 어엿한 어른으로 거듭나는 것이다."

"뭐, 뭐라고요?"

"처음 만나는 사이인데 너처럼 그렇게 말하면 상대방이 어떻게 생각할까? 아니면, 그 관점에서도 설명해주는 편이 낫겠나?"

박사가 왜 기묘한 말투를 쓰는지는 잘 모르겠지만, 의도된 캐릭터 같은 느낌이라는 건 나도 잘 알 수 있었다. 사회에서…… 조금이라도 엄격한 자리에서 용납될 말투가 아니라는 건 확실하리라.

그건 규칙과 의무가 아니라 '도덕', '매너' 영역의 이야기였다.

물론 자기 개성이라며 거부하는 것도 가능하지만, 그렇게 해서 성공할 수 있는 사람은 지극히 소수에 불과하겠지.

"내 말 잘 들어. 자기 존재를 인정받기 위해, 주변에 알리기 위해, 그리고 자신이 특별하다는 걸 보여주려고, 상대방 생각은 전혀 고려하지 않는 태도와 말투를 쓰는 사람이 적지 않아. 젊은 사람뿐 아니라 노인 중에도 그런 사람이 간간히 있지."

담당자는 엄격한 말투로 그룹 전체에게 충고했다.

"사회에 나가 아무 개성도 없이 있으라는 소리가 아니다. 개성을 드러내는 것은 자유지만, 사회에 나가면 상대방을 배려하는 마음을 절대 잊어서는 안 된다는 거지. 여기서는 그런 정신적인 면에 영향을 주는 수업을 진행할 것이다. 그중 하나가 좌선이야. 행동을 멈춰 말과 일체화하고 집단에 녹아든다. 상대를 배려하고, 그리고 마지막으로 생각하는 거야. 자신이 어떤 인간인지, 무엇이 가능한지."

알겠나? 하고 담당자가 박사에게 눈빛으로 호소한 다음 멀어져갔다.

"무, 무섭소이…… 조심해야겠군."

지금까지 쓰던 개성 있는 말투를 갑자기 그만 쓸 수 있을지는 의문이지만, 어쨌든 앞으로 박사는 좌선을 통해 자기 자신을 되돌아보게 되지 않을까. 왜 자신이 그런 말투를 쓰게 되었는지 말이다.

우리는 각자 자리에 앉아 이 도장에서 받게 될 수업의 간단한 설명을 들었다.

좌선당이라고 불리는 이곳에서는 걸을 때뿐 아니라 서 있을 때에도 한 손을 주먹 쥐고 다른 한 손으로 감싸는 게 규칙이었다. 그리고 그 손을 명치 높이만큼 들어야 했다. 이것은 차수(叉手)라고 부르는 자세다. 유파에 따라 어느 쪽 손으로 감싸야 한다고 정해놓기도 하지만, 이곳은 그 유파를 따르진 않는 것 같았다.

그리고 또 하나, 좌선 설명도 이어졌다.

좌선이란 명상의 하나에 지나지 않는다는 것.

머리를 텅 비우고 좌선하는 것이 아니라 머릿속으로 그림을 그리는 것.

그 그림을 떠올리는 방법 중에 십우도(十牛圖)라는 게 있다는 것.

십우도란 선의 깨달음에 도달하는 과정을 열 마리의 소 그림으로 나타낸 것이다.

나는 지금까지 살면서 좌선을 해 본 적이 없다.

"책상다리로 앉은 다음, 발을 허벅지 위에 올려라. 시험에서는 이 결가부좌도 결과에 영향을 주니까, 최대한 하도록 노력해라."

"아야야…… 맙소사. 한쪽 발은 안 올라가지는데…….

"처음부터 안 되면 한쪽 발만 올리는 반가부좌도 있어."

그 방법도 담당자가 시범 삼아 보여주었다. 나는 별문제 없이 성공했기 때문에 결가부좌를 하기로 했다. 내 시야에 들어오는 범위에서는 의외로 못하는 학생이 많았다.

왠지 모르게 신경 쓰이는 코엔지는…… 여유롭게 좌선하고 있었다. 엷은 미소를 머금으며, 이미 혼자 선의 세계로 들어간 듯한 모습이었다. 자세에 딱히 지적할 부분이 없어서, 미리 하고 있어도 담당자는 문제 삼지 않았다.

"저 녀석, 한다면 하는 놈이구나."

똑같이 결가부좌에 성공한 옆자리의 토키토가 작은 목소리로 말했다.

"이런 건 싫어하지 않는 모양이네. 일단은 안심이다."

"틀림없어."

담당자가 무섭게 생겼어도, 코엔지라면 겁내지 않고 행위 자체를 거부했어도 이상하지 않다.

학생들이 얼추 이해하자 본격적인 좌선 시간이 시작되었다.

설명에 시간을 많이 할애한 만큼 첫 회는 5분 동안 짧게 했다.

2

아침 청소와 좌선을 마치고 시계가 7시를 가리켜 아침 식사 시간이 되었다.

우리는 어젯밤에 이용한 큰 식당이 아니라 밖으로 안내받았다. 그곳에는 밥을 먹을 수 있는 널찍한 공간과 여러 개의 조리장이 마련되어 있었다. 이미 몇몇 그룹도 도착한 상태였다.

"오늘까지는 학교 측에서 제공하지만, 내일부터 날씨가 좋으면 그룹이 아침밥을 전부 만들게 된다. 밥을 지을 인원과 분담 방법은 그룹이 전체적으로 회의해서 결정하도록."

"말도 안 돼. 밥 같은 거 지어본 적도 없는데."

이시자키가 투덜거렸지만 그렇게 결정된 거라면 피할 방법이 없다.

내일 이후부터 하게 될 조리 방법 등 설명을 들으며 아침 식사 준비를 이어갔다.

메뉴는 정해져 있었으며, 만드는 법 등은 자료로 나눠주는 모양이었다. 뭘 만들면 좋을지 헤맬 일은 없을 것 같다.

"헐, 이게 다야······?"

식사는 매우 간소한 일본식으로, 1즙3채(국 하나에 반찬 3종)를 기본으로 한 상차림이었다.

식욕이 왕성한 학생들의 입장에서는 부족하다고 느끼는

것도 무리가 아니었다.

일단 밥은 리필해서 먹을 수 있는 모양이지만, 각자 스스로 준비해야 하는 것 같다.

"무인도를 경험해서 다행이야. 그때에 비하면 난 이게 나아."

왠지 안도한 듯 케세이가 밥을 입으로 가져갔다.

"공평하게 각 학년이 한 번씩 교대로 맡는 게 어때?"

식사 도중에 3학년 책임자로 보이는 남자가 나구모에게 조식 로테이션을 제안했다.

"좋아요. 저희는 찬성합니다. 1학년부터 시작하는 걸로 부탁드립니다."

"어때, 1학년? 이의 있어?"

이 상황에서 누가 이의 있다고 말할 수 있을까. 남은 모든 기간 동안 날씨가 맑다고 가정하면 조식을 만드는 횟수는 총 6번. 당번 때문에 불평할 정도는 아니다. 후배로서 당연하다는 말은 할 수 없지만, 묵묵히 받아들여도 괜찮은 이야기리라.

"알겠습니다. 그렇게 부탁드립니다."

책임자가 된 케세이도 동의했다.

"밥을 지으려면 내일 몇 시에 일어나야 하는 거야?"

"……여유롭게 두 시간은 일찍 일어나는 게 좋겠지."

케세이의 말에 이시자키가 도저히 무리라며 반대했다. 두 시간 일찍이라면 적어도 4시 즈음에는 깨서 나갈 채비를 해야 하기 때문이다.

"그래도 어쩔 수 없잖아. 제시간 안에 아침 준비가 안 되면 힘들어져."

"그럼 너희나 해라. 난 잘 테니까."

평소 류엔 밑에서 발언권이 없었던 이시자키였지만, 이 그룹에서는 상위 카스트에 있었다. 서 있는 위치가 달라지자마자 이런 태도라니 참 흥미롭다. 류엔을 물리친 공로자 중 한 명으로 추앙받고 있는 것도 그 이유 중 하나인지 모르겠다.

자세한 사정을 알고 있어서 그런지, 나는 강경한 자세로 일관하는 이시자키를 탓할 생각이 들지 않았다. 우연히 나와 같은 그룹이 된 탓에 정신적으로 몹시 황폐해졌을 테니까. 남에게 상처 주는 말만 쏙쏙 골라서 할 뿐만 아니라 자기 스스로도 다치고 있었다. 이시자키와 알베르트는 리더 혹은 참모에 어울리지 않는다. 삼인자 정도의 위치에서 나머지 학생을 정리해주는 쪽이 더 잘 맞다. 실제로 류엔도 그런 위치에 그들을 두었을 터다.

한편 케세이와 야히코도 비슷하다. 이시자키처럼 무식하게 저돌적이지는 않지만, 역시 남을 이끄는 포지션에는 부적격. B반은 좀 더 적극적으로 참여할 줄 알았는데 아직까지는 얌전히 지켜보기만 하고 있다. 칸자키와 시바타 등 일부 학생을 제외하면 생각보다 적극성이 없는 건지도 모르겠다.

이렇게 되면 역시 하시모토가 이 중에서는 그룹을 총괄하는 최고 적임자이다. A반이라는 높은 지위와 상황을 꿰뚫어 보는 능력, 그리고 다른 사람을 어느 정도 생각해서 발언할 수 있는 점은 그룹에 열쇠가 될 수 있었다. 다만 스스로 그룹을 이끌겠다는 의지가 느껴지지 않았다.

3

검소, 아니 건강한 아침 식사를 끝내고 나니 본격적인 수업이 우리를 기다리고 있었다. 대그룹 전원이 고도 육성 고등학교보다 조금 더 넓은 교실에 모였다. 대학교 강의실과 비슷하다고 할까. 특별히 자리가 지정된 것은 아니었고 누구 옆, 어느 곳에 자리 잡아도 상관없는 규칙이었으므로 필연적으로 같은 학년 소그룹끼리 뭉쳐 앉았다.

나는 혼자 교실 구석에 앉아도 상관없었지만, 그렇게 하면 다른 학년의 주목을 끄는 것도 모자라 자칫 잘못하면 주의를 받을 수도 있다.

2학년과 3학년 소그룹은 아직 다 도착하지 않아서 우리 1학년에게 자리 선택권이 있었다.

"이럴 때는…… 역시 앞쪽에 앉는 게 낫지 않아?"

"아니지, 앉지 말고 기다려야 문제가 덜 생겨. 선배들이 먼저 앉은 다음 빈자리에 가서 앉아야 하지 않을까?"

하고 싶은 대로 뒷자리에 앉았다가 나중에 한 소리 들을 위험을 케세이는 피하고 싶은 모양이었다.

"네 멋대로 굴지 마라, 코엔지. 멋대로 아무 데나 앉으면 안 돼."

"자유석이라고 했으니 원하는 곳에 앉아야 한다고 보는데."

코엔지는 말은 그렇게 했지만 아무 데나 가서 앉는 행동은 하지 않았다. 모든 규칙을 무의미하게 깨는 남자인 것도 아닌 모양이다. 평소 수업은 얌전하게 듣는 편이니까, 코엔지 나름대로 자기만의 룰이 있는 거겠지.

"고생하네, 1학년."

그런 우리를 보며 2학년 중 한 사람이 말했다.

"뭐 힘든 일 있으면 도와줄까?"

"아니요, 괜찮습니다……."

선배가 보내는 도움이라는 이름의 압박에 케세이가 가볍게 고개를 숙였다.

"하아…… 내가 왜 책임자 같은 걸 하고 있는 거지."

2학년, 3학년과의 대화 하나하나도 책임자가 대표로 맡는 흐름이 형성되어 있었다.

그래서 과도한 스트레스를 받는 모양이었다.

이대로 내버려두면…… 터지는 건 시간문제일지도 모르겠다.

4

오후부터는 체육 수업, 이라고 말해도 될지 모르겠지만 기초 체력 만들기가 시작되었다. 설명에 따르면 오래달리기가 메인이고, 마지막 날에는 역전 달리기도 할 예정이라고 했다. 시험 항목 중 하나겠지. 며칠간은 운동장에서 연습하고, 그런 다음 코스를 달리게 된다.

"하악, 하악."

거친 숨을 내쉬는 케세이.

아침부터 체력을 쓰는 항목이 많아 고전하고 있었다.

공부 같은 지식적인 부분이라면 조언을 해줄 수도 있지만, 기초 체력이 좌우하는 내용은 그냥 지켜보는 수밖에 다른 방법이 없다.

한편 이시자키와 알베르트는 불량하지만 담배를 피우지 않아서 그런지, 다른 일반 학생보다 체력이 좋아 별 어려움 없이 과제를 해나가고 있었다.

"……아침부터 분석만 하네."

왠지 이대로 있다가는 지칠 것 같다.

스스로 나설지 말지는 덮어두더라도, 그룹이 탈락 후보가 되지 않기 위해서 수준을 끌어올리고 싶다는 생각을 가지고 있는 탓이리라.

꼴찌가 되어 학교 측이 설정한 커트라인을 넘지 못하면 케세이는 퇴학 처분을 받게 된다. 길동무로 내가 선택될 가능성은 한없이 낮지만, 그래도 절대라는 보장은 없다. 자기는 고생하고 있는데 멀뚱멀뚱 지켜보기만 하고 도움의 손길을 내밀지 않았다며 원망할 수도 있기 때문이다.

길동무 통보를 받지 않도록 최소한의 백업은 해줄까, 아니면 그룹을 궤도에 올리기 위해 어느 정도 움직여볼까.

그것도 아니면 알아서 해결하기를 빌며 계속 잠자코 지켜보기만 할까.

머릿속에서 잠자코 지켜보는 선택지는 일찌감치 제외시켰다.

코엔지의 존재는 아마 앞으로도 쭉 불안 요소일 것이다. 얼른 손을 써두는 게 좋을지도.

나는 속도를 늦추어, 뒤에서 느긋하게 달리는 코엔지와 만났다.

내가 가까이 다가가도 코엔지는 눈길조차 주지 않았다.

내가 먼저 문을 두드리지 않는 한 자기 세계에서 한 걸음도 나오지 않겠지.

"코엔지. 조금만 부드럽게 대할 수는 없어?"

"그 말은 그룹인가 뭔가에 대해 말하는 건가? 아야노코지 보이."

"그래. 다른 애들도 혼란스러워하고 있어. 모두 너처럼 대단한 능력을 가진 건 아니니까."

"하하하, 하긴 내가 유일무이한 존재이긴 하지. 하지만 그렇다고 해서 어중이떠중이들이랑 보조를 맞추는 건 어리석음의 극치라고 생각하지 않나?"

"글쎄…… 뭐가 옳은지 나는 잘 모르겠지만……."

"너는 어떻게 하고 싶지?"

"우리 그룹이 나름대로 좋은 성적을 거두면 좋겠다고 생각하긴 해. 퇴학은 면하고 싶으니까."

"좋은 성적을 얻길 바란다면 네가 열심히 하는 수밖에 없지 않을까?"

"일단은 나도 그럴 생각으로 너한테 말하는 건데."

우리 두 사람의 발이 운동장 흙을 밟는 소리가 들렸다.

코엔지는 금세 자기 세계로 돌아가 버렸는지 대답은 돌아오지 않았다.

역시 무리인가.

코엔지에게 어중간한 위협이나 애원은 무의미하겠지.

지금까지 한 학교생활을 보면 그 정도쯤은 알 수 있다.

설령 모든 학생 혹은 교사가 설득에 나선다고 해도 자기가 한 번 아니라고 생각하는 것은 끝까지 관철한다.

그런 유형의 인간이다.

5

오래달리기 연습은 체력적으로 힘들었지만, 수업 첫날인 점도 있어서인지 나머지 수업은 이 학교에 대한 설명과 앞으로 일주일 동안 하게 될 것, 그런 류의 설명에 대부분의 시간을 할애했다. 다만 그 과정에서 앞으로 배워나갈 게 '사회성'을 익히는 수업이라는 사실도 명백하게 드러났다.

사회성이라고 말해도 1학년들은 확 와 닿지 않으리라. 반면 상급생은 차분한 태도를 보여서, 1학년과 2학년의 경험 폭이 얼마나 큰지 알 수 있었다.

"으으……."

오후 마지막 수업인 좌선까지 끝나자, 케세이는 그 자리에서 그대로 쓰러져 움직이지 않았다.

"괜찮아?"

좌선으로 마무리한 첫날 일정.

"괜찮아, 라고 대답하고 싶지만 다리가 저려서…… 잠시만 기다려줘."

아무래도 케세이에게는 생각보다 힘든 수업이었던 모양이다. 2분 정도 그대로 굳은 채 다리가 원상태로 돌아오기를 기다렸다. 다른 학생들, 이시자키도 좌선이 잘 되지 않는지 앞으로 고꾸라질 듯 몸부림쳤다.

"젠장, 밥 먹고 바로 목욕해야겠다, 목욕. 나 좀 일으켜주라, 알베르트."

조용히 다가온 알베르트가 이시자키의 팔을 잡고 끌어당겼다.

"케헥! 좀 살살 당겨! 이거 놔!"

이번에는 이시자키가 쿵 하고 넘어졌다.

"으아악!"

그런 두 사람의 모습을 보며 조금 즐거워 보인다는 생각을 하고 말았다.

하지만 그룹에 속한 다른 학생은 이시자키 무리를 골칫거리로밖에 인식하지 않는다.

케세이도 무시하고 나가려고 했기 때문에 나는 일부러 멈춰 섰다.

"재미있는 녀석들이네."

굳이 그렇게 말하며 케세이의 주의를 끌었다.

"키요타카, 상대하지 않는 게 좋아. 저 녀석들은 바보짓을 하고 있을 뿐이야. 찍히고 싶지 않으면 너무 빤히 쳐다보지 마."

케세이가 내 시야를 차단하듯이 말했다.

"스도 만큼은 아니라도 이시자키 역시 말보다 주먹이 먼저 나가는 타입이야. 어떤 면에서는 류엔의 전철을 밟고 있는 부분도 있어."

"그래도 같은 그룹이잖아. 어느 정도의 접촉은 저쪽도 용인하고 있는 것 아니야?"

내가 손가락으로 그들을 가리켰다. 우리의 모습을 알아차린 이시자키가 무섭게 노려보고 있었다. 순간 케세이가 겁을 먹었지만, 이시자키는 알베르트를 데리고 얼른 도장을 빠져나갔다.

"그것 봐, 내 말 맞지?"

"……의외로 대담한 구석이 있네, 키요타카."

사실은 이시자키 무리의 속사정을 전부 알고 있기 때문이었지만, 지금은 너무 의식하면 오히려 악수라는 점을 간접적으로 알려주고 싶었다. 케세이가 책임자인 이상, 다른 반 아이들을 어느 정도 컨트롤할 필요가 있다.

"케세이, 이곳 임간학교에서 우리는 또 한 단계 더 나아가야 할지도 몰라."

"한 단계? 그게 무슨 소리야."

"이시자키, 알베르트와도 어느 정도는 친하게 지내야 한다는 뜻이야."

"그건 너무 터무니없는 이야기야. 물론 우리는 같은 그룹이 되었지만, 근본적으로는 적이잖아. 친해지는 건 도저히 불가능해. 이게 마지막 특별시험이라면 또 모를까."

친하게 지낼 수 있을 리가 없다. 그렇게 케세이가 딱 잘라 말했다.

나도 입학 초반에는 그렇게 생각했었다. 실제로 이 학교는 그런 싸움을 강요하고 있다.

하지만 최근에 와서 그것 말고 다른 방법도 있지 않을까 하는 생각이 들기 시작했다.

"학생회장 나구모는 반을 초월해서 모두와 잘 지내는 것 같던데."

"그거야―― 그 사람은 카리스마가 있다고 할까 특별한 존재니까. 나는 도저히 그런 재능은…… 아니, 다른 반의 그 누구도 흉내 낼 수 없는 거 아니야? 그리고 무엇보다도 나구모 선배의 방식이 끝까지 통용될지 안 될지는 졸업할 때까지 알 수 없어. 무슨 생각을 하는지는 몰라도 사이좋게 지내봐야 끝에 가서 웃는 건 A반 졸업이 결정된 학생들뿐이지. 다른 반은 울 거라고."

케세이는 그렇게 말하며 도장을 뒤로했다.

6

저녁 식사를 마치고 남들보다 한 발 앞서 방으로 돌아가려고 했을 때였다.

사소한 문제라도 생겼는지 복도에 몇몇 남녀가 모여 있었다.

"미안, 미안. 어디 다친 데는 없어?"

"으응…… 괜찮아."

우리 반 야마우치가 미안해하며 손을 내밀었다. 넘어진 사람은 1학년 A반 사카야나기 아리스였다. 사카야나기는 야마우치의 손을 잡지 않고 스스로 몸을 일으키려 하고 있었다.

자기 힘으로는 도저히 일어날 수 없었는지 근처에 떨어져 있던 지팡이를 잡았다. 그리고 벽에 등을 기대면서 겨우 일어섰다. 넘어졌다가 일어나기까지 얼마 안 되는 시간. 하지

만 주위 시선을 한 몸에 받는 이러한 상황은 사카야나기에게 몹시 긴 시간으로 느껴졌으리라. 야마우치는 어쩐지 있기 불편한 듯 손을 거두고 말했다.

"그럼, 으음, 난 이만 가 봐도 될까?"

"그래. 부디 마음 쓰지 말고."

사카야나기는 살짝 미소를 지어보인 후 야마우치에게서 시선을 거뒀다.

남자 여자 할 것 없이 모두, 큰 소동으로 번지지 않은 것에 안도하며 뿔뿔이 흩어졌다.

"아니 말이야, 사카야나기는 귀엽긴 한데, 좀 굼뜨네."

야마우치는 자기 부주의로 부딪친 가능성을 조금도 생각하고 있지 않았다.

"괜찮아?"

어쩌다가 눈이 마주치고 말았기 때문에 나는 사카야나기에게 다가가 말을 걸었다.

"일부러 걱정까지 해주다니 고마워. 하지만 별로 큰일도 아니었어."

"내가 나중에 야마우치한테 한마디 해둘게."

"일부러 그런 것도 아니고, 그냥 어쩌다가 넘어졌을 뿐이야."

그렇게 말하며 엷은 미소를 짓는 사카야나기였는데, 눈은 전혀 웃고 있지 않았다.

"그럼 실례할게."

그룹이 달라서인지 늘 옆에 있는 카무로는 보이지 않았다.

지금의 나로서는 여자들이 어떤 싸움을 하고 있는지 알수 없고 흥미도 없다.

그런데 뒤돌아 걸어가던 사카야나기가 발걸음을 멈추고 다시 나를 쳐다보았다.

내가 지켜보고 있다는 걸 눈치라도 챘나?

"한 가지, 아야노코지한테 할 말이 있었던 게 생각났어."

지팡이로 땅을 한 번 탁 짚고, 은근한 미소를 지었다.

"B반은 역시 결속력이 강한 반이야. 그건 이치노세 호나미가 지금까지 아이들의 신뢰에 힘껏 부응해줬기 때문이라고 할 수 있겠지. 하지만 그 애를 무조건 신뢰하는 게 과연 옳은 일일까, 하고 나는 생각해."

"나랑 상관없는 이야기 같은데."

하지만 사카야나기는 아랑곳하지 않고 말을 이었다.

"예전에 이런 소문이 있었어. 이치노세가 대량의 포인트를 가지고 있다고. 특별시험에서 별다른 공적을 쌓은 것도 아닌 그녀가 학교 측의 조사를 받을 정도로 포인트를 가지고 있다는 이야기에는 솔직히 좀 놀랐어. 그런데 일반적으로 그렇게 포인트를 모으는 게 가능해? 어쩌면 B반의 금고지기를 맡고 있는 건 아닐까?"

"글쎄. 그걸 아는 사람은 이치노세 본인 아니면 그 반 애들뿐이겠지. 이런 이야기를 나한테 들려줘서 무슨 의미가 있지?"

"내가 말하고 싶은 건…… 정말 이치노세에게 프라이빗 포인트를 맡겨도 되는가 하는 점이야. 이를테면 어떤 실수로 자신이 궁지에 몰렸을 때 포인트를 써서 몸을 지킨다거나, 아니면 반 아이들을 구제하기 위해 포인트를 쓴다면 아무도 비난할 수 없잖아? 그러기 위한 금고지기라고도 할 수 있으니."

"아마도 그렇겠지."

"하지만…… 거액의 포인트를 자기 마음대로, 쾌락을 위해 쓴다면 그때는 사기로 간주해서 학교 측에서도 움직일지 몰라."

어쨌든 그 이야기는 내가 아니라 이치노세 이외의 B반 학생에게 해야 할 것이었다. 정말 이치노세가 금고지기를 맡았다면 불평할 권리가 있는 건 포인트를 맡긴 학생들뿐.

"이치노세가 자기만족을 위해 프라이빗 포인트를 쏟아 부을 거라고는 생각하지 않는데."

"그래, 그렇겠지. 적어도 아직은 아무도 의심하지 않을 거야."

그럼 앞으로는 의심하는 사람이 나올 거라고 말하고 싶은 건가.

"이 시험이 끝나고 학교에 돌아간 이후가 기대돼."

대충 원하는 이야기를 해서 만족했는지 사카야나기는 뒤돌아보지 않고 걸어갔다.

7

소등 시간인 오후 10시까지 앞으로 1시간 정도밖에 남지 않은 공동 숙소에서는 각자 특별히 대화를 나누거나 하지 않고 조용히 시간을 보내고 있었다. 친해질 계기는 의외로 별로 없는 법이다.

갑자기 다른 반의 누군가에게 말을 걸려 해도, 뭔가 굉장히 애쓰는 듯한 분위기가 되고 말아서 좀처럼 대화를 이어가기가 어렵다. 누군가가 먼저 화젯거리를 만들어주면 좋겠는데, 아무래도 그건 바랄 수 없을 것 같다.

그때 가벼운 노크 소리가 났다. 누군가 찾아온 모양이었다.

"이런 시간에 누구지?"

특별히 짐작 가는 사람도 없어서 다들 의아하게 문을 바라보았다.

"선생님일지도 몰라."

관심 없다는 듯 이시자키가 말했다. 하긴 그럴 가능성은 있었다. 케세이는 상반신을 일으켜 누구냐고 물으면서 문으로 향했다.

방문을 두드린 정체는 너무도 의외의 인물이었다.

"아직 안 잤나?"

"나구모 학생회장, 무슨 일이세요?"

"같은 그룹 차원에서 뭐 하고 있는지 보러 왔지. 들어가도 되나?"

그런 말을 들었는데 거절할 수 있을 만큼 용감한 1학년은 아무도 없으리라. 케세이는 두 말 않고 바로 방 안으로 나구모를 안내했다. 나구모는 혼자가 아니라 부회장 키리야마와 다른 3학년 학생도 둘이나 데리고 왔다. 츠노다라는 이름의 B반 학생 그리고 역시 B반 이시쿠라였다. 나구모는 방에 들어오자마자 주위를 둘러보았다.

"역시 방은 선배들과 똑같이 되어 있네요."

나구모가 생긋 웃으며 이시쿠라에게 말했다.

"그런 것 같네. 그나저나 1학년 방까지 우리를 데려와서 뭐 어떤 식으로 친목을 도모하자는 거지?"

그 말에 아직 사태 파악이 안 된 케세이가 나구모에게 물었다.

"친목, 이라고요?"

"말했잖아? 같은 그룹이니까 뭐 하고 있는지 보러 왔다고. 이 학교에는 텔레비전도 컴퓨터도 휴대폰도 없고, 솔직히 오락다운 오락거리가 없어. 하지만 그렇다고 전혀 놀 게 없는 건 아니야."

그렇게 말한 나구모는 체육복 주머니에서 작은 상자를 꺼냈다.

"카드, 인가요?"

"요즘 같은 시대에 웬 카드놀이냐 싶겠지? 하지만 이런 합숙에서는 정석 중의 정석이야."

적당히 비어 있는 자리에 앉는 나구모.

그리고 아직 개봉하지 않은 상자의 비닐 테이프를 뜯었다.

"선배들도 앉으세요. 1학년한테는 미안하지만, 자리가 없으니까 침대에 그냥 있든지 해."

침대에서 뛰어 내려오려는 1학년을 막은 나구모가 그렇게 말했다.

"난 안 할래."

츠노다는 거부하고 바로 등을 돌렸다.

"그러지 말고 같이 해요. 여기서밖에 못 듣는 이야기가 나올지도 모르는데."

붙잡힌 츠노다는 어쩔 수 없다는 듯 자리에 앉았다. 이어서 앉는 이시쿠라.

"지금부터 게임을 더 재밌게 즐기기 위해 뭔가 내기를 했으면 하는데, 뭐 좋은 아이디어가 있으면 모집할게."

학년이 높은 선배를 상대하기 때문에 긴장한 1학년들은 좀처럼 아이디어를 내지 못했다. 학생회장을 앞에 두고 어디까지 말해도 좋은지 알 수 없는 것도 큰 이유이리라. 1학년이 위축되는 것을 나구모는 당연히 알고 있었다.

"조식 당번을 정했잖아? 그거 취소하고 이번 내기로 다시 정하는 건 어때? 만약 연속으로 진다면 최악의 경우 합숙 마지막 날까지 식사 당번을 맡게 되는 거야. 반대로 지지 않으면 식사 당번을 한 번도 안 하는 거지."

"어이, 나구모. 그런 건 그룹 전체가 의논해야 하는 얘기 아닌가?"

이시쿠라가 제동을 걸었다.

"고작 조식 당번이라고요. 이 정도쯤은 융통성을 좀 보여주시죠."

이 학교 학생회장인 만큼 선배라도 봐주지 않는 말투였다.

반면 3학년은 나구모에게 별로 강하게 나갈 수 없는 모양이었다. 호리키타 마나부와의 대결을 알고 있는 만큼 경솔한 개입은 분위기를 흐린다고 생각하겠지.

"알았어. 카드놀이로 정하자."

"우리도 동의해?"

케세이가 살짝 조심스럽게 이 방에 있는 1학년들에게 물었다. 이시자키와 하시모토 등은 찬성한다는 듯 고개를 끄덕였다. 나와 나머지 학생들도 조금 늦게 동의를 표했다.

단 한 사람 코엔지만 제외하고.

"코엔지, 넌 카드놀이로 정하는 것에 반대야?"

그냥 넘어가면 됐을 것을, 나구모가 굳이 코엔지에게 말을 걸었다. 낮에 체육관에서 나눈 대화 때문인지도 모른다.

"찬성도 반대도 아닌데. 이미 다수결로 답이 나온 것 같고."

"수적인 문제가 아니야. 네가 어떻게 생각하는지 알려줬으면 좋겠어."

"그럼 대답해볼까, 학생회장. 이런 대화에 나는 일말의 흥미도 없어. 찬성, 반대 둘 다 생각하지 않아. 이거면 만족할까?"

또 문제가 될 것 같은 코엔지의 발언.

하지만 나구모는 유쾌하게 웃은 후 의외의 한마디를 던졌다.

"학생회에 들어오지 않을래, 코엔지? 너같이 흥미로운 녀석이 학생회에 있었으면 좋겠어. 듣자 하니 너는 학력과 운동신경도 상당히 뛰어난 모양이던데."

3학년까지 포함해 이 방에 있던 모두가 놀랐다. 아니, 코엔지만 유일하게 표정 변화가 없었다.

"공교롭게도 말이지. 난 학생회 따위에 흥미가 없어."

"그렇겠지. 그러니 지금은 언제든 환영한다는 말만 할게. 만약 학생회에 흥미가 생기면 언제든지 말해."

나구모도 코엔지가 단번에 승낙하리라고는 처음부터 생각하지 않은 모양이었다.

"그럼 카드놀이를 시작해 볼까?"

나구모는 코엔지에게서 시선을 떼고 다시 제안했다.

"어떤 걸 할 거죠?"

"그렇지. 간단하게 도둑잡기는 어때? 마지막에 조커를 가진 녀석이 지는 거야. 대표 선수는 각 학년에 두 명씩, 총 여섯 번의 시합."

나는 카드놀이는 자세히 모르지만, 도둑잡기라면 알고 있다.

"참가 학생의 교대는 자유다. 단, 게임 도중에는 안 돼."

그렇게 말한 후 나구모는 카드를 섞기 시작했다.

다 섞은 후 이번에는 3학년에게 건넸다. 허튼 수작을 부리지 못하도록, 당연히 1학년에게도. 케세이는 카드를 섞으며 게임에 참여할 또 한 명의 선수를 물색했다. 아무도 후보자로 나서지 않자, 어쩔 수 없다며 하시모토가 손을 들고 침대에서 내려왔다.

8

이렇게 해서 1학년부터 3학년까지 함께하는 도둑잡기 카드 게임이 시작되었다.

조식을 만들려면 아침 일찍 일어나야 한다. 원래는 각 학년이 두 번씩 담당할 예정이었기 때문에, 도둑잡기를 5승 1패 하면 당번에서 제외된다는 계산이 나온다. 최악의 경우 4승 2패도 괜찮다.

"조용히 게임만 하는 것도 재미없으니까 말이야. 잡담이나 나누면서 하자고."

나구모가 말했다.

케세이가 다 섞은 카드를 받아든 나구모는 카드를 돌리기 시작했다.

"첫 판은 내가 돌리지만 두 번째 판부터는 진 녀석이 카드를 모아 섞고 나누는 거야."

거기에 이의가 없어서 참가자 모두 고개를 끄덕였다.

이 방에 온 뒤로 나구모는 단 한 번도 나를 쳐다보지 않았다. 겨울방학 때 접촉이 있긴 했지만 기본적으로 나구모는 나 따위는 안중에 없겠지.

"그리고 게임에 참가하지 않는 1학년은 자유롭게 다른 걸해도 상관없어. 끝까지 선배를 상대로 긴장하다간 내일 컨디션에 영향을 미칠 테니까."

말은 그렇게 해주었지만, 그렇다고 조금 전처럼 자유롭게시간을 보내는 것도 불가능하다. 코엔지야 아무 신경 쓰지않고 누워 있지만……

아래 침대에 있는 나는 그냥 시합을 구경하기로 했다.

"아무리 게임이라도 1학년한테 쉽게 질 수는 없죠, 선배."

"아쉽지만 나는 운이 좋은 편이 아니야. 과도한 기대는 하면 곤란해."

"괜찮아요, 선배들은 비교적 강한 편이라고 생각하니까. 1, 2회전부터 질 만큼 약하지 않아요."

어떻게 굴러갈지 알 수 없는 카드게임인데도 나구모는 자신만만했다.

1회전은 순조롭게 진행되었고, 게임도 중반으로 접어들었다.

"끝났다."

3학년 이시쿠라가 가지고 있던 카드를 전부 내려놓는 데 성공했다. 이어서 부회장 키리야마, 그리고 세 번째로 나구모가 빠졌다. 일찌감치 2학년이 게임을 끝마치면서, 1학년에게 부담이 가는 전개가 펼쳐졌다.

"끝났어요."

하시모토가 3학년에게 깍듯이 인사하듯 숫자가 모인 카드 두 장을 내밀었다. 이제 남은 사람은 케세이와 3학년 츠노다 뿐.

게임인데도 의외로 분위기가 살짝 무거웠지만, 애써 냉정하게 대결을 이어갔다.

케세이의 손에는 두 장, 3학년의 손에는 한 장의 카드가 남아 있었다. 요컨대 조커는 케세이가 가지고 있는 셈이었다. 3학년이 조커를 집으면 케세이에게도 승산은 있으리라.

하지만…… 고민 끝에 츠노다가 고른 카드는 자기가 가진 카드의 짝.

"예스, 끝났다."

"제가 졌네요."

첫 판은 케세이가 지고 말아서 1학년이 첫 번째 조식 당번을 맡게 되었다.

"침착하게 가자, 한두 번 지는 건 별로 대수롭지 않아."

격려하듯 하시모토가 케세이에게 말했다.

케세이는 잠자코 고개를 끄덕였지만, 져서 미안한 모양이었다.

다음에 또 지면 어쩌지, 하고 생각하고 있을지도 모른다.

"아까 말했잖아, 지는 녀석이 카드를 모아 섞고 다시 나눠 주라고."

"죄, 죄송합니다."

자기 역할을 깜박 잊었던 케세이가 허둥지둥 카드를 모았다.

곧 2회전이 시작되었다. 내 시야에 3학년 중 한 명이 손에 쥔 패가 들어왔다. 거기에는 조커 그림도 있었다. 게임 중반까지 조커는 계속 남아 있었는데, 어떤 타이밍을 기점으로 다른 학생에게 넘어갔다.

그렇게 해서…… 마지막에 남은 두 사람은 키리야마와 케세이였다.

두 번 연속으로 일대일 상황까지 오자 케세이는 싫어도 흥분되고 긴장되는 것 같았다. 게다가 남은 카드 장수를 봤을 때 조커는 케세이 쪽에 있음을 알 수 있었다. 2학년 키리야마는 고민하면서도 느릿느릿 손을 뻗어 카드를 골랐다. 케세이는 포커페이스를 유지하려고 노력했지만 뽑혀 나가는 카드를 보고 살짝 고개를 숙였다. 몇 분도 채 지나지 않아 1학년의 연속 패배가 확정되었다.

그 상황을 지켜보던 야히코가 케세이에게 교체 사인을 보냈다.

"바꾸는 게 나을 것 같군."

그런 나구모의 한마디와 함께 케세이는 고분고분 야히코와 배턴 터치 하기로 결심했다.

"난 이런 게임에 약해. 미안하지만 부탁 좀 할게."

연패에 책임감을 느낀 케세이는 조금 뒤에서 1학년들의 싸움을 지켜볼 모양이었다.

물론 야히코 역시 선배들 앞에서 긴장하고 있으리라. 하지만 평소 카츠라기를 윗사람처럼 대해서 그런지, 비교적 차분해 보였다.

그렇다고는 하나 도둑잡기의 승패에는 별로 영향이 없을지도 모른다.

실력이 얼마나 영향을 주는 게임인지는 잘 모르겠지만, 조커를 뽑지 않는 강력한 운은 필요하리라.

"슬슬 1학년한테 양보해줘야 할 것 같네요."

1학년이 연패해서 나구모도 조금 미안한 생각이 들었는지 그렇게 말했다.

"그나저나 이시쿠라 선배, 요즘 동아리 활동은 어때요?"

"넌 농구에 별로 흥미 없잖아?"

"아니에요. 축구만큼은 아니지만."

"올해는 1학년 중에 꽤 몸놀림이 좋은 애가 들어와서 말이야, 내년에는 기대해볼 수 있을 것 같아. 올해는 성적을 낼 수 없었으니까. 캡틴으로서 한심하기 짝이 없지만."

1학년 중에 몇 명인가 농구부에 소속되어 있지만, 몸놀림이 좋은 1학년이라고 하면 십중팔구 스도를 가리키는 것이리라. 은퇴한 3학년까지도 열심히 하는 스도의 모습을 높이 사는 모양이었다.

"그거 기대되네요."

"그러는 넌 학생회에만 전념하는 것 같던데. 축구에 미련은 없고?"

"프로를 목표로 하는 것도 아니고, 축구는 어디서든 계속할 수 있으니까요. 이 학교에서는 학생회장 쪽이 더 매력적이었을 뿐이에요."

"학생회를 열심히 이끄는 거야 상관없지만, 호리키타한테 자꾸 싸움을 거는 건 좀 생각해볼 문제인데."

"싸움을 거는 게 아니에요. 그저 예전부터 동경하던 선배에게 인정받고 싶은 그런 순수한 마음밖에 없어요."

이시쿠라는 나구모를 슬쩍 본 다음 다시 카드로 시선을 돌렸다.

"이번에는 1등이야."

순조롭게 카드를 다 버린 이시쿠라가 1등으로 게임을 마쳤다.

"다 모았습니다."

그 직후, 야히코도 기쁜 투로 마지막으로 모은 두 장을 내려놓았다.

1학년이 완전히 이기려면 하시모토도 빨리 게임을 끝내야 한다.

손에 쥔 카드는 순조롭게 줄어들고 있었지만 결국 중요한 건 조커의 행방이다.

"좋았어."

세 번째로 2학년 선배가 게임을 마치자 그에 맞추듯 하시 모토도 남은 카드를 내려놓았다.

"오, 1학년의 첫 승리네. 축하."

"감사합니다, 나구모 선배."

끝까지 남은 건 학생회장 나구모와 3학년 츠노다. 둘 중 유리한 쪽은 나구모였다. 이 분의 일의 확률로 승리가 결정된다.

"그럼 제가 먼저."

그렇게 말한 나구모는 망설임 없이 오른쪽 카드를 집었다.

그런데 고른 것은 조커.

"미안하군."

3학년 츠노다는 나구모가 내민 두 장의 카드 중 나구모와 마찬가지로 오른쪽 카드를 골랐다.

"끝났네."

그 결과, 나구모의 손에 조커가 남아 2학년의 패배가 확정되었다.

"당했네요. 그럼 네 번째 게임으로 넘어가 볼까요."

별로 아쉬워하지도 않고 나구모가 다음 게임 준비에 들어갔다.

"1학년이 첫 승리를 했으니, 이제 다시 지게 해볼까? 후배니까 우리 것까지 당번을 했으면 좋겠기도 하고."

그렇게 말하며 카드를 나눠주는 나구모.

"그러고 보니 스도가 D반이었지. 이 중에 D반 있어?"

카드가 배분되는 사이, 이시쿠라가 1학년들을 둘러보며 말했다.

"아, 저희가 스도랑 같은 반이에요."

케세이가 나를 보며 그렇게 말했다. 그리고 다시 말을 덧붙였다.

"다만 이번 달부터 저희는 C반으로 승급되었습니다."

다른 학년 상황 따위야 별로 신경 쓰지 않는 게 일반적이겠지. 케세이가 그렇게 대답하자 이시쿠라가 깜짝 놀라며 감탄했다.

"D반에서 C반으로 승급한 거야? 그거 대단하네."

"올해 D반은 입학하자마자 반 포인트를 전부 다 써버렸다고 하더라고요."

"그랬는데 C반으로 올라오다니 잘했네. B반이랑은 얼마나 차이 나지?"

그렇게 물어본 이시쿠라는 케세이가 대답하려는 걸 막았다.

"아, 그냥 잊어주라. 여기는 모든 반인 모인 그룹이었지, 괜히 쓸데없는 화근을 만들어서 미안하다."

사과하는 이시쿠라. 하긴, 여기서 나눌 이야기는 아니다. 우리에게 추월당한 이시자키를 비롯한 D반, 그리고 B반에게 썩 유쾌한 화제가 아니니까.

결국 1학년은 거의 대화에 참여하지 못하고 나구모와 3학년을 중심으로 진행되었다.

네 번째 판은 여섯 명 중 네 명이 게임을 마쳤을 때 나구모가 중단시켰다.

"남은 사람은 1학년 두 명인가. 그럼 이만 끝내도 되겠군."

누가 이겨도 1학년의 패배인 것은 달라지지 않는다. 야히코와 하시모토는 남은 카드를 쌓아 내려놓았다.

나구모가 이끄는 2학년이 한 번 졌다고는 하나 이렇게 해서 1학년은 3패.

당초 정했던 조식 당번 횟수는 두 번. 그 횟수가 이 도둑잡기 게임 때문에 오히려 늘어나고 말았다. 다음에 또 지면 부담은 더욱 늘어나리라.

"교체할까."

하시모토가 다른 1학년을 원하며 뒤로 물러났다.

"쓸데없는 데 시간 쓰고 싶지 않으니까 아무나 들어와. 거기 너."

나구모는 시합을 구경하던 내게 손짓했다.

물론 거절하고 싶었지만, 그게 가능한 분위기가 아니었다.

의도적으로 나를 부른 것이든 대충 아무나 지명한 것이든 받아들여야 하겠지.

"미안, 아야노코지. 네가 해줘."

"그래."

이미 1학년 중 세 명이 나왔다. 그러니 이제 내가 뽑혀도 이상하지 않았다. 또한, 이건 단순한 놀이로 그냥 게임을 해서 이기고 지는 게 결정될 뿐이었다.

교대하자마자 야히코가 내게 카드를 섞으라고 말했다.

나는 카드를 섞은 다음 익숙하지 않은 동작으로 카드를 나눠주었다.

"그럼 다섯 번째 판에 들어간다. 이제 슬슬 3학년에게도 패배를 안겨주고 싶으니까 힘내, 1학년."

그렇게 독려하는 나구모.

나는 내 몫의 카드들을 펼쳐 상황부터 확인했다. 몇 장인가는 당연히 같은 숫자 카드가 모여 있었지만, 조커도 들어오고 말았다. 어떻게든 해서 2학년이나 3학년에게 조커를 넘기지 않는 이상 승산은 없다.

나는 카드에 대해 잘 모르지만, 한 가지 신경 쓰이는 부분이 있었다. 그런 의미에서는 가장 먼저 조커를 가지게 된 것이 다행일지도 몰랐다. 확인이 끝남과 동시에 게임이 시작되었다. 두 번째 순서, 세 번째 순서로 게임이 순조롭게 진행되는 동안 내가 가진 조커는 뽑힐 기색이 없었다. 이따금 선배의 손가락이 조커에 댔다가 다시 멀어져갔다.

하지만 다섯 번째로 순서가 돌아왔을 때, 마침내 조커가 내 손을 떠났다. 조커를 집어버린 선배의 눈동자가 순간 나를 향했지만 이내 평정을 가장하며 게임을 진행했다.

이번에는 야히코가 1등으로 게임을 끝냈고, 이어서 같은 1학년인 내가 2등을 차지했다.

1학년이 먼저 끝났나. 흐름이 바뀐 것 같군."

결국 마지막에 일대일로 남은 것은 3학년 두 사람.

나구모가 원하는 전개대로 됐다고 할까.

이제 한 판 남았다. 1학년으로서 더 이상의 패배는 피하고 싶다.

"이제 마지막 게임이네."

"카드 나눈다."

이시쿠라가 카드를 섞으려고 했을 때 코엔지가 나구모에게 말을 걸었다.

"나구모 학생회장."

"뭐야, 코엔지. 이제 와서 너도 게임하고 싶어졌나?"

"좀 호기심이 생겨서 말이지. 마지막 게임 결과, 어떻게 될 거라고 봐?"

거만한 말투에도 나구모는 신경 쓰지 않고 그 내용만 받아들였다.

"어떻게 될 것 같으냐고?"

나구모는 받은 카드를 살피면서 참가자들을 한번 둘러보았다.

"아무리 게임이라도 상급생들이 경험이 많지. 그러니 1학년이 질 가능성이 높아."

그 대답에 코엔지는 만족한 듯 웃으며 눈을 감았다.

아마 이 자리에 있는 사람 대부분이 코엔지의 질문 의도를 이해하지 못했을 것이다.

상황을 파악하고 있는 건 상급생들뿐이다.

나는 이 싸움을 어떻게 할지 고민했다.

순수하게 운에만 의지해 게임한다면 패배는 거의 확정적이다.

하지만 그것을 피하기 위한 행동을 했다가는 나구모의 주목을 받게 될지도 모른다.

나는 내 몫으로 온 카드를 확인했다.

그중 한 장, 이기기 위해서는 절대 버려서는 안 되는 카드가 섞여 있었다.

패배를 의미하는 조커였다.

"1학년 입장에서는 3패에서 멈추고 싶겠지. 하지만 4패도 충분히 가능성이 있어."

우연이라고는 생각하기 힘든 나구모의 한마디.

시계 방향으로 시작된 최종전. 그 자리에서 카드가 두 장씩 사라져갔다.

앞으로 1, 2분 뒤면 결판이 나리라.

9

"미안하다, 1학년. 나 먼저 끝낼게."

1등으로 게임을 마친 사람은 츠노다. 이어서 키리야마도 게임이 끝났다.

남은 것은 1학년 두 사람과 상급생 나구모와 이시쿠라.

조커는 줄곧 내 손에 있었다.

결국 나는 승리를 내팽개쳤다.

딱히 아무 수도 쓰지 않고 조용히 게임을 이어나갔다.

야히코가 카드를 모두 버린 후 가슴을 쓸어내리듯 한숨을 토했다.

그 직후 이시쿠라도 끝나, 마침내 나구모와 일대일 상황이 되었다.

"아야노코지, 별로 재밌지 않은가 봐."

"그렇지도 않아요. 표정에 잘 드러나지 않을 뿐이에요."

"그래? 처음부터 표정이 어두웠는데, 계속 조커를 가지고 있었나."

나구모의 발언은 이상할 게 없었다.

일대일이니까 자기한테 조커가 없으면 당연히 알 수 있었다.

"그럴지도 모르죠."

대답하기도 귀찮아서 그냥 한 귀로 흘렸다.

나구모가 이끌어내고 싶었던 대답은 그런 게 아니라는 걸 알았기 때문이다.

요컨대 코엔지가 했던 것과 비슷한 말을 유도하고 싶었을 것이다.

나는 아무 말 없이 카드 두 장을 앞으로 내밀었다.

한쪽은 조커, 한쪽은 나구모가 필요한 카드였다.

나구모는 십중팔구 숫자 카드를 뽑겠지. 아니, 저 표정을 모르겠다.

나구모는 미소를 지으며 손을 뻗었다.

그리고——.

"잘됐네, 아야노코지. 너한테도 활로가 생겼군."

나구모는 조커를 선택했다.

"이런 드문 일도 일어나는 법이지. 너라면 같은 숫자 카드를 뽑을 줄 알았는데."

이시쿠라가 옆에서 나구모에게 말했다.

"카드야 어차피 다 운이니까요. 저도 질 때가 있는 거죠."

그는 양손으로 카드를 한 번 섞은 후 내게 카드 두 장을 내밀었다.

"자, 원하는 걸 골라봐."

그냥 보면 단순히 이 분의 일. 하지만 이 게임, 사실은 그렇게 단순하지 않다.

미개봉 상태에서 꺼낸 카드지만, 나구모가 처음에 딜러를 맡았을 때 표시했을 마크가 조커에 찍혀 있었다. 언뜻 봐서는 알아차리기 힘든 작은 점이었다. 원래라면 아무도 몰랐을 것이다.

내가 그 비밀을 알아차린 건 마치 신비로운 예언과도 같았던 놀라운 적중률 때문이었다.

지금까지 했던 다섯 판의 모든 결과를 나구모가 미리 알아맞혔던 것이다. 물론 아무것도 모르는 1학년도 섞여 있어서 백퍼센트 확실성은 없었다. 그래서 말을 애매하게 하면서 단지 승률이 높은 팀과 낮은 팀을 알아맞혔을 뿐이다. 하지만 이 트릭을 파악한…… 아니, 미리 들은 상급생들이 압도적으로 유리했다.

어쨌든 기분 나쁜 이야기다.

내 위치에서 오른쪽 카드에 조커 표시가 되어 있었다.

급조해서 다른 카드에 찍을 수 있는 표시가 아니므로 틀림없다.

여기서 내가 조커가 아닌 쪽을 집으면 어떻게 될까? 답은 간단하다.

어떻게도 되지 않는다. 단순히 이 분의 일 확률로 뽑은 것일 뿐.

"계속 고민해봐야 모르니까 그냥 아무거나 뽑겠습니다."

그렇게 말하고 손을 뻗으려고 했을 때 갑자기 나구모가 카드를 거두었다.

"고민한 다음에 뽑아."

"고민한다고 해서 달라지는 것도 아니라고 생각하는데요."

"그래도."

반쯤은 강제적으로 고민하게 만들었다.

"알겠습니다. 고민해보죠."

나는 그렇게 말하고 카드를 응시했다.

물론 이제는 카드 따위 생각하지도 않았다.

2초간 침묵을 지킨 후 나는 숫자 카드 쪽으로 손을 뻗었다.

"저는 오른쪽을 좋아하니까 오른쪽 카드를 뽑을게요."

적당한 이유. 나구모는 이번에는 막지 않았다. 내 손에는 숫자 카드가 들려 있었다.

"죄송하지만 제가 먼저."

나는 그렇게 말하며 짝이 맞는 두 카드를 겹쳐 내고 끝을 선언했다.

"졌네, 나구모."

"그러게요. 그래도 원래 두 번은 조식 당번이었으니까 괜찮아요."

"나구모는 그렇게 말하며 여기저기 흩어진 카드를 끌어모았다.

"나름 재미있었어요. 역시 저와 이시쿠라 선배는 잘 맞을지도 모르겠네요."

"······글쎄, 어떨까?"

나구모의 호의로 느껴지는 말을 대충 받아넘기며 이시쿠라가 방에서 나갔다.

"조식 당번은 1학년부터 순서대로 하면 되겠지. 그럼 내일부터 잘 부탁한다."

"아, 아 네. 오늘 감사했습니다."

케세이가 나구모에게 인사했다.

카드 정리를 끝낸 선배들은 자리에서 일어나 1학년 방을 빠져나갔다.

"아니, 근데 교류는 전혀 없었네."

이시자키가 그렇게 중얼거리는 것도 이해가 되었다.

결과적으로 1학년의 부담만 더 늘어났을 뿐인 게임이었으니까.

○패배의 예감

학교에서 생활할 때는 휴일인 토요일도 이곳 임간학교에 머무는 동안에는 수업이 있었다.

다만 평일과는 시간표가 달랐다.

오전 중 모든 수업을 마치고, 그 후로 자유시간이었다.

목요일부터 막을 연 특별시험도 벌써 사흘째. 슬슬 그룹 내에 불협화음이 들리기 시작했다. 그것은 이른 아침 5시가 조금 지난 무렵부터였다.

"아아아, 잠 와 죽겠네!"

학교 건물 옆 야외 취사장에서 이시자키가 빽 소리를 질렀다.

"그건 모두 마찬가지야. 앗, 된장 분량이 틀리지 않게 계량기를 써줘."

교사에게 받은 조식용 메뉴가 적힌 종이를 넘기며 케세이가 주의를 주었다.

"시끄러워. 애당초 왜 나까지 아침 만드는 데 껴야 하냐고."

팔을 움직여 된장을 풀면서도 계속 투덜거리는 이시자키.

"어쩔 수 없잖아. 정해진 인원대로 하지 않으면 페널티를 받을지 모르니까."

"내 알 바 아닌데, 젠장……. 아."

"뭐야, 방금 그『아』는."

"……아무것도 아니야."

"아무것도 아닌 게 아니구만! 너, 들고 있던 소금 어디 갔어?!"

"전부 넣었는데."

아무래도 이시자키가 맡은 된장국에 대량의 소금이 투입된 것 같았다. 케세이가 당황하며 얼른 불을 끄고 간을 보았다. 그리고 숨이 콱 막히는 표정을 지었다.

"너무 많이 넣었잖아, 우웩! 이건 도저히 못 먹어……."

그런 된장국을 선배들에게 대접했다간 엄청난 비난을 면치 못하리라. 게다가 몸에도 안 좋다.

"다시 만드는 수밖에."

"농담하지 마라. 다시 만들 거면 네가 처음부터 다 하든지. 아니 그리고 코엔지는 어디 갔는데?!"

"그걸 내가 어떻게 알아?"

"같은 반이잖아."

된장국 때문에 티격태격하는 두 사람을 곁눈질하며, 하시모토가 휴대용 가스버너 위에 프라이팬을 능숙하게 움직여 계란프라이를 만들었다.

"잘하네……."

"밥은 늘 직접 지어 먹거든."

그렇게 말하며, 하시모토는 자랑하지도 않고 빠릿빠릿하게 요리를 이어나갔다. 그런 하시모토에게 조용히 다가간 알베르트. 손에는 달걀을 푼 볼이 들려 있었다.

"땡큐. 혹시 가능하면 채소 좀 썰어줄래?"

알베르트는 그 큰 덩치로 도마에 채소를 올리고 능숙하게 칼질하기 시작했다. 먹을 인원이 많기 때문에 하시모토는 쉬지 않고 달걀을 구웠다. 보아하니 요리에 관해서는 이 두 사람이 에이스급 활약을 펼쳐줄 것 같았다. 한편 나는 생채소와 식기 준비라는 무척 편한 포지션을 따냈다.

그래도 채소도 준비하는 인원이 인원인 만큼 양이 많았다. 굽는 요리는 도와줄 수 없지만 채소 썰기 정도는 나도 돕는 게 좋을 것 같았다. 알베르트의 옆에 서자 아무 말 없이 나를 쳐다봐서, 그냥 아무 생각 없이 눈빛으로 말을 건네 보았다.

'썰 수 있어? 네가 채소를?'

'아마도.'

대충 이런 느낌으로 적당히 이해해가며 칼을 건네받았다. 기숙사 생활을 하게 된 후로 조금이나마 칼을 다뤄봐서 다행이었다. 나는 알베르트의 속도에 맞추어 채소를 썰어나갔다.

그나저나 코엔지 녀석은 어디로 가버린 걸까. 화장실에 갔다 오겠다고 말한 지 벌써 30분도 더 지났다. A반과 B반 학생을 한 명씩 보내 찾아오라고 했는데 아직까지 돌아오지 않는 것을 보면 찾기 힘든가 보다.

결국 코엔지는 조식 때까지 돌아오지 않았고, 돌아온 후에도 복통 때문에 화장실에 틀어박혀 있었다고만 하고 더 말하지 않았다. 이제 이시자키와 코엔지의 관계는 완전히 틀어졌다고 보는 게 좋을 듯하다.

1

토요일 오전 3교시 무렵, 교실에서 도덕 공부를 하고 있을 때였다.

바깥에서 발랄한 여자 목소리가 들려왔다.

3층 창 너머로 내려다보니, 활기차게 교정을 뛰는 이치노세가 보였다.

첫날에는 그룹을 짜느라 고전하더니, 이제 괜찮아 보여서 무엇보다 다행이다. 사카야나기가 이치노세를 무너뜨리겠다고 큰소리 펑펑 쳤는데, 저 모습을 봐서는 별로 그런 낌새가 느껴지지 않았다. 겉모습에 한한 말이지만.

이치노세의 그룹 멤버가 누구인지 위에서 보고 대충 파악했다.

우리 C반에서는 의외로 한 명밖에 보이지 않았다. B반 학생도 이치노세 이외에는 죄다 모르는 사람들뿐인 걸 볼 때, 남자와 마찬가지로 네 반을 유지하기 위해 B반에서 최소 멤버를 뽑은 건가. A반과 D반 학생은 잘 모르지만, 체육대회 때 호리키타와 충돌한 척하라는 류엔의 책략으로 심하게 다쳤던 여자애도 있었다. 다행히 다 나았는지, 지금은 별 지

장 없이 달리고 있었다.

참고로 나와 같은 C반 학생은 왕 메이유라는 이름의 아이가 그룹에 들어가 있었다.

왕 메이유는 중국 출신으로, 초등학생 때 일본에 온 이후 쭉 여기서 생활한 모양이었다.

그런 이야기를 반 어딘가에서 들은 적이 있다.

애칭은 미짱. 친하지도 않은 사람이 부르기에는 다소 난도가 높은 별명이다. 그 밖에 내가 아는 것은, 반에서 성적이 꽤 좋고 특히 영어를 잘하는…… 그런 이미지. 시험 총점에 다소 차이는 있어도 학력은 케세이와 엇비슷하다고 봐도 좋으리라. 그리고 신기하게도 운동 능력 역시 케세이와 비슷한 구석이 있었다.

필사적으로 그룹 멤버들을 따라잡으려고 노력했지만 단독 꼴찌였다. 금방이라도 쓰러질 듯 하늘을 올려다보면서 거친 숨을 몰아쉬고 있었다. 휘청휘청 위태롭다.

이치노세는 미짱이 뒤처지는 것을 깨닫고 속도를 줄였다.

자신에게 의지하라고 격려하면서 함께 달리기로 마음먹은 듯했다. 그때 조금 늦게 또 한 여자애가 합류했다. D반의 시이나 히요리였다.

운동은 못하는 것 같았지만, 환하게 웃으며 두 사람과 나란히 달렸다. 류엔과 주변 사람들 말로 히요리는 D반의 여자 리더 역할을 맡고 있는 듯했다. 만약 그게 사실이라면 지금 보이는 저 여자 그룹에 두 반의 리더가 존재하는 셈인가.

이렇게 되면 호리키타와 사카야나기가 섞여 있어도 이상하지 않은데, 두 사람은 또 다른 그룹인 것 같았다.

어쩌다 이런 멤버 구성에 이르렀는지, 그 과정에 살짝 흥미가 생겼지만 수업 내용에 집중하기 위해 그만 시선을 거뒀다. 교실은 교사가 내뱉은 단어 때문에 무거운 공기가 흐르기 시작했다.

"지금부터 한 사람씩 자기소개를 하겠다. 단, 이건 단순한 자기소개가 아니라 수업의 일환이라는 걸 똑똑히 알아두도록. 앞으로 매일 너희는 스피치를 하게 될 거야. 학년별로 세부 주제는 다르지만 공통 판단 기준은 '성량', '자세', '내용', '전달 방법'으로 총 네 가지가 있다."

스피치라는 단어는 버스에서 읽은 자료에서도 봤었다.

이게 이 임간학교에서 치를 시험 과목 중 하나라는 것은 의심할 여지가 없었다. 아마 이 대그룹에서 한 사람씩 나와 연설하는 시험이 될 것이다. 소통 능력이 떨어지는 사람에게는 지옥 같은 시험일지도 모르겠다.

1학년은 일 년 동안 생활하면서 앞으로 학교에서 무엇을 배우고 앞으로 무엇을 배우고 싶은지 생각한 바를 연설하라고 통보 받았다. 또, 2학년과 3학년은 진로와 취직 등 장래에 관한 내용이 포함되었다.

"맙소사. 뭐 이런 개떡 같은 시험이 다 있냐……."

그렇게 투덜대고 싶은 이시자키의 심정도 모르는 바는 아니지만 목소리가 너무 크다.

교사의 귀에도 들렸을 것 같은데, 특별히 주의를 줄 생각은 없는 것 같았다. 성실하게 하든 불성실하게 하든, 결과는 최종적으로 그룹에게 돌아온다. 하고 싶은 대로 하면 그만이리라.

쉬는 시간이 되자 한 남자가 1학년 그룹에게 다가왔다. 다리를 책상 위에 올리고 있던 이시자키는 그의 등장에 자기도 모르게 자세를 바로 고쳤다.

2학년 B반의 키리야마라는 남자였는데, 나구모 미야비가 이끄는 학생회의 부회장을 맡고 있었다. 전 A반 출신으로, 나구모에게 지는 바람에 그 밑으로 들어간 것 같았다. 하지만 내심 나구모의 실각을 바라는 듯했고, 호리키타의 오빠를 통해 나와도 연결되어 있는 사람이었다.

"수업 태도를 좀 더 바르게 하는 편이 좋을 것 같은데."

"네에? 하지만 딱히 떠들거나 한 적 없는데요."

"이시자키 너한테만 말하는 게 아니야. 너도 포함이야, 코엔지."

나구모의 실각을 바란다고는 해도, 평소에는 어디까지나 순종적인 부회장을 연기해야 한다. 대그룹 전체의 평가에 영향이 미칠 것 같은 부분은 미리 수정해두고 싶은 것이리라.

"이번 특별시험은 최종일에 치를 시험으로 평가받는 거잖아? 그러니 수업을 진지하게 듣고 말고는 별로 안 중요한 것 같은데."

"특별시험에는 필기시험만 있는 게 아니야. 임간학교를

임하는 태도에 대한 인상도 점수로 추가될 가능성이 있다는 생각은 못하나? 게다가 진지하게 수업을 듣지 않고 무슨 수로 본 시험에서 높은 점수를 받을 셈이지?"

"내 대답은 심플 이즈 베스트. 나라서 가능하달까?"

"오호. 고득점이 식은 죽 먹기라는 건가? 하지만 네가 정말 고득점을 받을지 못 받을지 알 수 있는 건 시험이 종료된 후야. 그룹 활동인 이상, 주변 사람들이 불안해하지 않도록 노력해야 하는 것 아닌가?"

"고작 내 행동 하나에 흔들릴 그룹 따위, 어차피 그룹으로서의 가치가 없지."

"그걸 판단하는 사람은 네가 아니야, 코엔지."

"그럼 누가 판단해주는데?"

"개인이 아니라 전체다. 이 자리에 있는 학생 모두가 판단하는 거야."

부회장의 말에 참으려고 하면서도 자꾸 웃음이 배어 나오는 이시자키. 코엔지를 몰아세우는 모습에 신나서 그러는 거겠지. 하지만 코엔지는 그런 '상식'이 통용되는 상대가 아니었다.

"너희 모두가 똘똘 뭉쳐도 내 인간적 가치가 더 높아. 감정도 제대로 못하는 인간이 올바른 판단 따위를 과연 할 수 있을까?"

"아무래도 너는 고등학생이라고 부르기에는 너무 무지하고 유아적이군."

전혀 겁내지 않는 코엔지에게 키리야마도 상식이라는 무기로 싸웠다. 어느새 2학년의 절반 가까이 되는 학생이 1학년들 자리를 에워쌌다. 이제 이시자키도 가만히 웃고만 있을 수 없었는지 점점 표정이 굳어졌다. 주변에서 약간 공갈 협박 같은 단어도 들리기 시작했다.

"그리고 코엔지뿐만이 아니야. 다른 애들에게도 문제가 하나둘씩 보여."

문제가 있는 학생에는 당연히 이시자키도 포함되어 있을 테지만, 그 밖의 나머지 멤버는 솔직히 떠오르지 않았다. 모두 나름대로 성실하게 수업을 들었는데. 아마 키리야마는 1학년을 한데 묶어 정신을 다잡게 하려는 목적이 있었을지도 모른다. 건방진 태도를 계속 고수한다면 상급생을 적으로 돌리게 된다는 압력을 넣으려는 거겠지. 코엔지는 어디까지나 그 계기에 지나지 않는다.

"거기까지만 해라, 키리야마."

3학년 이시쿠라가 이 상황을 보다 못해 나섰다.

"너무 과하게 지적하면 그저 괴롭히는 것으로만 받아들일 수도 있어. 이상한 소문이 퍼지면 너희도 곤란하겠지. 그 정도 했으면 1학년도 상황을 충분히 이해했을 거야, 그렇지?"

이시쿠라가 확인하자, 코엔지만 빼고 나를 포함한 1학년 모두가 고개를 끄덕였다.

"훌륭하시네요, 이시쿠라 선배. 상황을 제대로 파악하고 있었잖아요?"

시종일관 대화에 끼어들지 않고 지켜보기만 하던 나구모가 기쁜 투로 말했다.

"B반에 두기에는 아까운 사람이네요. 애당초 이시쿠라 선배는 운이 너무 없어요."

"운이라고? 아니, 인정하고 싶지는 않지만, 실력 차이야."

"저는 그렇게 생각하지 않아요. 선배는 A반에 호리키타 마나부라는 천재가 존재하는 바람에 지금까지 줄곧 A반에 올라가지 못했을 뿐이에요. 3년 동안 치열하게 싸웠다는 거 잘 알아요. A반과 B반의 반 포인트 차이는 312. 졸업이 코앞까지 오긴 했지만, 거의 다 따라잡았다고 저는 생각해요."

"그럼 네가 우리 그룹이 이기게 해주겠다는 거야?"

"그래요. 이시쿠라 선배가 저한테 모든 것을 맡긴다면 이 특별시험에서 승리하는 사소한 만족이 아니라 A반으로 올라가도록 도와드리죠. 호리키타 선배를 학교에서 아예 배제시키는 일도 가능할지 모른답니다?"

"안타깝군, 나구모. 이번에 호리키타는 책임자를 맡지 않았어. 너도 마찬가지지만 말이야. 길동무로 삼을 구실을 녀석이 만들 리도 없고."

"책임자가 어떻고 길동무가 어떻고 하는 문제는 아무 상관없어요. 짓밟는 방법은 얼마든지 있거든요."

그렇게 말하며 웃었다.

"미안하지만 널 믿을 수 없어. B반의 명운을 맡기는 건 도저히."

"그거 아쉽네요."

나구모는 그룹 멤버 모두가 있는 앞에서 술술 잘도 말했다. 악의 없는 무방비함인가, 아니면 의도적으로 무방비함을 드러낸 것일까. 전자일 리는 없겠지.

2

그날 저녁 식사 시간. 나는 살짝 행동에 나서보기로 했다.

말이 행동이지, 그냥 여자 쪽 상황을 좀 더 파악해두려는 것이었다. 이치노세와 시이나가 같은 그룹에 있다는 사실이 조금 마음에 걸렸기 때문이다. 다른 그룹의 상황이 어떤지, 단지 그것만 알고 싶었다.

케이는 나와 접선하기 쉽도록 매일 비슷한 장소에서 밥을 먹었다. 딱히 지시한 것도 아닌데 정말 믿음직스럽다.

그에 비해 나는 빈자리 아무데나 앉았고, 먹는 장소를 정해두지 않았다.

돌다리도 두들겨 보고 건너라고 했듯이, 케이와 노골적으로 대화하는 것을 피하기로 했기 때문이다. D반의 류엔 무리 일부, 그리고 2학년 부회장 키리야마 등 나와 케이의 관계를 알고 있는 학생도 적지 않다. 게다가 같은 반에도 경계해야 하는 존재가 있으니까.

나는 타이밍을 살피다가 케이의 근처에 자리 잡았다.

이제 무슨 방법으로 내 존재를 알아차리게 할지 고민하고 있는데——

"——."

케이가 작은 소리로 인사(?) 같은 소리를 내뱉었다. 친구와의 식사를 즐기면서도 케이는 내가 온 것을 알아차린 모양이었다.

그럼 서두르지 않고 케이가 방해꾼을 떼어낼 때까지 기다리면 된다.

케이는 느릿느릿 식사하면서 친구가 먼저 방으로 돌아가도록 유도했다.

만약 도중에 다른 학생이 접촉해오거나 친구가 끝까지 남는다면 접선을 뒤로 미루는 것도 계획에 넣고 있었는데, 다행히 유도는 성공적이었다.

마침내 주위에 케이와 내게 관심을 줄만한 요소가 사라지자 대화가 시작되었다.

물론 누가 오면 바로 대화는 중단된다.

"그래서? 사흘째가 되니까 내 힘을 빌리고 싶어졌어?"

"그러려던 참이야. 여자 쪽 정보가 너무 없어."

"뭐, 어쩔 수 없지 않아? 소통 장애가 있는 네가 접촉할 수 있는 애는 한정적이니까."

곧바로 찬물을 끼얹었다.

그래도 이렇게 해서 케이가 어드밴티지를 얻고 관계 유지로 이어질 수 있다면 값싼 대가인데, 나는 아주 살짝 짓궂

173

게 굴어보기로 했다.

"그럼 넌 내 조언 없이 특별시험을 통과할 자신이 있다는 거지?"

"다, 당연하지. 내가 누구라고 생각하니?"

"그런가. 그럼 걱정할 필요 없겠군."

"……나중에 일단은 내 상황이 괜찮은지 분석 좀 해주던 지."

불안해졌는지 케이가 그렇게 말했다.

"우선 여자 그룹을 어떻게 나눴는지부터 들려줄래?"

"아, 그 전에 한 가지 신경 쓰이는 게 있는데."

"간략하게 말해봐."

둘이 이야기를 길게 하면 의심하는 학생도 나올지 모른다.

"꽤 중요한 문제랄까…… 그 애, 그러니까 류엔은 어쩌고 있어?"

"신경 쓰여?"

"그야, 뭐. 여자 쪽에도 화제가 됐거든. 그 애가 왜 리더를 그만두었는지, 진실은 아무도 모르는 것 같지만."

"꾸어다 놓은 보릿자루라는 표현은 류엔한테 어울리지 않지만, 지금은 꽤 얌전하게 구는 모양이야."

"너의 뜸 처방이 효과가 있었나."

"뜸, 이라."

말은 강하게 했지만 케이의 나약한 감정이 언뜻 내비쳤다. 자신의 약점을 류엔에게 들킨 것이 불안해 아무래도 신

경 쓰였으리라.

"류엔은 걱정 안 해도 돼. 녀석은 조심성 없이 나서지 않으니까. 적어도 앞으로는 케이한테 아무 짓도 안 할 거라고 단언할 수 있어."

안심시키려고 그렇게 전했다.

하지만 케이에게서 반응이 돌아오지 않았다.

나름 경계한다고 했는데 누가 온 건가? 그렇게 생각했지만 그건 아닌 모양이었다.

나는 곧 상황을 알아차렸다.

"……미안, 아무것도 아니야."

케이가 그렇게 얼버무렸다.

"아무것도 아닌 게 아닌데, 케이."

"아, 아무것도 아니라니까."

"케이, 정말이야?"

"……잠깐만. 너 일부러 그러는 거지!"

내 쪽으로 돌아보지는 않았지만 케이의 으르렁거리는 목소리.

장난이 너무 심했나?

"아아, 진짜. 정말, 케이라고 부르는 거 허락하지 말 걸 그랬어……."

"애초에 먼저 이름을 부르기 시작한 건 넌데."

"그, 그건 어쩔 수 없이."

그런 것보다도 류엔 문제는 이제 납득했으니 이야기를 빨리 진행시켜야 한다.

소란한 분위기에 묻어간다고는 하지만, 아는 사람이 보면 이 위치관계에 의문을 품을 것이다.

"일단 가능한 한에서 정보를 모아봤는데…… 말해줄까?"

"그래."

"미리 말해두는데, 네가 원하는 전체적인 그룹 상황은 전혀 파악이 안 됐어."

"알아. 너한테 거기까지는 바라지 않아."

"왠~지 열 받는 말투네. 천하의 너도, 어느 그룹에 누가 있는지 전부는 모를 거면서?"

"글쎄, 어떨까?"

"……뭐야, 설마 모두 기억한다고 말하려는 거야?"

"그런 말은 한마디도 안 했는데."

"B반 시바타는?"

"칸자키가 이끄는 B반을 중심으로 한 그룹."

"A반의 츠카사키는?"

"걔도 비슷한 느낌이야. 마토바라는 애가 구성한 A반을 중심으로 한 그룹."

"그럼, 그럼 스즈키는?"

"그 이름이라면, 나랑 다른 소수 그룹에 들어갔지."

"전부 기억하잖아!"

"내가 이름을 아는 녀석들에 한해서야. 다만, 얼굴을 보면 누가 어느 그룹이 됐는지는 기억해."

이번 시험 덕분에 1학년 학생들의 이름을 전부 외울 수 있어서 다행이다.

시험을 끝냈을 즈음에는 아마 거의 100% 이름과 얼굴을 매치시킬 수 있으리라.

확인이 빠졌다거나 착각 등을 하지 않는다면, 말이지만.

"하…… 어떻게 하면 너처럼 기억력이 좋아질 수 있어? 너, 사실은 동그란 안경 쓴 공부벌레 타입이었다거나?"

미안하지만 케이가 무슨 말을 하는지 잘 모르겠다.

"그것보다 본론으로 들어가서. 사카야나기랑 카무로 그룹은 어떻게 됐어?"

"두 사람은 같은 그룹이고 A반이 9명 들어 있는 세 반 혼합 구성이야. A반이 제일 먼저 뭉쳤어."

케이가 그렇게 설명했다. 역시 A반은 남자와 똑같은 전략으로 나온 건가.

그런데 왜 12명이 아니라 9명으로 했을까.

"세 반 구성이라면 한 반은 들어가지 않은 거네. 아니면 사카야나기가 넣어주지 않은 건가?"

"B반을 처음부터 거부했거든. 이치노세를 못 믿겠다나 뭐라나. 뭐, 그 말은 사카야나기가 아니라 카무로가 했지만."

"못 믿겠다니?"

"그야 물론 다른 반이니까 아무도 못 믿겠지만, 이치노세만 딱 집어 말했어. 그런데 좀 이상하지 않아? 나도 그 애에 대해 좋은 평판만 들어왔는데."

만약 1학년 다른 반 중에 믿을 만한 사람을 한 명만 뽑으라고 한다면 나도 틀림없이 이치노세의 이름을 말할 것이다. 물론 우리 반이 아니라 다른 반 사람이라면 쿠시다의 이름을 말할 학생도 적지 않겠지만.

어쨌든 이치노세는 학년에서 1, 2위를 다투는 신뢰도 높은 학생이었다.

그나저나 세 반에다가 최소 인원이면 그만큼 보상도 줄어든다.

절대 승리도 취하기 어렵지만, 절대 패배도 없는 전략.

"치사해. A반은 지키기만 하면 되잖아. 그러니까 그룹을 만드는 것도 강경한 태도로 나와."

"그러네."

확실하고 안전한 작전이었는데, 이 방법을 내세운 사람은 십중팔구 사카야나기일 터.

공격적인 성격인 녀석이 지키는 전략을 쓰다니 의외다.

"그래서 내가 앞으로 뭘 어떻게 하면 되는데? 뭔가 손써두는 게 좋을까?"

"이번 시험에서는 잔재주가 통하지 않는 요소도 있어. 그냥 몇 명 정도 감시해줬으면 해."

그렇게 말한 나는 주요 인물이 될 것 같은 몇 사람을 콕집어 알려주었다.

"그래, 꽤 어려울 것 같지만 해볼게."

확실히 지시받은 일에는 순순히 따른다. 그것이 케이의 장점이다.

"그런데 이번 시험은 도대체 뭐야? 예의작법이라든가 도덕 같은 게 정말 필요한 거야?"

"글쎄 어떨까? 이건 물리적으로 말하면 맥거핀 같은 건지도 몰라."

"뭐? 머그──."

"머그컵이 아니라."

"나, 나도 알아. 그런데 그게 뭐 어쨌다고?"

전혀 모르는 것 같았다.

"등장인물에게는 중요한데 이야기 전개상으로는 별로 중요하지 않은 걸 말하는 거야."

"무슨 말인지 전혀 모르겠어. 키요타카 네가 머리 좋은 건 알았으니까, 이해하기 쉽게 설명해줘."

"예의작법이나 도덕은 필요하지만 그 하나하나는 그다지 중요하지 않다는 뜻이야."

식사 시간도 이제 얼마 남지 않아 학생들이 흩어지기 시작했다.

"하지만 이번 시험은── 난장판이 될지도 모르겠군."

"난장판이라니…… 그게 무슨 말이야? 키요타카가 생각하는 방향으로 가면 위험해진다는 거야?"

"안심해. 적어도 너한테 피해가 가지는 않을 거니까."

이번에 난장판이 되는 건 1학년이 아닐 것이다. 나는 트레이를 들고 자리에서 일어났다.

"또 필요하게 되면 말 걸게."

"알았어."

대화를 마친 나는 일단 공동 숙소로 돌아가기로 했다.

2

그것은 사흘째 되던 날 밤. 그러니까 세 번째로 대욕장에 들어갔을 때 일어난 일이다. 넓은 욕장 안, 한 모퉁이에 몇몇 남학생들이 모여 있었다. 야마우치와 이케뿐 아니라 시바타 등 B반 학생도 일부 보였다.

우연히 같이 목욕탕에 들어온 칸자키와 얼굴을 마주 보았다.

"보기 드문 조합, 같은데."

칸자키도 놀란 표정으로 그 집단을 바라보았다.

"그러게."

"너희 그룹은 어때? 특별히 갈등 같은 건 없고?"

"글쎄, 그다지 순조롭다고 말하긴 힘들겠다."

솔직하게 대답해주자, 칸자키는 놀라지도 않고 알겠다는 표정을 지었다.

"소인수인 데다가 네 반 애들이 골고루 섞여 있으면 그런 경향으로 흘러가기 쉬운 것 같아."

"그게 전부라면 좋겠는데 말이지."

"모리야마한테서 이야기는 들었어. 다들 코엔지 때문에 애먹고 있다며."

그런 사정은 당연히 예상 범위에 들어 있는 건가.

"같은 반으로서 노력하고 있지만 전혀 제어가 안 돼."

"제어라는 말이 나와서 그런데…… 류엔 상태는 좀 들었어?"

"아니, 전혀 못 들었는데."

아키토가 류엔을 그룹에 끌어들인 지 사흘째.

목욕탕, 화장실, 식사 때 본 적은 있어도 스치고 지나가는 수준이 전부였다.

"뒤로 뭔가 꾸미고 있다면 소문 하나쯤 나올 법도 한데, 보고가 전혀 올라오지 않네."

B그룹의 서브 리더 같은 입장인 칸자키가 그렇게 말하는 이상 틀림없겠지. 모든 사정을 아는 내가 보기에 류엔은 무슨 짓을 저지를 리가 없는데, 주위의 의심스러운 마음도 마침내 조금씩 사그라지고 있는지도 모르겠다.

하지만 당분간은 방심해선 안 되리라. 시험 당일 마지막 순간에 수작 부릴 가능성도 얼마든지 있으니까.

"만약에 무슨 힘든 일 생기면 언제든지 나한테 의논해. C반이랑은 앞으로도 쭉 좋은 관계를 유지하고 싶어. 물론 이치노세도 그렇게 생각하고 있어."

"고맙다."

"이치노세는 호리키타를 높게 평가하는 것 같아. 능력보다는 올곧은 면을."

"올곧음이라……."

호리키타가 올곧은 성격인가 묻는다면, 솔직히 말해서 그렇다고 말하기는 도저히 어렵다.

하지만 여기서 칸자키가 가리키는 올곧음이라는 단어는 내가 생각하는 것과 조금 의미가 다를 수도 있겠지.

약속한 것을 잘 지키는, 그런 성실한 부분을 말하는 게 아닐까?

사카야나기와 류엔에게는 그런 면을 전혀 기대할 수 없으니까.

"오, 칸자키! 여기야, 여기!"

입구에 서서 나와 대화를 나누고 있던 칸자키를 발견한 시바타가 손을 흔들었다.

"아야노코지~ 너도 이리로 좀 와 봐~."

그리고 나도 비슷한 타이밍에 야마우치에게 이름을 불렸다. 거절할 수 있는 분위기도 아니어서 다가갔다.

"무슨 일이야?"

칸자키가 시바타에게 물었다.

"아니, 실은 좀 이상한 걸로 야마우치 무리랑 흥분 중이야."

"이상한 거?"

"우리 학년에서 그게 제일 큰 사람이 누구인가라는 이야기가 나와서 말이지."

"그거, 라니?"

"뻔한 거 아냐? 여기 말이야, 여기."

시바타가 웃으며 흰 수건을 두른 허리 언저리의 중심을 손가락으로 가리켰다.

"……그렇구나. 재미있는 얘기 중이었네."

칸자키는 그렇게 말하면서도 시바타의 어린애 같은 경쟁에 어이없다는 듯 한숨을 내쉬었다.

"아니, 나도 유치하다고 생각은 하거든? 하지만 의외로 이게 흥이 난단 말이지."

어느 부분에 흥이 날 요소가 있는지, 칸자키와 마찬가지로 나도 잘 알 수 없었다.

우리는 서로 얼굴을 마주 본 후 적당한 타이밍에 자리를 뜨기로 결심했다.

시바타 무리가 장황한 이야기를 다시 이어가려는 시점에서 먼저 칸자키가 멀어졌다.

나도 조금 늦게 그 자리를 벗어나려고 했다.

그런데——

"누가 잠정적 일인자야?"

이야기를 들었는지 여유작작한 태도로 등장한 스도.

내 두 어깨를 꽉 움켜쥐며 물었다. 이렇게 해서 달아날 수 없게 되었다.

"……글쎄, 난 전혀 모르겠는데."

나는 그렇게 얼버무렸다.

대부분의 학생이 허리에 수건을 두르고 있는 가운데, 그만 당당하게 몸을 드러냈다.

"오오…… 역시 스도."

B반의 시바타가 침을 꼴깍 삼켰다.

"잠정적 일인자는 D반의 카네다야."

"카네다? 그런 비실비실한 안경잡이가?"

비켜, 하고 시바타를 밀치며 야마우치 무리에 합류하는 스도.

카네다는 참전할 생각 따위 전혀 없었는지, 이 자리에 있는 게 불편해 보였다.

"와줬군, 켄! 믿을 사람은 너밖에 없다고!"

"나한테 맡겨."

C반을 대표해서 스도가 참전했다.

싸움에 휘말려 곤혹스러워하는 카네다를 스도가 마주 보고 섰다.

"목욕탕에서까지 안경이냐?"

"안 쓰면 앞이 잘 안 보여서 걸을 수가 없으니……."

"그래?"

물론 폭력은 일절 쓰지 않는다. 그저 서로 나란히 마주 보고 설 뿐.

승패가 결정되는 것은 대체로 한 순간이다.

"웃샤!"

스도가 목욕탕 안에서 소리치며 브이를 그렸다. 큰 목소리가 사방에 울려 퍼졌다.

그제야 겨우 게임이 끝났다는 듯 카네다가 자리를 피했다.

휘말린 게 재난이었다고밖에 할 말이 없다.

"일인자는 나로 결정된 거지."

스도가 강하다는 걸 뻔히 아는데 도전할 학생이란 그리 많지 않겠지.

이렇게 해서 전혀 유익하지 않은 싸움이 끝났나, 하고 생각하고 있는데…….

"일인자? 웃기고 있네, 스도."

시끄럽게 계속 웃어대는 스도에게 야히코가 덤벼들었다.

하지만 스도는 야히코의 벌거벗은 몸을 슬쩍 보기만 할 뿐 상대해주지 않았다. 야히코는 앞을 가리고 있지 않았기 때문에, 더 재볼 것도 없이 승패가 확정되었다.

"너는 나한테 게임도 안 돼."

"그건 그렇지…… 하지만 널 상대할 사람은 내가 아니야."

"누가 와도 똑같아. 일인자는 D반의——."

"아니지, 켄. 우린 이제 C반이잖아, C반."

"……맞다. 일인자는 C반의 스도 켄 님이시다!"

"최하위층에서 고작 하나 위로 올라갔을 뿐이잖아? 우리 A반 카츠라기한테 이길 거라고는 생각하지 마라!"

아무래도 겨룰 사람은 야히코가 아니라, 야히코가 몹시 동경하는 카츠라기인 모양이었다.

그 카츠라기는 의자에 앉아 머리를 감으려고 샴푸에 손을 뻗는 중이었다.

샴푸를 어느 부위에 묻힐지 다소 궁금했는데, 물어볼 분위기가 아니었다.

"하지 마, 야히코. 난 이런 시시한 대결에는 흥미 없으니까."

"그럴 수 없어. 남자의 자존심, 아니 A반의 위신을 걸고 반드시 이겨야 해!"

"아무 가치도 없는 대결인데……."

"꼭 그렇지도 않아, 카츠라기."

하시모토가 다가왔다. 야히코가 노골적으로 혐오감을 드러냈다.

"야히코의 말처럼 A반의 자존심이 있지. 스도에게 맞설 수 있는 건 네 그것 정도 아닌가?"

하시모토는 카츠라기의 그것을 직접 확인했다.

그리고 승산이 있다고 생각했는지, 기분 나쁘게 승리의 가능성을 담은 웃음을 지었다.

반면 카츠라기는 일어서려고 하지 않았다.

"이리 와보시지, 카츠라기."

스도가 도발했지만 여전히 가만히 있었다.

하지만 주위의 열기는 점점 달아오를 뿐.

카츠라기와 스도의 대결을 보고 싶다는 성화가 빗발쳤다.

"진짜. 이래서야 머리도 제대로 못 감겠군."

그렇다는 건 역시 샴푸는 머리에 바를 생각이었나.

"승부는 한 순간에 끝나잖아, 카츠라기."

"……좋을 대로 해라."

이제는 승부를 겨루는 게 최선이라며, 느릿느릿 자리에서 일어섰다.

그 거대한 몸에 주변 사람들이 감탄사를 흘렸다.

그리고 맞붙는 용과 호랑이.

"이, 이것은——?!"

판정에 나선 야마우치가 그 자리에 주저앉았다.

양쪽 전력을 각각 체크했는데, 차이가 너무 근소한 모양이었다.

판정을 기다리는 동안 스도가 감탄사를 날렸다.

"너도 좀 하는데, 카츠라기. A반의 비장의 무기인 이유를 알겠다."

"시시해……."

"판정 결과는——."

야마우치가 자리에서 일어났다.

"무승부!"

무승부가 될 일이 별로 없을 것 같은 대결인데도 무승부라는 판정이 내려졌다.

판정에 이의를 제기하려고 이케와 시바타 등이 모여들었다.

하지만 야마우치의 판단이 정확했는지, 결국 승자를 가려내지 못했다.

"……이제 됐어?"

구경거리가 된 것에 질린 카츠라기가 원래 자리로 돌아 갔다.

"인정하고 싶지는 않지만 잠정 공동 1위인 걸로."

아무도 반론하지 않으리라고 생각했는데, 사태는 여기서 끝나지 않았다.

"지금까지 너희의 사투를 지켜보고 있었는데, 참 싱겁군."

그렇게 말한 사람은 D반의 이시자키.

"핫. 웃기네, 정말. 이시자키 넌 상대도 안 되잖아."

굳이 대결할 필요도 없다며 스도가 비웃었다. 이시자키는 야히코와 거의 같은 수준이었다.

"상대할 사람은 내가 아니야."

"뭐?"

"바보냐?! 우리 D반에는 궁극의 비장의 카드가 있다고!"

"……설마 류엔인가?"

"아니거든!"

그리고 이시자키가 크게 소리쳤다, 그 남자의 이름을.

"알베르트, 네가 나설 차례닷!"

그 순간, 주위에 있던 남자들이 웅성거렸다. 누구나 한번 쯤 머릿속으로 떠올렸으면서도 일부러 알베르트만은 제외 시키고 있었다. 그런 암묵적인 룰이 깨진 순간이었다.

"너, 그건 치사하잖아!"

일인자의 풍격을 자랑하는 스도조차 동요를 감추지 못 했다.

"뭐래. 학년 최고를 가리는 거니까 알베르트도 우리 편이라고!"

하긴 이야기의 흐름상으로는 이시자키의 주장이 옳았다.

다만 국경을 넘어서면 이 대결이 불리하다는 건 누구도 부정할 수 없었다.

일본 프로야구도 수준이 높지만 메이저리그와 비교하면 신체적 능력의 차이가 뚜렷하다.

골격, 유전자부터 다른 외국인의 육체에 깜짝 놀라지 않는가.

조용히 모습을 드러낸 알베르트. 스도와 카츠라기도 은혜로운 체격이었지만, 그에게는 비교할 바가 못 되었다.

게다가 알베르트는 목욕탕인데도 선글라스를 쓰고 있었다. 평소 날씨가 흐려 앞이 잘 안 보일 것 같을 때도, 선글라스에 흐림 방지 젤이라도 바르는 것인지 알베르트의 걸음걸이는 거침없었다.

"윽, 엄청 크다…….."

알베르트의 허리에는 목욕 수건이 둘러져 있었다.

아무래도 스도가 말한 건 체격인 듯했다.

이렇게 직접 비교해 봐도 잘 알 수 있다.

중학생과 대학생, 그 정도의 차이다.

그러니 당연히 서로가 가진 무기의 차이도 똑같지 않을까.

아니면, 가능성은 희박하지만 그의 무기가 별로 대단하지 않길 비는 것 말고 스도가 할 수 있는 일은 없었다.

"덤벼라!"

스도가 패기 있게 앞으로 나섰다.

일인자가 된 이상 물러설 수 없었다.

알베르트는 그저 입을 꾹 닫고 있었다.

그리고 위압적.

목욕 수건을 푸는 작업조차 이시자키에게 맡겼다.

점점 걷히는 베일을, 일인자 스도 뿐 아니라 모두가 지켜보았다.

최종 보스에 상응하는 무기가 튀어나올 것인가.

아니면 엄청난 이변이 일어나, 의외로 소물일까.

이제 두 수컷이 격돌한다.

"가랏── 알베르트!"

이시자키도 모르는 알베르트의 전투력이 지금 밝혀진다.

"이, 이것은──?!"

제일 먼저 일인자의 눈에 들어온, 비밀에 가려졌던 알베르트의 정체.

그리고 찾아온 정적.

"졌──다."

일인자 스도의 한마디.

무릎부터 무너져 내리는 압도적 패배감.

카츠라기와의 대결처럼 판정에 매달릴 필요조차 없었다. 그만큼 강력한 차이가 있었다.

"이것이 알베르트…… 최종 보스의 힘인가."

야마우치와 시바타도 전의를 상실하고 스도와 마찬가지로 무릎을 꿇었다.

더는 적수 따위 없었다.

절망의 바람이 휘몰아쳤다.

알베르트는 거구를 느릿느릿 숙여 수건을 집어 들고는 그대로 걸어 나갔다.

남자들은 스도의 뒷모습을 향해 무릎을 꿇었다.

패배를 인정한 모두가 단념한 그때였다.

"핫핫하. 너희는 마치 칠드런처럼 유쾌한 놀이를 하고 있구나."

이 무거운 공기를 한순간에 절단내버린 코엔지의 목소리.

욕탕에 몸을 담근 채 일련의 소동을 전부 지켜보았던 모양이다.

"뭐야, 코엔지. 넌 분하지도 않냐?! 스도의 이 비참한 모습을 보라고!"

야마우치가 소리쳤다. 스도는 너무 분해 아직도 일어나지 못하고 있었다.

"알고 있어. 레드 헤어가 나름 고군분투한 모양이지만 말이지."

"뭐야, 이 자식. 설마 너라면 알베르트를 상대할 수 있다고 말하려는 거냐?"

눈에 생기를 잃은 스도의 질문.

코엔지의 태도는 여느 때와 다름없었다.

"난 늘 완벽한 존재야. 남자로서도, 궁극의 몸이지."

"두루뭉술하게 말하지 마. 구체적으로 어떤데?"

코엔지는 욕탕에서 나오지 않고 그저 머리카락만 쓸어 올렸다.

"대결할 것도 없어. 나보다 뛰어난 존재가 없다는 걸 알고 있으니, 무익한 것에 피를 흘릴 필요는 없지."

"입만 살았지 사실 네 그게 별 볼 일 없는 것 아니고?"

야마우치가 꼬집어 말했다.

하지만 코엔지의 태도에는 조금의 변화도 없었다.

"참으로 어리석군. 하지만 가끔씩은 너희의 놀이에 동참해보는 것도 재미있으려나?"

도전을 받아들일 셈인지 코엔지가 다시 머리칼을 쓸어 넘겼다.

"그럼 내 대전 상대는 알~베르트 군으로 하면 되나?"

이유가 뭔지 몰라도 이름을 길게 늘려 발음했다.

"아니지, 카츠라기야!"

야히코가 소리쳤다.

"아니, 난 또 왜, 야히코……."

"알베르트랑 대결하면 코엔지가 이길 리 없잖아. 일본인 대표로 부탁해, 카츠라기. 제발 저 녀석을 밟아줘!"

야히코도 코엔지와 같은 그룹이니까 말이지.

매일 이런저런 생각을 했으리라.

욕탕에 들어가 있다고는 하나 코엔지는 아마 스도 무리의 전력을 구체적으로는 모를 터였다.

호각을 다투던 카츠라기라면 충분히 승산이 있을 것이다.

"……진짜……. 마지막으로 딱 한 번만이야."

어이없어하면서 일본인 대표, 카츠라기가 일어섰다. 그 반동에 그것이 덜렁거렸다.

그럴 때마다 남자들은 신성한 것이라도 보는 듯한 눈빛으로 변했다.

"여, 역시 크다. 알베르트는 무리라도 코엔지라면——."

"후후후, 그렇군. 호기로 한 번은 일인자의 자리까지 올라가 봤다는 거군."

"빨리 하고 끝내자."

"하지만 넌 내 상대가 아닌데."

그것을 보고 욕탕에서 일어나려고 하지 않는 코엔지.

"야, 쫄았냐, 코엔지. 물속에 감춘 그건 장식으로 달렸냐?"

이시자키도 마구 부추겼다.

"싸울 필요도 없는 상대에게 칼을 겨눌 만큼 어리석지 않거든."

"헷. 그럼 더욱 철저하게 짓밟아주자. 응? 알베르트!"

외국을 대표하는 남자 알베르트도 카츠라기의 옆에 나란히 섰다.

그러자 카츠라기조차 소물로 보이는 현상이 일어났다.

그 모습을 직접 본 코엔지의 표정이 처음으로 급격하게 굳어가는 것을 알 수 있었다.

"브라보."

짝, 하고 손뼉을 쳤다.

"과연, 과연. 역시 세계 대표, 호기를 부리는 게 아닌 것 같군."

"이제 알았냐? 코엔지. 네가 얼마나 어릿광대처럼 굴었는지 말이야."

"그럼 난 이제 됐지?"

몸을 다 씻은 카츠라기는 코엔지에게서 거리를 두며 욕탕에 몸을 담갔다.

이제 모두 카츠라기에게 흥미를 잃고, 오로지 코엔지와 알베르트의 대결에 흥분했다.

"본래 남자에게는 보여주는 주의가 아니지만 말이지. 딱 한 번만 서비스하는 거야."

코엔지는 구태여 옆에 놔둔 수건을 들어 무기를 가리면서 일어나 허리에 둘렀다.

그리고 천천히 욕탕에서 나왔다.

"하, 할 생각이야? 코엔지."

대치하는 궁극의 괴짜 대 일인자.

"어차피 승부는 처음부터 정해져 있지만. 여기 있는 모두가 산 증인이 되는 거야."

코엔지는 자세를 잡고 서서히 수건을 치웠다.

그 순간 눈부신 빛이 눈을 덮쳤다.

금색으로 물들인, 사자 갈기로 뒤덮인 하나의 검.

아니, 그것은 검이라고 부르기에는 지나치게 거대했다.

알베르트가 옆에서 살짝 중얼거렸다.

"Oh my God"이라고.

"이렇게 해서 내가 완벽한 존재라는 사실이 증명된 것 같네."

산 증인이 된 남자들로부터 목소리조차 새어 나오지 않았다.

"너, 정말 사람 맞아?"

이제는 국적을 초월한 압도적인 힘 앞에, 스도는 그렇게 평가할 수밖에 없었다.

스도와 카츠라기가 라이플, 알베르트가 바주카라면 코엔지는 전차에 해당했다. 압도적 화력 앞에서 맞붙기란 도저히 불가능했다. 그 거대함과 장갑, 화력으로 몽땅 쓸어버릴 것이다.

이제 코엔지의 길을 막는 자는 등장하지 않으리라. 왜냐하면 이 대욕장에는 알베르트를 쓰러트릴 수 있는 학생도 없었기 때문이다.

그렇다, 모두가 인정하기 시작한 순간이었다.

"크큭. 기다려, 코엔지."

그때 목소리가 들렸다.

그 목소리는 코엔지가 조금 전까지 있었던 욕탕 안에서 들렸다.

"류, 류엔……."

누군가가 정체를 알아차렸다.

코엔지의 근처 월풀 욕조에 몸을 따뜻하게 데우고 있던 남자, D반의 전 리더 류엔 카케루.

알베르트와 코엔지 등의 싸움을 지켜보고 있었을 그의 눈동자에 생기가 돌아와 있었다.

"설마 네가 나한테 적수가 된다고?"

"아니, 아무리 나라도 네 거시기는 못 이길 것 같군. 하지만 멋진 승부를 펼칠 녀석이 딱 한 사람 있을지도 모르는데?"

의미심장한 표현에 학생들이 일제히 주위를 두리번거렸다.

하지만 그런 존재는 있을 리 없다.

그리고 직감했다.

내가 류엔의 덫에 걸리고 말았다는 것을.

"호오? 그게 누굴까?"

코엔지도 다소 흥미가 일었는지 류엔에게 물었다.

"글쎄? 하지만 내 착각이 아니라면 이 자리에 수건을 둘러 그 실력을 숨기고 있는 건 딱 한 사람밖에 남지 않은 것 같다만."

정말 말리고 싶었던 폭탄을 던지고 류엔은 다시 욕탕으로 들어가 등을 돌렸다.

다행히도 류엔의 말을 들은 사람은 몇 명에 불과했지만 아무래도 시선이 모이고 말았다.

마치 이 욕장에 있는 애들뿐 아니라 모든 일본인의 주목을 받는 듯한 느낌이 들었다.

"설마 너 같은 녀석이? 설마."

그렇게 말한 야히코는 내게 가까이 다가와 노려보았다.

"……저런 녀석의 말을 정말 믿는 거야?"

"그럴 생각은 없지만……. 그래도 너만 줄곧 가리고 있는 건 신경 쓰이네."

"신경 쓰고 말 것도 없이, 난 처음부터 여기 낄 생각이 없었을 뿐이야."

나는 한 발자국 뒤로 물러나며 참가를 거부했다.

"그렇겠지만, 일단 확인은 해보자."

야마우치와 야히코가 나를 사이에 두고 점점 접근했다.

류엔이 기분 나쁘게 웃는 모습이 보였다.

'너에게도 패배를 맛보게 해줄게.'

그런 말이 담긴 눈빛과 비웃음.

역시…….

내 것이 어떻게 생겼는지 따위 알 리 없는 류엔이 의도적으로 선동한 것이다.

코엔지와 대치시켜 어떤 형태로든 내가 '지게' 만들고 싶었던 모양이다.

참으로 류엔다운 짓궂은 싸움 방식이다.

온 힘을 다해 대욕장에서 빠져나갈 수도 있었지만, 그렇게 되면 앞으로 이 임간학교에서 대욕장 출입을 아예 못하게 된다. 늦던 빠르던, 이 베일은 언젠가 벗겨지게 되고 말리라. 딱 한 가지 벗어날 방법이 있다고 한다면 그건 다가오는 학생들을 되받아치는 것인데, 그건 책략이라고 말하기 어렵다. 어찌됐든 패배한 것처럼 되겠지.

즉, 이 이해할 수 없는 대결에서 벗어날 방법은 없다는 사실.

내가 미동도 하지 않자 코엔지가 웃었다.

"핫핫하. 부끄러워하지 않아도 돼, 아야노코지 보이. 설마 프로텍터를 차고 있다고 해도 그건 일본 남아 대부분이 하는 거잖아. 거길 보호해주는 아주 소중한 거야."

"넌 아니잖아, 코엔지."

"나야 이미 압도적으로 강하니까 말이지. 방어기구 따위는 필요 없어."

아니, 아직 달아날 방법은 있을 것이다.

생각해라, 찾아내는 거다, 활로를——.

"너희가 콜을 해라, 콜을."

중도 탈락한 주제에 욕탕에서 그렇게 학생들을 부추기는 류엔.

잔꾀를 부려 내가 달아나지 못할 전략을 짜냈다.

"벗어라! 벗어라! 벗어라!"

갑자기 들끓어 오르는 남자 일동의 벗어라 콜.

부추긴 사람이 누구인지 따위는 남자들에게 별로 중요하지 않은 건가.

나는 류엔, 그리고 모든 남학생에게 붙잡히고 말았다.

단 하루의 피로를 풀기 위해 들어온 이 대욕장에서.

"……알았어."

때로는 싸워야 할 때도 있다는 것은 부정하지 않는다.

그리고 지금이 바로 그때라는 것도 인정할 수밖에 없으리라.

무기를 가진 남자로서, 싸워야 할 때는 싸워야 하겠지.

중요한 것은 승패, 아니 자존심 따위가 아니다.

"마음대로 해라."

"도와줄까? 아야노코지."

다가오는 스도. 나는 손을 들어 그를 막았다.

그리고 끝나지 않는 벗어라 콜을 받으며 허리에 둘렀던 수건을 스스로 벗었다──.

계속되던 콜이, 단숨에 볼륨이 줄어들었다.

그리고 조금 전까지 있었던 소란함이 마치 거짓말이었던 것처럼 정적의 시간이 찾아왔다.

"지, 진짜야? 아야노코지 녀석……."

"믿을 수 없어……."

소곤소곤, 누군가가 내 이야기를 했다.

"이야, 솔직히 감탄했어, 아야노코지 보이. 설마 일본인 중에 나와 호각을 다투는 인간이 있을 줄은 몰랐는데. 오차 몇 밀리미터 따위 우리한테는 없는 거나 마찬가지인 차이야."

"……마치 티라노사우루스 두 마리의 대결을 보는 것 같아……."

욕탕에서 감탄한 듯 한편으로는 어이없다는 듯한 눈빛으로 우리를 올려다보는 남자들.

"너희는 역사의 산 증인이 된 것 같군."

모두를 향해 코엔지가 후후후 웃으며 수건을 어깨에 걸쳤다.

"하지만 엄밀히 말하면 내 승리겠지. 티라노사우루스에 비유하자면 사냥감을 잡은 횟수, 즉 경험치의 차이로 말이야."

더 자세히 말할 것도 없다며 코엔지 역시 욕탕에 풍덩 몸을 담갔다.

3

한밤중, 나는 공동 숙소의 침대 위에 있었다.

이미 소등 시각이 지난 새벽 1시. 당연히 모두 깊은 잠에 빠져 있었다.

내일에 대비해 자야할 시간인데도 내가 깨어 있는 것에는 다 이유가 있었다.

내 베개 밑에 놓여 있던 한 장의 종이. 거기에 25라는 숫자가 적혀 있었던 것이다.

너무도 간단해서 짐작해볼 수 있는 건 몇 개 되지 않았다. 그 메모는 25시라는 신호였다. 누가 놓고 갔는지는 짐작이 가지 않아서, 그걸 확인하려고 깨어 있었다.

이게 단순한 장난이나 전혀 다른 의미의 메모라면 그건 그것대로 좋다.

이 시간 동안 차분히 생각에 잠길 수 있으니까.

이번 특별시험의 본질은 어디에 있는지. 특별시험 내용의 전모가 조금씩 보이기 시작한다.

구체적으로 가점 부분이 설명된 것은 아니기 때문에 내 억측인 부분도 있지만, 거의 확실하게 시험과 연관된 항목이 몇 가지 있었다.

'선(禪)'

좌선 시작 전의 예의작법에서부터 좌선에 임하는 자세 등을 채점. 예의작법을 틀렸거나 경책으로 맞았을 경우에는 감점이 예상된다.

'역전 달리기'

순위와 기록으로 경쟁하는 심플한 판단 기준이 되리라.

'스피치'

대그룹 내에서 한 사람씩 연설한다. 채점 방법은 이미 알려진 대로 '성량', '자세', '내용', '전달 방법'으로 총 네 가지 항목.

'필기시험'

도덕 과목을 중심으로 한 필기시험도 있을 것으로 짐작된다. 이것은 통상적인 시험과 마찬가지로 성적이 결과로 직결될 것이다.

그 밖에도 '청소'와 '식사' 등 신경 쓰이는 요소가 있지만, 아직까지는 판단할 수 없다.

어쩌면 시험의 외적 요소인 지각의 유무와 그룹 내 갈등 등도 평가에 들어갈지 모른다.

이 이질적인 특별시험을 공략하기 위해 많은 학생이 머리를 껴안고 고민하고 있지 않을까.

본질을 이해해야 비로소 보이는 필요 전략.

성실하게 그룹의 결속을 다지고, 서로를 보완하며 높은 평균점을 받는 것.

말하자면 왕도인 전략. 간단해 보이지만 꽤 난도가 높다는 것은 그룹 결성 때부터 봐서 잘 알 수 있다. 평소에 서로 적대하던 학생끼리 완전히 협력해야 한다는 점이 무척 어렵다.

우리 반에서 말하자면 호리키타와 히라타, 다른 반에서는 이치노세와 카츠라기가 선택할 방법이리라. 그룹 내에 얼마나 강한 영향력과 통솔력을 발휘할 수 있는지에 따라 차이가 발생하게 된다.

멤버 선정은 물론 중요하지만, 이번 특별시험에서 활약할 수 있는 학생을 처음부터 가려내기란 거의 불가능에 가깝다. 학력에서는 더할 나위 없는 활약이 기대되는 케세이도 첫날 좌선 때는 5분의 2세트조차 괴로워했었고, 가부좌조차 틀지 못하는 학생도 있었다. 지금 단계에서는 운동과 공부 능력만으로는 측정할 수 없는 내용이 대부분이어서, 앞으로는 적응력이 빠른 학생이 두각을 나타나게 되리라.

그리고 왕도와는 거리가 먼 전략을 짜는 학생도 적잖이 있을 것이다.

규칙 설명을 들었을 때부터, 기존 경향과는 다른 시험을 준비하느라 학교 측도 꽤 고생했다는 걸 짐작할 수 있었다. 처음에 쳤던 특별시험, 무인도 때도 그랬지만 룰에는 반드시 허를 찌르는 일종의 구멍이 존재한다. 폭력을 금지한 무인도에서 이부키와 호리키타가 치고 박고 싸웠듯, 사각지대가 존재하기 때문이다.

물론 위반 행위가 들켰을 때 받을 불이익은 크다. 즉각 퇴학이라는 조치도 마련되어 있기 때문에 학생 대부분은 실행에 옮기지 않을 것이다. 애당초 규칙을 어기면 이길 수 있는 단순한 시험도 아니다.

조그마한 사각지대에 구멍을 뚫고 왕도보다 앞서는 일격을 할 수 있는가 없는가. 그 높은 장벽을 넘어야만 한다.

나는 지금까지 특별시험에서 모종의 수를 써왔다.

무인도에서는 호리키타를 기권시켜 리더를 바꿨고, 선상시험에서는 휴대폰을 이용한 트릭, 체육대회에서는 일부러 튀는 행동을 했으며, 페이퍼 셔플에서는 쿠시다를 봉쇄했다.

하지만 이번에는 아무것도 하지 않기로 일찍이 결심했다.

정보는 모았지만 어디까지나 방관자로 일관했다. 서서히 페이드아웃 되면서 평범한 학생으로 졸업하는 과정에 그것이 필요한 행동이라고 판단했기 때문이다.

만약 이번 일로 C반이 큰 타격을 받는다고 해도 나는 가만히 있을 것이다.

내게 관심을 보이고 있는 사카야나기와 나구모에게, 나는 싸울 의지가 없다는 것을 어필하는 목적도 있다. 효과가 얼마나 될지는 회의적이지만.

호리키타의 오빠도 내가 얌전히 지켜보기만 한다고 비난할 수는 없을 테지.

다만 유일하게 내가 취할 수단이 있다고 한다면, 그것은 방어다. 나를 퇴학시키려고 드는 학생이 있다면 방어는 당연한 일.

25시가 지났다. 특별히 아무 일도 일어날 낌새가 없었다.

그렇다면 슬슬 자볼까. 그때였다.

방과 복도를 잇는 문 틈새로 희미한 빛이 깜박거리며 들어왔다. 모스 부호였다.

빛의 점멸로 주고받는 통신. 임간학교는 밤이 되면 복도가 몹시 어둡기 때문에 방에 손전등이 몇 개씩 구비되어 있다. 아마 그것을 들고 나왔으리라. 그 불빛이 나를 불러내는 신호라는 것을 알았다. 빛은 조용히 사라졌다. 나는 몸을 일으켜 몰래 침대를 빠져나왔다. 방에는 화장실이 따로 있지 않았다. 그러니 한밤중에 화장실에 가는 것 자체는 결코 부자연스럽지 않으리라.

4

방에서 나오자, 어두컴컴한 복도 너머로 미세하게 발소리가 멀어져가고 있음을 알았다.

나는 그 소리를 쫓았다. 빛의 정체는 호리키타 마나부였다.

"네가 나에게 접촉해올 줄이야. 누구 눈에 띄진 않았어?"

메모를 놓고 가려면 필연적으로 내 침대의 위치를 알아야 한다.

그렇다면 짐작 가는 인물은 딱 한 사람.

첫날 카드를 가지고 나구모와 함께 찾아왔던 3학년 이시쿠라 아니면 츠노다겠지.

그들에게 물어보면 내가 어느 침대를 쓰는지 정도 알아낼 수 있을 테니까.

"모두 곤히 잠든 밤중에 몰래 만나는 학생은 적지 않아. 이번 시험에서는 두세 가지 책략이 펼쳐지고 있는 것 같으니까."

1학년부터 3학년까지 저마다 이기기 위해 지혜를 짜내고 있다. 그렇다고는 하나 이런 식으로 밀회하는 이들이 생각하는 것이라고 해봐야 대체로 사소한 것이다.

"왜 이 타이밍에 불러냈는지 알아?"

"나구모의 행동이 언짢아서, 라는 이유 말고는 짐작이 안 가는데."

"맞아. 같은 대그룹에 포함되어 있는 너라면 뭔가 쥐고 있을 가능성이 있다고 생각해서 불렀어. 그리고 버스에서 네가 보낸 메시지의 답장을 하고 싶었고."

"미리 말해두는데 네 기대는 빗나갔어. 나구모에게서 수상한 낌새는 없었거든."

몇 가지 마음에 걸리는 점은 있지만 나는 아무것도 아는 게 없다고 거짓말했다.

나구모는 호리키타의 오빠에게 도전장을 내밀었다. 많은 사람 앞에서 직접 대결이라는 말을 꺼낸 이상 쉽게 져버리면 같은 2학년에게 모범이 되지 않는 데다가, 선배와 후배로부터도 장차 회의적인 시선을 받게 될 것이다. 싸우기로 한 이상 절대적 승산을 쥐고 도전해야 한다. 그런데 그걸 쥘 수가 없다. 정정당당하게 하자는 조건과 함께 성립된 대결이기 때문에 대그룹 수업에 임하는 자세 등을 엄격하고 철저하게 관리할 거라고 생각했는데, 그럴 기색도 전혀 없었다.

나구모의 그런 행동들이 호리키타 마나부에게 불안을 가져다주고 있겠지.

아니면 이렇게 위험을 무릅쓰면서까지 나를 불러내진 않았을 것이다.

"그럼 나구모는 아무런 대책도 없이 이번 시험에 임하고 있다고?"

"글쎄. 제삼자를 끌어들이지 않고 할 수 있는 일은 별로 없다고 생각하는데."

떠들거나 꾸벅꾸벅 졸지 않고, 지각하지 않고, 컨디션을 유지하는 등 주의 환기는 가능하더라도, 그것이 시험 점수를 비약적으로 올려주지는 않으리라. 어디까지나 마이너스가 될 수 있는 요소를 제거하는 작업밖에 되지 않는다.

"현재 상황에서 대그룹의 종합 능력은 우리 쪽이 위라고 보고 있어."

호리키타의 오빠가 냉정하게 분석했다. 하긴 1학년도 A반을 중심으로 한 그룹이 들어가 있다. 이대로 본 시험에 들어간다면 승리할 가능성이 짙다고 봐야 할까.

그러니까 더욱 아무것도 하지 않는 나구모에게 찜찜한 느낌을 거둘 수 없는 것이다.

"약속을 깰 가능성은? 어떤 형태든 상관없이 너한테 패배를 안기고 싶어 할 가능성은 있어."

"하긴 나구모는 자신을 거스르는 자를 용서하지 않아. 류엔처럼 반칙이나 다름없는 행동을 한 적도 한두 번이 아니고. 그리고 그건 2학년의 이상하게 높은 퇴학률과도 연결되어 있어. 하지만 녀석이 한 번 내뱉은 말, 약속한 것을 깬 적은 지금껏 단 한 번도 없었어."

"제삼자를 끌어들이지 않고 싸우기로 약속한 이상 그걸 지킬 거라고?"

"그래."

호리키타의 오빠는 망설임 없이 고개를 끄덕였다. 2년 가까이 학생회에서 함께했기 때문에 보이는 부분도 있는 것이다. 그 절대적 확신을 들은 나는 처음에 품은 의문에 대한 답에 도달했다. 지금 눈앞에 있는 호리키타의 오빠 그리고 아마도 2학년과 3학년 학생 모두에게 말해줄 수 있는 것. 당장 호리키타 마나부에게 한 가지 충고를 해주는 건 가능할지도 모른다. 하지만 아마도 별 의미가 없으리라.

그는 적인 상대를 믿는 것 말고는 공격을 막을 방법이 없다고 판단하고 있으니까 말이다.

"아무래도 시간 낭비였던 것 같네."

방으로 돌아가려고 뒤돌아 걸음을 뗄 때는 호리키타의 오빠.

"네가 알고 싶어 했던 것 말고는…… 학생회는 특별시험에 발언할 권한이 있어. 규칙에 관여하거나 페널티를 일부 변경하는 등 학생의 시선에서 내는 의견을 학교 측이 받아들이는 형태를 취했기 때문이야. 하지만 그렇다고 전부 마음대로 정할 수 있는 건 아니야."

"그런가."

내 부탁에 착실히 대답한 다음 호리키타의 오빠는 모습을 감추었다.

"질 수도 있겠다."

나는 무심코 그렇게 중얼거렸다.

아니, 진다는 표현은 옳지 않은가. 호리키타의 오빠는 실수를 하지 않는다.

철저하게 그룹을 관리하면서 잘 처신하겠지. 빈틈이란 없다.

다만…… 그렇다고 해서 꼭 그게 완전하다고 말할 수 없는 건 분명하다.

3학기의 포문을 여는 이 시험을 계기로, 뭔가가 크게 달라질지도 모르겠다.

○여자들의 승부 전반전 이치노세 호나미

이상과 같은 느낌으로 사흘 동안 남자들 사이에 이런 저런 일이 있었던 것 같은데, 여자인 나 이치노세 호나미가 그런 사정을 알 리는 없었고.

임간학교에서 특별시험이 시작된 첫날로 이야기를 다시 되돌려본다.

"일단 그룹도 정해졌으니까 앞으로 잘 지내보자, 얘들아."

자기 전. 나는 그룹 멤버들에게 그렇게 말했다. 엎치락뒤치락, 우여곡절, 파란만장한 전개를 거듭하면서도 일단은 시험에 도전할 멤버들이 정해졌다.

나, 왕 메이유, 시이나 히요리, 야부 나나미, 야마시타 사키, 키노시타 미노리, 니시노 타케코, 마나베 시호, 니시 하루카, 모토도이 치카코, 록카쿠 모모에까지 총 11명으로 구성된 그룹. B반에서는 나 혼자, 그리고 C반에서도 한 명뿐이고 나머지는 A반과 D반 학생들이었다. 마나베와 니시노 같은 여자애는 반에서 문제아로 분류되는 것 같아서, 말하자면 방출된 사람들의 모임이었다.

여자애들은 이럴 때 꽤 노골적으로 나오니까 말이지.

나와 메이유, 그리고 나머지 학생들은 단지 그룹 인원수를 채우기 위해 모인 학생들이어서 서로의 연결고리가 무척 약했다. 빨리 관계를 구축해나가야 했다.

"잘 부탁해, 이치노세."

"나야말로, 시이나. 줄곧 너랑 친하게 지내고 싶다고 생각했었어."

"그랬어? 그거 영광이네."

하지만 C반…… 아니, D반 학생과는 거의 교류가 없었다.

류엔이 뒤에 있어 아무리 해도 친해지는 단계까지 갈 수 없었기 때문이다.

뭐, 정말로 류엔이 일선에서 물러났는지 어떤지는 불투명한 부분이 있지만.

어쨌든 모처럼 여자 그룹이 생겼으니 친하게 지내고 싶다. 이 그룹이 규정을 밑돌아 퇴학 처분, 즉 누군가가 책임을 지거나 길동무로 끌려가는 일만큼은 반드시 피해야 한다. 우리 B반 아이들을 최우선으로 한다고 해도, 이렇게 그룹이 만들어진 이상 지금만큼은 우열을 둘 수 없다. 나는 그렇게 내 자신에게 말했다.

왕 메이유는 적극적으로 참여하려고 하지 않았다. 정확하게 말하면 참여하고 싶어도 못하는 느낌이었다. 물론 내가 먼저 손을 내미는 거야 간단하다.

하지만 이 그룹은 A반과 D반 여자애들을 중심으로 구성되어 있다.

게다가 비교적 자아가 강한 애들이 많다.

내가 경솔하게 개입해서 끌어당겼다간 오히려 불신감만 생길지도 모른다.

그러니 조금만 기다리기로 했다. 두 반이 솔선해서 왕 메이유를 도와주지 않으면 그때 어떻게든 나서야겠다.

"왕 메이유……라고 했지?"

"아, 아 네."

시이나가 곁에 다가가 친절하게 먼저 말을 걸었다.

이 그룹에서도 먼저 나서서 책임자를 맡은 무척 믿음직스러운 존재다.

나는 이번에는 책임자 후보에 올라가지 않았다. 시이나가 바로 손을 들기도 했고, 멤버를 봤을 때 어차피 1위를 노릴 수 없을 것 같았기 때문이다.

"굉장히 긴장되지? 모르는 사람들한테 둘러싸여서."

"그, 그게, 그런 건, 전혀……."

"대뜸 친하게 지내, 격의 없이 지내 하고 말해봐야 곤란하기만 할 게 당연해."

"응응. 시이나 말이 맞아."

타인과 친구 사이의 벽이란, 쉽게 넘을 수 있을 것 같으면서도 그렇지 않다.

자기도 모르는 사이에 어느새 넘게 되는 것이다.

의식만 하다간 제 발밑을 못 보고 넘어지게 된다.

"저기 말이야. 이치노세는 남자친구 사겨본 적 있어?"

A반 여자애가 내게 물었다.

"그게…… 부끄럽지만, 연애 경험은 아직 없어."

"그렇구나. 엄청 인기 많을 것 같은데, 혹시 눈이 높은 거야?"

"그렇진 않은 것 같은데…… 글쎄?"

"그럼 지금 좋아하는 남자는 있어?"

"뭐어어어~?"

갑자기 그런 걸 물어보니까 당황할 수밖에 없었다.

"소문으로는 나구모 선배랑 단둘이 있는 모습이라든지, 자주 목격되는 것 같던데……."

하긴, 학생회에 들어간 후로 나구모 학생회장과 같이 다닌 적이 많다.

설마 이런 식으로 소문이 돌 줄은 몰랐는데.

"내가 좋아하고 싫어하고의 문제 이전에, 학생회장은 내가 안중에도 없을걸?"

"그렇지 않아, 안 그래?"

"응응. 이치노세라면 나구모 선배랑 사귀어도 이상하지 않다고."

"아무튼 난 지금은 좋아하는 사람, 없달까……."

"지금은 없다는 말은 예전엔 있었다는 뜻?"

여자애들이 일제히 흥분했다. 자칫 말을 잘못했다간 위험해질 수 있는 화제였다.

"아니야! 그러니까, 물론 동경하던 선배 같은 건 있었지만 이성으로 좋아한다고 자각하기 전에 졸업해버려서……."

필사적으로 부정하니 여자애들이 서로 마주 보며 웃기 시작했다.

"뭐야, 뭐야. 내가 무슨 이상한 말이라도 했어?"

"아니. 그냥 뭐랄까, 뭐든지 다 진지하게 대답하는 것 같아서."

"이치노세는 너무 솔직해. 대답하기 힘든 건 대충 얼버무려도 돼."

"앗, 그럼 아까 치카코 너도 대충 얼버무린 거야?"

"허걱."

그런 느낌으로 다시 흥분하는 여자들의 밤 모임.

왠지 언제까지고 잠들지 못할 것 같은 분위기가 형성되었다.

"나도 대답할 수 없는 건 대답 안 하는데?"

"그럼 지금까지 고백 받은 횟수는?"

"뭐? 으음, 세 번…… 아, 유치원 때까지 넣으면 네 번인가. 그리고 그 일도 넣으면 다섯 번인가."

"그것 봐, 다 대답하잖아!"

"켁!"

나는 연애 이야기에 약하다. 익숙하지 않은 분야라서 허점을 보이고 만다.

"혹시 이치노세, 너는 거짓말 같은 거 못하는 사람이야?"

"그런 것 같은데?!"

그걸 가지고도 마구 흥분하는 여자애들.

하지만 그 부분은 부정해두는 편이 좋겠지.

"그렇지 않아. 정말로."

"엥?"

"이를테면 특별시험을 칠 때는 책략도 한두 개쯤 필요하 잖아? 그때는 속이거나 거짓말하기도 해."

"그럼 태연하게 거짓말할 수 있구나?"

"……음. 그거랑은 좀 다르달까. 누구나 그렇겠지만, 사 실은 거짓말 따위 하고 싶지 않아. 그러니까 가능하면 거짓 말을 하지 않도록 하고 있다는 게 정답이랄까. 아니, 그것 도 아닌가. 남에게 상처주기 않으려고 하는 거짓말에는 약 하, 달까……."

"그거 좀 이상하지 않아? 보통 상처주기 싫어서 거짓말하 지 않나?"

"그러네. 남에게 상처주지 않으려고 하는 거짓말은 분명 착한 거짓말이라고 생각해."

하지만…… 내 경우는 다르다.

그렇다. 이건 내가 스스로 주는 하나의 시련이다.

"남에게 상처주지 않으려고 하는 거짓말은 단지 나중으로 미루는 것에 불과하다고 할까……."

그 하나의 거짓말에서 시작되어 점점 나쁜 일이 번져 나 간다고 나는 생각한다.

반복하고 싶지 않다.

그 괴로웠던 나날을.

그, 잔혹한 시간을.

○어디에나 있는 것

일요일이 순식간에 지나가고, 시험 닷새째인 월요일이 찾아왔다. 오전 수업 4시간은 전부 운동이었다. 시험 당일에 하게 될 역전 달리기 코스 왕복 18km를 실제로 걷고 달리면서, 오전 수업이 끝나기 전까지 돌아오는 과제였다. 시험은 릴레이 형식, 즉 역전 달리기이기 때문에 실제 시험에서 한 명당 뛰는 거리는 약 1km에서 2km 정도로 그리 길지 않지만, 오르막과 내리막이 심한 산악 지대. 우리는 체력을 소모하며 대략 5km를 계속 걸었다. 바로 어제까지는 운동장에서 가볍게 땀을 흘리는 수준이었기 때문에 그 낙차가 너무 심했다.

"언제까지 계속 되는 거냐, 이 언덕은. 제기랄. 너무 빡세잖아."

멧돼지 출몰 주의라는 팻말을 지나쳤을 무렵, 이시자키가 투덜거렸다.

"멧돼지는 거시기도 클까? 이 녀석처럼."

그렇게 말하며 게슴츠레한 눈빛으로 나를 쳐다보았다.

"참 대단했지. 이야, 그동안 몰라봤다, 아야노코지."

하시모토를 비롯한 다른 아이들로부터도 칭찬이 쏟아졌지만 나는 썩 유쾌하지 않았다. 당분간 이 이야기로 놀림거리가 될 거라고 생각하니 마음이 괴롭기만 하다.

알베르트는 마치 교본같이 경쾌한 소리를 내며 박수를 쳤다.

하지만 사람을 놀릴 여유도 곧 사라졌다.

꼬불꼬불하게 정상까지 이어진 산길은 차가 다닐 수 있게 포장되어 있긴 하지만 경사가 무척 심했다. 그냥 걷기만 해도 사지가 아플 것 같은 수준이다.

게다가 아침 댓바람부터 일어나 조식을 만드는 만큼 선배들보다 체력 소모가 심했다.

일요일에 쉬게 한 건 이를 위한 학교 측의 배려였으리라.

"다시 돌아오기까지 얼마나 걸릴까……."

"인간의 평균 보행 속도는 4km. 거리가 18km이니까 걷기만 한다고 치면 대략 4시간 반 걸려."

"웃기지 말라고 해. 뭐야, 그럼 점심 먹을 시간도 없잖아."

"그럼 달리면 되지, 이시자키. 달리면 그만큼 시간을 단축할 수 있어."

B반의 모리야마가 신랄하게 말했다. 실제로 대그룹으로 일제히 스타트를 끊었는데 2학년과 3학년은 대부분 우리보다 빠른 속도로 움직이고 있었다.

"말이 되는 말을 해라. 18km를 어떻게 달리냐?"

"쓸데없는 이야기로 체력 낭비하지 마…… 내 작전에 찬성해서 여기에 있는 거잖아……."

거친 숨을 몰아쉬며 케세이가 이시자키 무리에게 주의를 주었다. 장거리에 강하고 끈기 있는 학생은 초반부터 달려도 되겠지만, 역시 18km를 계속 달리는 것은 현명한 방법이 아니다. 그래서 케세이가 내세운 작전은 전반 9km는 걸어서 반환점을 돌고 거기서부터 달리는 것이었다. 반환점에 접어들면 그때부터는 대부분 내리막길이라는 것도 계산에 넣은 제안이었다.

"아직 달리지도 않았는데 반환점까지 어떻게 참고 가냐."

"시끄러워…… 잠자코 걷기나 해."

운동을 못 하는 케세이는 벌써 다리에 한계가 왔는지 누가 봐도 여유가 없었다. 남은 약 13km를 규정 시간 내에 마치지 못할 가능성이 있으니 말수를 최소한으로 줄이고 걷는 데에만 집중하고 싶은 것도 당연했다. 그나저나 이 수업을 통해 누가 잘 달리는지는 대충 파악한 것 같군. 벌써부터 괴로워하는 야히코와 케세이는 부적합한 게 분명하다.

뒤에서 걷고 있는 코엔지라면 믿어봄직도 한데, 아무리 생각해도 진지하게 달릴 것 같지 않았다.

"잠자코 걷기나 하라고? 벌써 비틀거리는 주제에 잘난 척은, 유키무라."

이시자키는 아직 기력이 남았는지 말을 줄일 기색이 없었다.

"책임자로서 그룹을 위해 말하는 거야. ……말 좀 하지 말아주라."

"뭐가 책임자야, 웃기고 있네."

이시자키는 과도한 스트레스를 받고 있어서인지 케세이

를 향한 말 공격을 멈추지 않았다. 그 모습을 보다 못한 B 반 학생 모리야마와 토키토가 이시자키에게 한마디 했다.

"적당히 좀 해라, 이시자키. 이번 일은 유키무라가 옳아."

한편 등 뒤로 인기척이 점점 멀어져가는 것을 느끼고 뒤를 돌아보니 코엔지가 옆길로 새 숲으로 들어가는 모습이 보였다. 다른 학생은 눈치채지 못하고 열심히 앞만 보고 걸었다.

문제아는 이시자키만이 아닌 것 같군.

단순히 들렀다 오는 게 아니리라. 모습이 아예 보이지 않았고, 돌아올 기색도 없었다.

"어쩔 수 없네……."

말없이 코엔지를 쫓아가볼까도 싶었지만, 그러면 나까지 길에서 이탈한 줄 알겠지.

"코엔지가 뒤쪽 좁은 숲길로 샜어. 내가 가서 데려올게."

"뭐라고? 무슨 짓을 하는 거야, 그 괴짜는!"

이시자키를 말릴 수 있는 학생이 없었기 때문에 목소리는 점점 더 커져만 갔다.

"너무 그렇게 의식하지 마, 이시자키. 코엔지를 없는 사람 취급하지 않으면 우리만 손해라고."

케세이는 코엔지를 공기나 다름없는 존재로 여기는 작전을 세웠다.

그렇지만 완전히 무시하는 것도 꽤 어렵다.

여기저기서 문제가 발생하는 가운데, 케세이가 미안하다

는 듯 말했다.

"······미안해, 키요타카. 그럼 너한테 부탁해도 될까?"

케세이에게는 다시 돌아가 코엔지를 데려올 용기가 없다는 것을 잘 알았다.

나는 바로 알겠다고 대답했다.

"코엔지를 상대하기 좀 힘들지 않겠어? 나도 같이 갈까?"

하시모토가 그렇게 말해주었지만 나는 정중히 사양했다.

"누가 가든 못 데리고 올지도 몰라. 그렇다면 한 사람이라도 더 많이 완주하는 게 학교에 주는 인상이 좋을 거야. 헤매거나 할 루트도 아닌 것 같고."

"그래? 그럴지도 모르겠다. 데리고 오기 힘들면 그냥 너만 바로 돌아오는 게 좋아."

하시모토의 충고에 순순히 고개를 끄덕인 나는 코엔지를 추격했다. 원래 적극적으로 움직일 생각은 없었지만, 코엔지와 단둘이 있을 기회가 그리 쉽게 찾아오지 않는다는 걸 생각해서 벌인 일이었다. 대화를 나누려면 이런 장소밖에 없을 테니까.

1

좁은 숲길은 자연 그대로 흙길이었다.

울퉁불퉁 험했지만 나는 개의치 않고 속도를 올렸다. 코엔지가 이 길을 쭉 걸어갔다면 1, 2분 내에 따라잡을 수 있겠다는 계산이었다. 하지만 코엔지도 속도를 높였는지 따라잡힐 기색이 없었다.

"귀찮네……."

속도만 올린 거면 그나마 다행이지만 만약 길이 아닌 길로 빠지고 말았다면 일이 성가셔진다. 나는 코엔지가 남긴 흔적을 찾으면서 더욱 빠르게 달렸다. 그렇게 100미터 정도 갔을까, 마침내 코엔지의 뒷모습을 발견했다.

그 등을 보니 떠오른 건데, 무인도에서도 비슷한 상황이 있었지. 그때는 아이리가 있어서 코엔지를 따라잡지 못했지만.

"코엔지."

이름을 부른 나는 달리다시피 해서 코엔지와의 거리를 좁혔다.

"어라, 아야노코지 보이? 여긴 정식 루트가 아닌데."

"연대 책임을 질지도 모르니까. 왜 샛길로 빠진 거야?"

"순간 멧돼지가 보고 싶어졌거든. 흥미가 생겨서 쫓아가던 중이야."

참 웬만해서는 떠올리기 힘든 이유다. 멧돼지를 찾아내서 뭘 어쩔 셈인지, 굳이 물어보는 건 그만두자.

"안심해, 시간 내에는 돌아갈 거야. 나 정도면 30분도 채안 걸리니까."

그 말을 믿을 수밖에 없을 것 같다.

"그런데 또 나한테 무슨 용건이지?"

내가 돌아가지 않자 더 할 말이 있다는 것을 알아차렸는지, 코엔지가 물었다.

"시험 당일 이야기야. 네가 그룹에 힘을 보태줬으면 좋겠어."

"귀에 딱지가 앉을 정도로 많이 들은 얘기군."

내가 보지 않는 곳에서도 케세이 무리에게 반복적으로 설득 당했던 게 분명하다.

그래도 코엔지는 고개를 전혀 끄덕여주지 않았겠지.

"뛰어난 성적은 받지 않아도 좋아. 그냥 당연한 것을 당연하게 해줘."

"그걸 정하는 사람은 네가 아니라 나야. 알잖아? 그럼 이만."

그렇게 말하고 가려는 코엔지의 팔을 붙잡았다. 내가 잡아도 신경 쓰지 않고 계속 가려고 했기에, 어쩔 수 없이 팔에 힘을 주고 말았다. 좀 더 강하게 저항할 줄 알았더니, 무슨 영문인지 코엔지가 힘을 뺐다.

"후후후. 과연, 그런 거였군, 아야노코지 보이."

코엔지는 내게 팔을 붙잡힌 채, 조용히 웃으며 뒤돌아보았다.

"뭐가 그런 거라는 얘기지?"

"드래곤 보이를 순한 양으로 만든 인물의 정체."

"드래곤…… 뭐?"

"류엔이라는 까불이 말이야."

"류엔이랑 나랑 무슨 상관이라는 거지?"

"너는 시치미 떼는 게 특기인가 보군. 그렇게 꾸미는 것에 어떠한 의도도 읽히지가 않아."

"왜 그런 결론에 도달했는지 잘 모르겠는데."

"이렇게 네가 내 팔을 잡고 있잖아. 여기서 느껴지는 열량으로 알 수 있어."

보통 인간이 아니라는 건 알고 있었지만, 아무래도 코엔지는 나보다 더한 별종인 것 같다. 이렇게 잡고 있는 팔이 결론에 도달하는 과정이라는 건가.

"미안하지만 엄청난 착각이야."

"그럴까? 우리 그룹에 있는 불량한 녀석이 너를 보는 눈빛과 말투. 그리고 주변 반응을 봤을 때 의심할 여지 없는 사실이라고 생각하는데."

코엔지는 물적 증거를 하나도 가지고 있지 않았지만, 눈에 압도적 자신감이 담겨 있었다.

더 이상 모르는 척 속여 봐야 소용없겠지.

"후후. 안심해도 좋아, 네가 숨기고 있는 걸 드러내게 만들 생각은 없어. 『나름대로 우수』하다고 해도 어차피 내 눈에는 철없는 존재, 잡다한 녀석들 중 하나일 뿐. 요컨대 이 이야기가 사실이든 거짓이든, 내 입을 통해 소문이 나지 않으면 아무 문제도 없는 거 아니야?"

"오해를 풀고 싶은 마음은 있는데, 그건 어떻게 할래?"

"안타깝지만 포기해. 다른 제삼자가 입을 모아 아야노코지 보이는 아무 상관없다고 주장한다고 해도 내가 그렇게 확신을 가진 이상 대답은 달라지지 않으니까."

"그렇군……. 그럼 본론으로 돌아가도 될까?"

"내가 그룹의 일원으로 성실하게 임했으면 한다는 이야기 말이지?"

"받아줄 건가?"

"몇 번이나 말하지만, 거절하지."

답은 바뀌지 않았다. 그는 딱 잘라 거절했다.

"나는 내 생각대로 행동해. 그게 내 신념이야. 시험을 치든 안 치든, 성적을 어떻게 받든. 그건 전부 그때그때 내 기분에 따르지."

"……그래?"

여러 가지로 설득할 방법도 생각해두긴 했지만, 여기서 경솔하게 나갔다가는 역효과만 불러올 것 같다.

운을 온전히 하늘에 맡기게 되겠지만, 그게 결과적으로 가장 피해가 적을 가능성이 높다.

코엔지는 퇴학이라는 처벌만은 피하고 싶어 하는 게 명백하니까 말이지. 그 부분에 거는 수밖에. 나는 멧돼지를 쫓아 사라지는 코엔지의 뒷모습을 물끄러미 지켜볼 뿐이었다.

"저 남자는 아무도 못 움직일 것 같군."

호리키타의 오빠도 나구모도, 그리고 같은 편도 상관없다. 그것이 1년 가까이를 함께한 반 친구로서 나의 솔직한 감상이었다.

2

나는 코엔지를 숲에 남겨두고 혼자 코스로 돌아왔다.

다녀온 시간은 10분도 채 되지 않지만, 현재 내 순위는 꼴 찌겠지. 앞에도 뒤에도 같은 그룹 학생이 보이지 않아서 조금 속력을 높여 따라잡기로 했다.

잠시 후 걷고 있는 케세이를 비롯한 1학년 집단을 발견했다.

나를 금세 알아본 토키토를 시작으로, 모두의 시선이 일제히 쏠렸다.

"코엔지를 일단 찾긴 찾았는데……."

"역시 실패했나?"

하시모토가 예상대로라며 쓴웃음 지었다.

다른 학생도 특별히 나를 원망하지 않고 자리를 비운 코엔지에게만 불만을 표출했다.

코엔지를 도마에 올리고 잘근잘근 씹어대며 간신히 반환점에 도달하자 차바시라가 팔짱을 낀 채 우리를 기다리고 있었다. 최근 며칠간 안 보인다 했더니, 정기적으로 동원되어 여러 가지 수업을 도와주고 있었던 모양이다.

"2학년과 3학년은 전부 반환점을 돌았다. 남은 건 너희뿐이야."

"지금 몇 시예요, 선생님?"

"정확히 11시야."

그렇다는 건 점심 휴식 시간까지 앞으로 1시간.

이게 평시였다면 어렵지 않게 도착할 시간이리라. 하지만 이미 경사가 급한 산길을 9km나 계속 걸어서 상당히 지친 상태였다.

정신 바짝 차리고 달리지 않으면 점심시간이 없다는 뜻이다.

"난 먼저 돌아갈게. 점심은 늦게 먹고 싶지 않으니까."

"기다려. 그 전에 점호하는 게 규칙이야, 각자 반과 이름을 말하도록."

보드를 꺼내, 거기에 반환점에 도착한 학생을 기록하고 있는 거겠지.

그 과정이 끝나자 이시자키는 그룹 멤버를 내버려두고 먼저 발걸음을 돌렸다.

여기서부터는 그룹이랑 상관없이 개인전이라고 결론 내린 듯하다. 알베르트 역시 그 뒤를 따랐다.

"우리도 가자, 키요타카."

"먼저 가. 난 코엔지가 오는지 확인하고 싶어서."

"그건 좋지만…… 앞으로 1시간밖에 남지 않았어."

"달리기에는 나름 자신 있어. 그러니까 괜찮아."

"단거리랑 장거리는 전혀 달라…… 뭐, 내가 이러쿵저러

쿵 할 말은 아닌가.”

자조 섞인 미소를 지은 케세이는 어색한 동작으로 달려 나갔다.

“그럼 나도 먼저.”

“그래.”

남아서 스트레칭 중이던 마지막 한 사람, 하시모토도 떠났다.

이제 남아 있는 사람은 나와 차바시라 둘뿐.

“나에게 할 말이 있는 건 아닌 듯한데.”

“코엔지를 기다릴 뿐이에요. 그리고 마지막에 가지 않으면 곤란한 일도 있어요.”

“곤란한 일?”

별것 아니다. 이시자키처럼 체력 좋은 학생이 재빨리 선두를 달려 완주한다면 도중에 기권할 것 같은 학생을 파악할 수 없다.

이건 기록을 재는 방식이 아니라 일정 시간 안에 완주만 하면 되는 것. 1시간 만에 완주하든 4시간 걸려 완주하든 평가는 똑같다. 케세이는 체력은 없지만 그룹의 발목을 잡아서는 안 된다며 무리할 게 눈에 뻔히 보이니까.

그로부터 20분 정도 지나자 마침내 그 남자가 돌아왔다.

“여기가 반환점인가 보군.”

체육복에 잎사귀와 흙 등 여기저기 돌아다닌 흔적이 남아 있었다.

"네가 마지막이다, 코엔지. 40분 남았어."

"그런 것 같군. 좀 더 느긋하게 하고 싶었는데, 멧돼지와의 접촉이 생각보다 빨리 끝나고 말아서."

"멧돼지?"

갑자기 이해할 수 없는 단어가 튀어나와 의문스러워하던 차바시라였는데, 코엔지는 곧바로 뒤돌아 달려가고 말았다.

"점호해야지, 코엔지. 안 그럼 실격이라고."

차바시라가 부르자 코엔지는 뒤돌아보지도 않고 이름을 말했다.

"내 이름은 코엔지 로쿠스케. 똑똑히 기억해두도록, 티처."

드높은 웃음소리가 산천에 울려 퍼졌다.

"괜찮아요, 선생님? 반은 말 안 했는데."

"이름은 말했으니 그 정도는 봐주도록 하지."

"그럼 저도 이만."

내가 뒤늦게 출발한 후 얼마나 시간이 흘렀을까.

다시 멧돼지 출몰 주의 팻말이 보일 때쯤, 두 남학생의 뒷모습을 포착했다.

한 사람은 예상 범위에 있기도 했던 케세이. 체력에 한계가 왔다기보다 왼쪽 다리가 아픈지 옆 학생의 부축을 받아 걷고 있었다.

그리고 또 한 사람. 마지막에 출발했다가 케세이를 앞질러갔을 줄 알았던 하시모토였다.

가까이 가보니 상태가 어떤지 분명히 알 수 있었다.

"삐었어?"

"아야노코지? 그래, 아무래도 그런 것 같아. 반환점까지가 발목의 한계였나 봐."

케세이 대신 그렇게 설명해주는 하시모토. 사람을 부축하고 걸으면 몸에 꽤 부담이 갈 텐데, 별로 힘들어하는 기색은 없었다. 싫은 티도 내지 않고 천천히 몸을 밀착시킨 채 걸었다.

"한심해…… 어째서, 이런 것도 제대로 못하는 거냐, 나는……."

그렇게 한탄한 케세이는 예전과 사고방식이 달라진 것처럼 보였다. 학생의 본분은 공부이며, 운동과 기타 시험 따위는 이해하기 어렵다고 그동안 생각해왔을 텐데.

아무래도 하시모토가 스트레칭 하고 마지막으로 출발한 건 나와 같은 목적이 있어서였던 모양이다.

"나도 도울게."

한 명이 부축하는 것보다는 둘이 낫다. 나는 하시모토의 반대쪽으로 들어가 케세이를 잡아주기로 했다.

"……잠깐만. 하지만 그랬다가는 두 사람 모두 점심시간에 늦을 텐데."

"보고도 그냥 내버려두니까 네가 무리해서 달린 거잖아? 괜히 다리가 아프면 시험 때 곤란해지는 건 우리야. 점심 한 끼 굶어서 네가 덜 다친다면 오히려 값싼 대가지. 안 그래? 아야노코지."

"그래, 그럴지도 모르겠네."

"하지만……."

"우리 둘이 우연히 뒤에서 달려온 거니까, 네가 사양할 건 없어."

그렇게 말한 하시모토가 한 가지 말을 정정했다.

"아, 세 사람이네. 코엔지 녀석은 엄청난 속도로 내려간 건가. 괴물이야, 그 녀석은."

"체력에 한계가 없는 이미지야. 우리 학년에 1등이 틀림없어."

치켜세울 의도는 없지만, 코엔지의 잠재 능력을 솔직히 언급했다.

"성격이 최악인 게 우리 A반에는 다행인지도 몰라. 그 녀석이 도움이 되기는커녕 C반에 민폐만 끼친다는 건 이번 그룹을 통해 잘 알았어."

하긴 코엔지가 그 잠재 능력을 여과 없이 발휘한다면 충분히 위협적이다. 도입할 수 없는 비밀병기를 무기에 포함시켜도 될지는 뭐라 말하기 힘든 부분이지만.

결국 다친 케세이를 부축해 임간학교로 돌아온 것은 12시 40분 무렵이었다. 그 후 케세이는 곧바로 보건실로 가 치료를 받았다.

그때까지 나와 하시모토는 복도에서 기다리기로 했다.

10분 정도 지나자 치료를 마친 케세이가 복도로 나왔다.

"어떻게 됐어?"

하시모토가 묻자 케세이는 쓴웃음 지으며 대답했다.

"가벼운 염좌래. 너희가 부축해준 덕분에 그 정도에서 그쳤어."

왼발에 붕대를 감았지만 평소처럼 걷는 것은 가능해 보였다.

"시험까지 별로 시간이 없어. 더 악화되지 않게 조심해야해."

하시모토는 그렇게 말하며 케세이의 어깨를 가볍게 두드렸다.

"도움을 받아놓고 이렇게 부탁하기 좀 그런데……."

거기까지 말했을 때, 하시모토가 바로 이해했다.

"걱정하지 말라니까. 애들한테는 비밀로 할게, 그 편이 좋을 거 아냐?"

들을 것도 없다며 하시모토가 이해해주자 케세이는 그제야 안심한 듯 가슴을 쓸어내렸다.

3

점심을 건너뛰었기 때문에 오늘 저녁은 평소보다 다소 고조되어 있었다. 나는 자리를 확보하자마자 바로 식사에 들어갔다.

"키요뽕, 옆자리 비었어?"

하루카의 목소리. 뒤돌아보니 아야노코지 그룹의 멤버들이 다 모여 있었다.

"요 며칠 키요뽕을 묘하게 찾기 힘들어서 우리가 얼마나 고생한 줄 알아?"

"……미안. 식당이 너무 넓어서 어떻게 해야 좋을지 모르겠더라고."

그룹으로 행동할 일이 많은 나날 속에 평소 멤버를 모으기란 그리 쉽지 않았을 것이다.

자리가 조금 부족했기 때문에 우리는 다섯 명이 앉을 수 있는 곳으로 자리를 옮겼다.

"왜, 왠지 오랜만이네, 키요타카 군."

아이리가 머뭇거리며 말했다. 정말 일주일 가까이 대화를 나누지 않은 건 좀 드문 일이었다.

긴 방학 때도 전화하거나 만났었으니까.

"그것보다도, 미얏치 쪽은 괜찮아? 류엔이랑 같은 그룹이 잖아?"

하루카가 어디서 들었는지 아키토에게 물었다.

"뭐, 그럭저럭. 나도 경계는 하고 있지만 특별히 이상한 구석은 없어. 수업도 진지하게 듣고 있고."

"좌선이랑 역전 달리기도?"

"응. 무서울 정도로 평범해. 오히려 어중간한 녀석보다 훨씬 제대로 하고 있어. 하지만 몇 번인가 말을 걸어봤는데 누구랑 어울릴 생각이 전혀 없어 보였어."

"싸움에 진 충격 때문에 어딘가가 이상해져버린 느낌?"

"글쎄, 어떨까? 그 녀석 같은 경우는 지금까지가 워낙 해 온 짓이 있으니까 말이지."

방심할 수 없다며 정신을 다잡는 아키토.

"나는 그렇다 치고 넌 어때? 다른 애들이랑 잘 지내고 있어?"

"나? 난 딱히. 아무와도 친해지지 않고, 아무와도 싸우지 않고. 아이리랑 같은 그룹이니까 그걸로 됐어."

"하루카가 있어서 다행이야."

두 사람은 같은 그룹이 된 모양이었다. 친한 사람이 한 명이라도 있으면 꽤 마음이 든든하겠지.

"보아하니 제일 큰 문제는 우리 그룹 같네, 키요타카."

"그럴지도 모르겠군."

"엥, 그래?"

그런 소문은 별로 못 들어봤는지 하루카와 아이리가 서로의 얼굴을 마주 보았다.

"그 누구의 지시도 따르지 않는 코엔지, 장소를 불문하고 시비를 걸어대는 이시자키가 한 그룹에 있으니까. 알베르트도 같이 있어서 그런지 제어가 안 돼. 진짜 머리 아파."

"코엔지랑 같은 그룹이구나…… 괜찮아? 키요타카 군."

"그래도 그 녀석은 직접적으로 해를 끼치는 건 아니니까."

"굳이 따지자면 문제는 이시자키 쪽이겠지. 류엔을 쓰러트렸다고 너무 기고만장해진 것 아니야? 불과 얼마 전까지만 해도 동생처럼 굴더니."

이시자키의 경우, 나와 같은 그룹이 된 게 가장 나쁜 요인이었다고 느낀다. 풀 데 없는 화와 분한 감정을 계속 껴안고 있어서 그것을 내가 아닌 다른 곳에 발산시키는 것처럼 보였다.

"아무튼 나도 책임자니까 열심히 해야 해……."

다리에 폭탄을 안고 있으면서도 케세이는 어떻게든 해서 그룹을 통솔하려고 필사적이었다.

"남자들도 참 힘들겠어~."

"왜, 왠지 우리만 동떨어진 느낌이야."

"괜찮지 않아? 너희가 마음이 편하다면 그건 그것대로 우리도 안심이 되니까. 그렇지?"

아키토의 말도 지당했다.

여자들 상황은 케이에게 정보를 받긴 하지만 보이지 않는 부분이 많다.

이렇게 하루카와 아이리가 같은 그룹에 있고, 현재까지 아무런 문제도 없다면 우리는 마음 놓고 우리 일에만 집중할 수 있다.

4

임간학교에서의 생활도 엿새째인 화요일을 맞이했다. 이

렇게 되자 남자들 사이에도 조금 달라진 목소리가 나오게
되었다.

이성이 그립다.

그런 내용이었다.

생각 탓인지 모르겠는데, 저녁 식사 시간을 기대하는 남
자가 늘어난 느낌이었다.

하긴 남자들끼리만 있으면 분위기가 안정적이긴 해도 매
력이 없다.

"아, 젠장. 계속 남자들하고만 있으니까 정신이 이상해지
는 것 같다."

"남학교였으면 죽었겠다."

우리 그룹도 예외 없이 그런 이야기가 나왔다.

"아무튼 남자들만 있으니까 구린내 난다."

아무리 해도 냄새나는 이미지를 품는 것은 어쩔 수 없
겠지.

하지만 실제로 냄새나는 학생은 많지 않았다. 지금이 여
름철이 아니어서 고맙게 생각하는 게 좋겠지. 물론 개인적
으로는 남자들만 있으니 마음이 차분해지고 좋은데. 중요
한 이야기니까 반복해서 말한다.

"윽, 허리가……."

걸레질을 하던 도중, 케세이가 비명을 지르며 그 자리에

서 주저앉았다.

매일 어떤 수업이 있든지 간에 청소와 조식 당번은 빠질 수 없었다.

몸이 약한 학생에게는 슬슬 한계가 올 시점이었다.

체력에 자신이 없다던 케세이가 고통을 호소했다.

청소 범위가 넓은 데 비해 소수 그룹인 우리는 한 명이 아프면 그 구멍을 메워야 하기 때문에 남들보다 배로 열심히 해야만 한다.

"허리 아프기는 무슨. 꾀부리지 말라고."

케세이에게 바싹 다가선 이시자키가 억지로 팔을 잡고 일으켜 세웠다.

"아, 알았어. 할 테니까 팔 놔줘."

"똑바로 해라."

그 말을 내뱉고 있던 자리로 돌아가는 이시자키.

케세이는 청소를 다시 시작하려고 했지만, 몸이 움직여지지 않았다.

특히 다친 왼발이 마음대로 되지 않는다는 것을 보고 바로 알았다.

"으윽."

작게 신음하는 케세이.

고통을 참고 있는 듯했는데, 무리했다간 내일에도 영향을 미칠 것이다.

"좀 쉬어, 내가 대신 할게."

지금은 어쩔 수 없다고 판단하고, 내가 대신 케세이의 청소 범위를 해주기로 마음먹었다.

"미안하다, 키요타카."

"뭘. 힘들 때 서로 돕는 거지."

이렇게 하면 상황이 해결될 터였다.

하지만.

"너, 방금 네 입으로 네가 하겠다고 말하지 않았냐?"

내가 도우려는 게 마음에 들지 않았는지, 이시자키가 다시 끼어들었다.

어디까지나 나는 쳐다보지도 않고.

"그냥 내가 할게."

내가 말했지만 이시자키는 받아들이지 않았다.

나는 한결같이 무시하고 케세이에게만 강경하게 나왔다.

"네가 우리 그룹 책임자잖아. 고작 청소 정도로 징징거리지 말라고."

"……나도 알아."

책임을 느끼는 케세이. 거세게 비난받으면 그렇게 대답하는 것은 필연적이다.

"알긴 뭘 알아, 지금도 남한테 미루려고 하고 있구만. 난 그런 게 마음에 안 든다고. 네가 하겠다고 말해."

"……알았어, 내가 할게."

"들었지? 절대 도와주지 마라, 아야노코지."

이때 처음으로 나에게 말만 던진 이시자키. 그리고 금방

달아나듯 거리를 벌렸다.

"결과적으로 케세이가 다쳐도 괜찮아?"

"다쳐서 못하게 되면 그건 그때 가서 다시 생각하면 돼."

그룹에 도움이 되지 않는다는 것을 알면서도 이시자키는 케세이를 돕는 걸 인정할 수 없는 듯했다.

알베르트가 아무 말 없이 이시자키에게 다가가 뭔가를 전하려고 했지만 들은 척도 하지 않았다.

"미안하다, 키요타카. 지금은 내가 스스로 버티는 수밖에 없을 것 같아."

그렇게 하지 않으면 그룹의 분위기가 나빠질 것 같다고 느꼈겠지.

요 며칠 동안 케세이의 태도가 마음에 들지 않았을 이시자키.

이제 와서 케세이가 누군가의 도움을 받으려고 하는 게 용납되지 않았던 것 아닐까.

그리고 케세이도 그걸 알았기 때문에 충고를 받아들여 스스로 하겠다고 나오는 것이다.

하지만 지금 무리하게 되면 나중에 더 큰 대가를 치를 수도 있다.

오늘은 견뎠지만 내일은 어떻게 될지 모른다.

이번 시험에는 좌선과 역전 달리기 등 몸을 혹사하는 항목이 여럿 있다.

그때는 지금보다 훨씬 고통스러울 텐데.

어떻게든 이시자키의 이해를 구하고 싶지만 쉽지 않을 것 같다.

"야, 이시자키, 말이 좀 심하잖아."

상황을 보다 못한 야히코가 이시자키에게 따졌다.

"고작 청소 하나도 제대로 못 하는 이 녀석이 잘못이지."

"그건 나도 알아. 하지만 그럼 저 녀석은 뭐야. 똑같이 주의를 주란 말이야."

그렇게 말한 야히코는 첫날부터 지금까지 단 한 번도 청소하는 시늉조차 하지 않는 코엔지를 손가락으로 가리켰다.

"저 녀석은 일본어가 안 통해. 난 고릴라한테 설교할 만큼 한가하지 않다고."

한 번도 주의를 주지 않은 건 아니고, 이시자키는 지금까지 몇 번이나 코엔지에게 따졌었다.

그런데도 눈 하나 깜빡하지 않으니 포기한 것이었다. 그런 의미에서 케세이와 코엔지의 차이는 제대로 대화할 수 있는가 아닌가에 있었다고 할 수 있다.

"불만 있으면 네가 말로 설득해보던가. 어차피 시간 낭비겠지만."

"그건…… 알았어, 가면 되잖아, 가면."

야히코는 근처에 있는 빗자루를 하나 쥐고 코엔지에게 걸어갔다.

"헛수고라니까, 보라고."

업신여기듯 비웃는 이시자키. 야히코는 코엔지에게 덤비듯이 빗자루를 들이밀며 청소하라고 설득했지만, 몇 분을 매달린 끝에 기진맥진한 상태로 패배해 돌아왔다.

며칠간 같은 그룹에 있었다고 해도 역시 적 관계. 잘 될 리가 없었다.

한시라도 빨리 그룹이 해산했으면 좋겠다는 것이 학생 대부분의 생각이리라.

하지만 중요한 건 우리 같은 그룹만 있는 게 아니라는 사실. 설령 표면상에 불과하다고 해도, 마치 같은 반 친구처럼 관계를 돈독히 다져가는 그룹이 존재하는 것도 사실이었다. 1학년뿐 아니라 반들의 정세가 어느 정도 굳은 상급생들 사이에서도 같은 현상을 찾아볼 수 있었다.

서로 협력해야 자신에게 도움이 된다고 이해했기 때문이리라.

앞일까지 내다볼 수 있는 학생과 당장 느끼는 혐오감만으로 행동하는 학생.

압도적인 능력 차이가 없는 이상 승패의 행방을 상상하기란 그리 어렵지 않다.

"아아, 진짜 못 해 먹겠네. 너무 바보 같아. 왜 다른 반 애들이랑 친한 척 굴어야 하느냐고. 안 그래, 알베르트?"

알베르트는 긍정도 부정도 하지 않았지만 이시자키는 계속해서 말을 이었다.

"난 이 그룹이 죽을 만큼 싫어. 고릴라 코엔지, 지구력도 없는 주제에 입만 산 유키무라, 의욕이 활활 불타오르는 B 반한테 아무것도 안 하는 A반. 바보 같아."

퍽, 하고 빗자루를 발로 차는 이시자키.

"우리를 험담하는 건 네 자유지만 청소는 제대로 해가면서 말해라."

"시끄러워. 코엔지도 안 하는데 내가 왜?"

"그럼 유키무라한테 뭐라고 할 자격도 없지 않나?"

하시모토가 그렇게 말했지만 이미 이시자키는 들은 척도 하지 않고 청소를 내팽개쳤다.

화장실, 하는 한마디만 남기고 자리를 떠났다.

그를 말리지도 못하고 분한 표정으로 입술을 깨무는 케세이.

"케세이, 혼자 다 짊어지려고 하지 마. 남은 하루 이틀 사이에 뭔가가 바뀌는 건 불가능해. 지금 판단을 그르치면 장차 후회할지도 몰라."

내가 그렇게 조언해주었다. 아니, 다시 확인하게 만들었다.

"그건 나도 알지만, 그래도 할 수 밖에 없어. 누군가에게 기대면 이시자키는 그룹에서 점점 더 멀어지기만 할 테고, 그렇다고 내가 가만히 있으면 우리 그룹은 꼴찌가 될 가능성이 높아져. 그러니까 무리해서라도 뭐든 해야만 해."

선택지가 지금 케세이가 말하는 것밖에 없다면 과연 무리하는 쪽을 고를 가능성이 높겠지. 고를 만한 길이 없다면 어떻게든 해서 새로운 길을 개척하는 수밖에 없다.

하지만 지금 그 새로운 길, 즉 선택지를 준비할 수 있는 사람은 케세이가 아닌 듯하다.

이 그룹을 좀 더 잘 이해하고 남을 위해 행동할 수 있는 인재.

나는 묵묵히 청소 중인 남자, 하시모토를 쳐다보았다. 이튿날 코엔지에게 시비 거는 이시자키를 말리기도 했고, 적절한 거리에서 그룹 멤버들의 관계를 잘 유지해주고 있는 느낌이다. 오래달리기 때 줬던 도움도 완벽했다. 사카야나기와 카츠라기에게 어디까지 평가받고 있는지는 잘 모르겠지만, 능력치가 꽤 높은 남자 같았다. 이건 적이 되어 싸운다는 전제일 때의 이야기지만, 호전적인 사카야나기와 방어적인 카츠라기보다 더 수를 읽기 힘든, 상대하기 어려운 상대였다.

"일단 나도 있다는 걸 잊지 말아줘. 힘든 일이 있으면 최대한 도울게."

"고마워, 키요타카. 그렇게 말해주는 것만으로도 좀 마음이 편해진다."

그런 말 한마디가 케세이에게 도움이 된다면 해주는 거야 간단하다.

5

그 후 수업에서도, 우리 그룹의 상태가 좋다고는 빈말이라도 하기 어려웠다.

부담을 느낀 케세이는 책임자로서 제대로 지시를 내리지 못했고, 이시자키는 알베르트 이외의 사람들과 아예 말을 섞지 않았다.

유일하게 분위기가 화기애애할 수 있는 식사시간조차, 우리 그룹은 모이려고 하지 않았다. 일단 남자애들 일은 잊어버릴까.

어차피 내가 이 그룹을 위해 할 수 있는 일은 없다.

괴로워하는 케세이와 갈등하고 있는 이시자키에게 충고는 해줄 수 있어도, 직접 나서서 도울 생각은 없기 때문이다.

페이드아웃 되기 위한 첫 걸음부터 일에 깊이 관여하는 건 좀 모순적이다.

그래서 나는 하루카와 아이리에 대해 생각하며 여자들의 동향을 다시 살피기로 했다.

하지만 케이와 잦은 만남을 반복할 수도 없었다. 그쪽은 그쪽대로 해야 하는 일이 있을 터였고, 비슷한 상황이 거듭되면 우리 사이에 의심을 품는 녀석이 나타날 것이다.

게다가 지금 필요한 여자들 정보는 1학년보다 2학년과 3학년 쪽이었다. 호리키타의 오빠에게 도전장을 내민 나구모의 진의. 그걸 확실히 알아두고 싶었다.

이렇게 되면 접촉할 수 있는 인물은 더욱 줄어든다.

그래서 다소 위험을 감수하고 키리야마와 접촉해서 힌트

를 얻을 수 있는 연결고리를 만든 것인데, 이번에 부회장 키리야마는 나구모와 같은 그룹이었다. 속으로 원한은 있어도, 이번 일에는 조언해줄 리 없겠지.

나는 다른 방향으로, 나구모가 예상하지 못하는 부분에서 손을 써두고 싶다.

그리고 마음에 걸리는 어떠한 존재.

어떤 2학년 여학생에 관한 정보를 케이에게 부탁해두었다.

그 인물은 바로 '아사히나 나즈나'

나구모 미야비와 같은 A반이며, 나구모와 개인적으로 가까운 인물.

나는 이 넓은 식당에서 친구와 밥을 먹는 아사히나를 몇 번인가 찾아냈다.

그리고 지금도 약간 떨어진 곳에서 아사히나의 동향을 주시하고 있다.

그녀는 학생회 소속은 아니지만, 반에서 비교적 발언권이 높고 나구모에게 주는 영향도 큰 듯했다. 그 밖에도 나구모와 친한 남녀는 아주 많지만, 정보를 얻기 위해 아사히나를 선택한 데에는 두 가지 이유가 있었다.

첫 번째는 러프한 외모와 말투와는 반대로, 사실은 의리 깊고 은의를 잊지 않는 점 때문에 평판이 높다는 사실, 그리고 나구모를 숭배하지 않는다는 점.

두 번째는 나와 '우연'이라는 접점을 가지고 있다는 것이었다.

나구모는 그를 지지하는 2학년들로 넘쳐나 정보를 입수하기가 몹시 어렵다. 경솔하게 접촉했다가는 오히려 내 정보가 넘어가고 말리라.

그래서 최대한 정보를 흘리지 않는 상대로 좁힐 필요가 있었다.

이럴 때 '우연'이라는 접점은 강력한 무기가 된다.

나만 아는 정보, 아사히나 밖에 이해할 수 없는 정보.

나는 우연이 낳은 산물을 이용하려고 생각했던 것이다.

우연, 그것은 '부적'이었다.

예전에 그녀가 흘린 물건을 내가 우연히 주운 적이 있었다. 그때는 별생각 없이 전해주었는데, 생각보다 그녀에게 귀중한 물건이었던 모양이다.

이 임간학교까지 그 물건을 지니고 온 것이 증거이다.

떨어뜨리지 않도록 소중히 몸에 지니고 있다는 것까지 확인했다.

우연이 불러일으킨 연결고리는 때때로 의도한 것보다 위력이 강하다.

우연을 이용해 그녀가 나구모의 정보를 뽑아낼 수 있는 존재인지만이라도 알아볼 필요가 있으리라. 임간학교에서는 접촉하기도 쉽다.

이제 남은 문제는 어떤 식으로 그 간접적인 접점을 직접적인 설정으로 바꿀 것인가.

노골적으로 아사히나에게 접근하면 그녀가 직접 하지 않더라도 주위 사람들이 나구모에게 보고할지 모른다. 그건 최대한 피하고 싶다.

그 타이밍을 줄곧 엿보고 있었는데, 아사히나는 저녁 식사 대부분의 시간을 누군가와 함께 보내고 있었다. 혼자 있는 시간을 찾아내기란 좀처럼 어려웠다.

그리고 오늘, 마침내 천재일우의 기회가 찾아왔다.

"나 잠깐 손 좀 씻고 올게."

아사히나가 식사 도중에 자리에서 일어났다. 여자치고는 드물게도 따라붙는 학생이 없어서, 나는 아사히나의 뒤를 곧장 쫓았다. 화장실을 방해할 수는 없기에, 그녀가 볼일을 마치고 나오기를 얌전히 기다렸다.

말할 수 있는 시간은 길어야 5분 정도.

그 이상은 아사히나 본인이 싫어할지도 모른다.

그 5분 동안 그녀와 거리를 얼마나 좁힐 수 있느냐는 미지수다.

어디까지나 우연한 만남인 부분을 강조해야 한다.

잠시 후 아사히나가 화장실에서 나왔다.

왼쪽 손목에 늘 그렇듯 부적이 달려 있었다.

무심히 나를 지나치는 그녀.

"음?"

아사히나에게 아는 척하는 것 같기도 하고 혼잣말 같기도 한 소리를 내뱉었다.

그러자 아사히나는 무심코 걸음을 멈추고 가볍게 내 쪽으로 돌아보았다.

내가 거기에 반응하지 않으면 혼잣말이라고 여기고 다시 걸어가겠지.

이 얼마 안 되는 시간 동안 나는 행동에 나섰다.

"아, 죄송해요. 전에 어디서 본 적 있는 부적 같아서. 신경 쓰지 마세요."

그렇게 말한 후 자리를 뜨는 시늉을 했다.

만약 대답이 돌아오지 않으면 다시 말 걸 준비도 해두었다.

"이 부적, 지금은 학교에 안 팔 텐데?"

대답이 잘 돌아왔으니 걱정 없이 계속 이어가보자.

"그런가요? 혹시 예전에 그 부적 어디 떨어뜨린 적 없어요?"

그렇게 말하면 아사히나도 곧 이해하리라.

"혹시…… 내 부적을 주워준 사람이 너?"

"글쎄요? 얼마 전에 기숙사 돌아가다가 줍긴 했는데…… 그게 언제였더라……?"

언제 어디라고는 굳이 구체적으로 언급하지 않았다. 기억이 잘 안 난다고 시치미 뗐다.

"아무래도 맞는 것 같네. 그렇구나, 너였구나."

아사히나가 환하게 웃으며 다가왔다.

"고마워. 잃어버려서 엄청 곤란했었거든. 그날 이후로 또 잃어버릴까 봐 왠지 무서워져서 이렇게 몸에 지니고 다녀."

살짝 수줍어하면서 손목을 보여주었다.

"이 부적은 말이야, 여기 입학할 때 산 거라 특별한 의미가 담겨 있는 것은 아니야. 다만 뭐라고 말해야 좋을까, 정신적 지주? 이걸 지니고 있으면 마음이 굉장히 놓인다고 할까. 그래서 오히려 이게 없어지면 안 좋은 일이 일어날 징조처럼 느껴져서 마음이 불안해. 누가 주워서 가져다준 걸 알고 얼마나 기뻤는지 몰라."

원래 부적의 역할이란 그런 것이다.

"설마 주워준 사람이 너였을 줄이야."

"저를 알아요?"

"호리키타 선배랑 릴레이 때 주목 받은 애니까 알지. 저번에도 미야비, 라고 말하면 모르려나. 나구모 학생회장이 너한테 말 걸었지?"

"혹시 그 자리에?"

물론 사실은 알고 있었다. 그때는 이치노세도 같이 있었지.

"맞아."

오늘 말고 다른 날에는 아사히나의 존재를 몰랐던 것으로 해둔다.

괜히 예전부터 알고 있었다고 말하면 한층 경계할 테니까.

어디까지나 부적을 주워준 게 우연이었던 것처럼 이 엇갈림, 만남도 우연이어야만 한다.

"저는 달리기에는 나름 자신이 있지만, 솔직히 말하면 그것 이외의 부분은 전혀. 그런데 무슨 오해가 있었는지, 나구모 학생회장이 저를 눈여겨보는 것 같아요."

곤란하다는 투로 말하자 아사히나는 자기도 뭔지 알겠다며 고개를 마구 끄덕였다.

"그 녀석은 호리키타 선배를 존경했다고 할까, 목표로 삼은 면이 있거든. 그런데 릴레이 때 자기를 상대해주지 않아 질투한 거 아닐까?"

아사히나의 말에서 다른 의도는 읽히지 않았다.

어찌 됐건 솔직한 성격이라는 거겠지. 나는 좀 더 깊이 접근해보기로 했다.

"어떻게 하면 나구모 선배의 관심에서 벗어날 수 있죠?"

"뭣하면 네가 쓰러트려보는 건 어때? 기고만장한 미야비의 콧대를 확 꺾어서 조용히 시킨다든지. 나도 미야비가 지는 모습을 좀 보고 싶기도 하고."

웃으면서 그렇게 말했다. 물론 절반은 그냥 농담이리라.

하지만 나는 그 말을 굳이 그냥 넘기지 않았다.

"그렇군요. 그것도 한 가지 방법일지도 모르겠네요."

내가 그렇게 대답하자, 아사히나는 순간 어이없다는 표정을 지으며 나를 쳐다보았다.

그리고 몇 초 후 웃음을 터트렸다.

"아하하하! 아, 정말, 농담한 건데. 몰랐어?"

눈물을 흘릴 만큼 폭소하면서 내 어깨를 퍽퍽 때리는 아사히나.

"나구모를 쓰러트리면 역시 곤란한가요?"

계속해서 농담이라고 생각하는 아사히나와 대조적으로 나는 살짝 강하게 힘주어 말했다.

여기서 아사히나가 황당하다며 나구모에게 보고할 인물이라면 어차피 거기까지다. 지금 보고한다 해도 건방진 1학년이라는 선에서 끝난다.

"진심으로 말하는 거야?"

"선배는 농담이었나 보네요."

"아니, 하지만. 1학년이 뭘 어떻게 할 수 있는 것도 아니고."

그렇게 말하며 농담한 것을 사과했다.

하지만 나는 어투를 바꾸지 않고 계속 세게 나갔다.

"지금까지 본 2학년 중에서 아사히나 선배가 제일 나을 것 같아요."

"……제일 낫다니?"

"『나구모 미야비』에게 지배당한 2학년한테 정보를 얻는 건 어려우니까요."

"말이 심하네. 나도 2학년이야. 그리고 미야비랑은 꽤 『깊은 사이』인데?"

"얕고 깊고의 문제가 아니라, 어디까지 물들었나 하는 부분이 중요하죠."

어쨌든 반이 같으면 적이라고 생각하기는 일단 힘들다.

나구모를 어떻게 생각하든 반에 불이익이 되는 것은 바라지 않을 터다.

"그거나 그거나 비슷하지 않아?"

"뭐, 1학년의 허언쯤으로 생각하세요."

그렇게 말한 나는 머리를 숙였다.

"그럼 먼저 가보겠습니다."

"아, 잠깐만 기다려. 이렇게 그냥 가버리면 왠지 내가 나쁜 사람 같잖아."

한숨을 푹 쉬며 미소를 지웠다.

"네가 농담을 하는 게 아니란 건 잘 알았어. 그러니까 사과도 할 겸 부적을 주워준 보답을 하고 싶어. 궁금한 게 있으면 뭐든 대답해줄게."

"그래도 괜찮겠어요? 나구모 선배에게 화살을 쏘는 일이 될지도 모르는데."

"솔직히, 너한테 말한다고 상황이 달라질 거란 생각은 안 드니까."

2학년의 상황을 다소 가르쳐줘도 큰 영향은 없을 거라고 확신하는 듯했다. 즉 줘도 의미 없는 정보라는 소리다.

그렇게 생각해준다면 나로서도 무척 고맙다.

"2학년 여자 중에 특별히 나구모 선배와 친한 사람은 몇 명 정도 되나요?"

"친한 여자? 거의 다? 남자애들 이상으로 미야비를 신뢰하고 있어."

만만치 않은 상대란 건 알고 있었지만 범위가 너무 넓군.

"나구모 선배의 수족이 되어 활발하게 움직일 것 같은 주요 멤버는?"

"그런 것까지 내가 알려줄 것 같아?"

"선배가 1학년한테 그 정도는 양보해줘도 되지 않나요?"

"지금 말 다했어? 건방지네."

아사히나가 그렇게 말하며 웃었다. 하지만 싫진 않은 눈치였다.

"뭐, 내 입으로 말하기도 그렇지만, 2학년은 결속력이 강해. 실제로 우리 2학년은 1학년과 3학년보다 더 빨리 그룹을 완성했잖아? 버스에서 설명을 들었을 때 이미 미야비의 지시에 따라 곧바로 다른 반과도 정보를 공유했거든."

원래는 서로 적대해야 하는데, 역시 절반은 같은 편이나 마찬가지인 모양이었다.

각 반 대표의 이름이 아사히나의 입에서 흘러나왔다.

버스에서 네 반은 서로 연락을 취하며 어느 정도 소그룹을 결정했다.

여자 쪽도 마찬가지로 진행되었던 모양이다.

"1학년, 3학년 그룹과 합류할 때요? 그때도 적당히 정했나요?"

남자는 1학년이 드래프트 제도로 고르자는 게 나구모의 제안이었다.

"응? 대략적으로는."

"대략적이라는 말은, 그럼 일부는 아니라는?"

거기서 아사히나는 생각에 잠긴 듯 팔짱을 꼈다.

"……왜, 그럴까?"

아사히나에게 의문이 생겼다는 것을 알았다.

그 의문이 금세 해결되지 않는지 침묵이 이어졌다.

"계속 말해주시겠어요?"

"아니, 2학년 여자애들로부터 살짝 대그룹을 정할 때 요구사항이 나왔다고 할까, 조정이 들어왔어. 그때의 소그룹은 미야비가 신뢰하는 멤버들로 이루어져 있었어."

그 그룹이 나구모의 지시로 만들어진 거라면 어떤 특별한 역할을 지시받았을 가능성이 있다. 2학년의 속사정을 모르면 도달할 수 없는 이야기였다. 1학년과 3학년의 입장에서는 단순히 친한 친구들의 모임으로밖에 보이지 않을 테니까.

"그 소그룹과 같은 대그룹에 속한 1학년과 3학년 중에 특별히 눈에 띄는 사람은?"

"그렇게 물어도 난 1학년에 대해서는 거의 모르니까. 아, 그런데 3학년은 호리키타 선배의 서기를 맡았던 타치바나 선배가 있었던 것 같아. 아, 하지만 책임자는 다른 사람이야. 이상하게 여길 구석은 없는 거지. 애당초 미야비도 정정당당하게 하겠다고 말했잖아?"

"나구모 선배를 꽤 많이 믿나 보네요."

호리키타의 오빠도 나구모의 말에 일정 신뢰를 보내는 것처럼 느껴졌다.

호리키타의 오빠나 아사히나의 말을 믿는다면 이 일련의 불신감은 '페이크'라고 볼 수 있다. 정정당당하게 하자고 약속해놓고 뒤에서 몰래 다른 짓을 꾸미려 한다고 의심하게 만들거나 집중력을 갉아먹기 위한 페이크 말이다.

"그 녀석은 자기 입으로 말한 건 지켜. 야비한 방법은 쓰지 않아. 게다가 여자 그룹에 뭔가 손을 썼다고 해도, 어차피 호리키타 선배와 미야비의 싸움과는 아무런 연관이 없잖아?"

"그렇죠. 틀림없이 아무 연관도 없죠."

아사히나의 의문은 지당했다.

나구모가 제안한 것은 호리키타 마나부 그룹과의 승부이지 여자는 무관했다.

그러니 타치바나가 있는 대그룹에 나구모와 친한 2학년 여자가 다수 섞여 있어도 아무 문제될 게 없었다.

앞처럼 보이게 하고 뒤, 인 척했는데 사실은 앞인 것.

같은 그룹의 3학년, 이시쿠라 선배에게 접촉한 것과 의미심장한 말도 단순한 눈속임인가.

그냥 하던 대로 찾았더니 여러 퍼즐조각이 나타났는데 끼우는 순간 사라지는 느낌이리라.

흥미로운 방식이군.

사카야나기와 류엔과는 또 다른, 독특한 스타일의 전략.

"그래서 내가 해줄 말이 있다면, 의식하는 쪽이 진다는 거야."

"많은 도움이 되었습니다."

엉뚱한 질문에도 흔쾌히 속사정을 말해준 아사히나에게 감사 인사를 해두었다.

물론 아사히나의 입장에서는 그게 미야비에게 방해가 될 줄 모르겠지.

나 따위가 상대가 될 것이라고는 꿈에도 생각 못 할 테니까.

"뭐, 열심히 해서 미야비를 깜짝 놀라게 해봐. 아주 조금은 기대하고 있을게."

"아아, 그리고 하나만 더."

"응?"

케이의 정보와 합하면 더욱 정확해질 테니, 나는 좀 더 깊이 들어가기로 했다.

6

어두운 분위기 속에서 맞이한 6일째 밤.

이대로 하루를 마치면 아마도 이 그룹에 내일은 없으리라. 안 좋은 분위기는 이대로 끝까지 쭉 이어지겠지.

그리고 이틀 후로 다가온 시험에서 높은 점수를 얻기도 어려워진다.

목욕을 마치고 방에 돌아온 뒤에도 분위기는 예전에 한 번도 없었을 만큼 험악했다.

이시자키는 주위에 벽을 쌓고 아무와도 이야기하려고 하지 않았다.

케세이도 자기 탓만 하며 껍데기 안에 틀어박혀 입을 꾹 닫고 있다. B반 학생들이 분위기를 띄워보려고 잡담을 늘어놓았지만, 주변의 무거운 분위기를 끝내 견디지 못해 이윽고 침묵해버렸다.

마침내 소등 시간이 다가온 것을 확인한 야히코가 방에 불을 껐다.

조금이라도 빨리 하루를 끝마치기 위해.

"야, 이시자키. 잠깐 나 좀 볼래?"

어두컴컴한 가운데, 길게 이어진 침묵을 깬 사람은 하시모토였다.

"아니."

침대 위에 있던 하시모토가 불렀지만 이시자키는 거절했다.

침대시트의 마찰 소리로 짐작하건대, 내 쪽으로 등을 돌린 걸까.

"이대로라면 우리 그룹은 상당히 위험할 거야. 인원수가 적은 만큼 유리한 면도 있지만, 오히려 불리한 시험 항목도 몇 개 있어. 최악의 경우 유키무라와 또 한 명이 퇴학당하게 될 거야."

그때 길동무가 될 사람은 이시자키가 아닐까? 하는 의미까지 포함된 발언.

"시끄러워. 퇴학이든 뭐든 시키라고 그래."

"맙소사……."

하시모토가 내미는 구원의 손길을 잡나 했더니 이시자키는 거절했다.

"……후."

암흑이라 하시모토의 표정을 볼 수 없었다.

이제 그룹으로서의 기능은 이대로 영영 마비되는 건가.

그렇게 포기하려 할 때였다.

"난 초등학교, 중학교 때 축구를 했었어. 소위 말하는 명문학교로, 매년 전국적으로 경쟁하는 팀에 속했지. 에이스까지는 아니었지만 늘 선발로 시합에 나갔고, 나름대로 잘해왔어."

누군가 특정 인물, 이 아니라 방에 있는 학생 모두를 향해 하시모토가 말했다.

"너, 지금은 축구부 아니잖아. 부상당했다거나 한 것처럼은 보이지 않던데."

암흑 속에서 야히코의 지적이 날아들었다.

"맞아. 요즘 애들은 별로 안 피우는 것 같지만, 한때 담배를 피웠던 시기가 있었어."

"그게 들통 나서 동아리에서 쫓겨났다는 거야?"

"아니, 잘 숨어서 피웠지. 내가 담배 핀 걸 안 사람은 우리 가족밖에 없어."

"담배를 피운 건 물론 잘못이지만, 축구를 그만둘 이유까지는 아닌 것 같은데."

야히코의 그런 의문은 옳았다. 아무에게도 들키지 않으면 문제는 발생하지 않는다.

"나 혼자 소외감 같은 걸 느꼈거든. 모두 하나로 똘똘 뭉쳐 전국 제패를 목표로 하고 있는데, 난 그걸 왠지 싸늘하게 보고 있는 거야. 난 여기 있으면 안 된다고. 그리고 축구 자체를 그렇게까지 좋아하지 않았거든. 그래서 깔끔하게 축구를 그만두고 공부했어. 원래 요령이 좋은 편이어서, 밀린 공부를 따라잡는 것도 그리 어렵지 않았지."

"자랑하냐? 못 들어주겠네."

이시자키가 딴죽을 걸었다.

"어쨌든 처세술에 뛰어나서. 하지만 이따금 후회할 때는 있어. 운동장에서 연습하는 히라타나 시바타를 보면 나도 저기에 있었을지도 모른다고. 별로 좋아하지도 않았는데 이상하지?"

그렇게 말하며 자조 섞인 미소를 짓는 하시모토.

"너는? 어떤 어린 시절을 보냈어? 이시자키."

"뭐? 왜 갑자기 나한테?"

"그냥."

"하…… 난 아무것도 없어."

말할 거리도 없다며 거부했다.

암흑 속에서 펼쳐진 대화에 케세이가 입을 열었다.

"난 어릴 때부터 공부만 했어. 나이 차이가 많이 나는 누나가 선생님을 꿈꾼 영향도 있었는데, 누나는 늘 나한테 학생 역할을 시켰지. 초등학교 때부터 말도 안 되게 어려운 문제를 내기도 하고 아주 어처구니없는 누나였어."

"그래서 공부를 잘하게 되었다는 건가?"

하시모토가 케세이에게 이야기를 이끌어내듯 물었다.

"그래. 그리고 운동을 못 해서, 뭘 해도 대체로 꼴찌 언저리에 머물렀기 때문인 것도 있어. 못하는 걸 극복하기보다는 장점을 살리기로 한 거지. 운동선수라도 될 게 아니면 운동 따위 잘해봐야 아무 의미 없다고 생각했거든. 이 학교에 입학한 후로도 여러 가지 의문에 부딪혔어. 무엇보다 난 공부를 잘하니까 A반에 어울리는 능력자라고 믿어 의심치 않았는데."

그때를 회상하듯 케세이는 잠시 입을 닫고 생각에 잠겼다.

케세이가 배정된 반은 D였다. 그때 느낀 절망감은 이루 말할 수 없으리라.

"그 후에도 온통 받아들일 수 없는 것투성이였어. 반의 연대 책임 따위도 그렇고, 무인도 생활은 더욱 의미를 찾을 수 없어서…… 우리 반으로 예를 들면 스도가 나와 정반대지. 운동은 잘하지만 공부는 못하잖아. 처음에는 엄청난 짐과 똑같은 취급을 받았다고 생각했어. 하지만 무인도와 체육대회에서는 스도가 나보다 훨씬 더 반에 도움이 되었잖아. 반짝반짝 빛나는 모습을, 옆에서 보여주었어."

그 목소리에 어딘지 속상함 같은 것이 묻어났다.

"아직 납득하지 못한 부분은 솔직히 말하면 있어. 하지만 점점 이해되는 일들도 생기기 시작해. 공부만 잘해도, 운동만 잘해도 안 된다는 거. 이 시험만 해도 그래. 둘 다 못하면 좋은 성적은 거둘 수 없어. 안 그래? 이시자키."

케세이가 이시자키에게 말을 돌렸다.

"아니 왜 자꾸 나를——."

"난 무인도, 체육대회 때처럼 지금도 심한 굴욕감을 맛보고 있어. 내가 우리 그룹의 발목을 잡고 있으니까. 내가 아픈 만큼 누군가의 부담이 늘어날 거고, 무엇보다도 사기를 뚝 떨어트렸어. 불평하면서도 남들 이상으로 그룹에 도움이 되는 이시자키에게 난 아무것도 보여주지 못했어."

회피하려던 이시자키의 말문을 막았다.

아무것도 보이지 않는다. 상대의 얼굴조차 보이지 않는 암흑이기 때문에 오히려 솔직하게 드러낼 수 있는 것도 있다.

"미안하다, 이시자키…… 모범을 보여야 할 책임자가, 이 따위라서."

눌러 죽이고 있었지만 케세이가 울고 있다는 것을 알았다.

하지만 아무도 그것을 지적하지 않았다.

울고 싶어서 우는 게 아니라, 분해서 우는 눈물.

"웃기지 마라, 왜 사과하는데…… 하긴, 널 그렇게 몰아붙인 건 난가……."

이시자키는 자조 섞인 웃음을 지은 후 계속 말을 이었다.

"애당초 모두가 거부한 책임자를 네가 받아준 건데."

억지로 떠넘겨도 얼마든지 싫다고 할 수 있었다. 실제로 이시자키는 거부했다.

그걸 받아들인 케세이의 성의를, 이시자키는 이제야 깨달았으리라.

"너한테 지시받는 건 열 받았지만 말이야, 네 지시가 없었다면 우리 그룹은 지금보다 훨씬 심각했겠지. 밥 짓는 것도, 오래달리기도."

"그건 틀림없어."

하시모토가 웃으면서 말했다.

공부를 잘하는 학생, 못하는 학생. 운동을 잘하는 학생, 못하는 학생.

그런 십인십색의 학생이 모여 하나의 반 혹은 그룹이 형성된다.

거기에는 적과 아군이기 이전의 문제가 있으리라.

불쑥, 야히코와 다른 학생들도 말을 꺼내기 시작했다.

이날 밤, 우리 그룹은 처음으로 진짜 그룹다웠다.

왠지 그런 느낌이 들었다.

○잃을 것과 잃지 않을 것

일주일째를 맞이한 임간학교의 이른 아침. 드디어 오늘로 그룹으로서의 나날이 끝난다.

내일 아침이면 바로 시험. 하시모토의 기지 덕택에 우리 그룹은 무너지지 않고 끝날 수 있었지만, 시험 종료와 동시에 결속력이 단단해진 이 그룹과의 관계도 종료된다. 어딘지 아쉽다고 생각하는 학생도 적지 않으리라.

멤버 대부분, 코엔지는 여전히 혐오하더라도 나머지 학생들과는 사이가 꽤 풀리지 않았을까. 이시자키야 코엔지 이상으로 나를 싫어하겠지만, 최대한 티 내지 않았다. 사실 내게 덤벼들고 싶은 마음이 굴뚝같았어도, 그렇게 했다가는 어떻게 될지 이시자키는 잘 알고 있었다.

금방 욱하는 성격이나 거친 말투 등은 스도와 많이 닮았을지도 모르겠지만, 분위기 파악 능력만큼은 이시자키가 훨씬 높았다. 상대를 존중하고, 인정할 부분은 최대한 인정해주는 그런 인상이었다. 그러니까 류엔도 곁에 뒀었겠지.

다만 그렇다고 해서 스도가 이시자키보다 아래라는 것은 아니다.

신체 능력은 스도가 압도적으로 높았고, 내 예상이지만 현재 시점에서는 스도가 학력도 더 위일 것이다. 호리키타의 지도를 꾸준히 받았고 앞으로도 조금씩 학력을 키워갈 테니까. 비슷한 타입이라도 가지고 있는 무기는 저마다 다르다.

"내일 역전 달리기에 대해 이야기를 좀 하고 싶어. 잘 들어주길 바라."

모두 침대에서 눈만 케세이를 향했다.

"우리는 10명밖에 없어서 각자 짊어져야 할 부담이 몹시 크지만, 잘만 하면 오히려 우리가 우위에 설 수도 있어."

"그게 무슨 소리야. 인원이 많아야 달리는 거리가 짧아서 편한 것 아니야?"

"물론 15명이 똑같이 분담하면 개개인의 부담은 우리보다 적지. 하지만 그만큼 달리기가 느린 학생이 섞일 가능성도 높아져. 실제로 장거리 달리기가 특기인 학생은 우리 학년에서는 손꼽아 헤아릴 수 있는 정도야."

"……그건 그렇지."

"즉, 차이를 좁힐 기회이기도 하다는 거야."

"하지만 그건 말이야, 우리 그룹이 전체적으로 운동신경이 좋은 걸 전제로 깔아야 하는 이야기잖아?"

이시자키가 주위를 둘러보았다. 아마도 나는 운동신경이 좋은 쪽으로 분류되겠지만, 코엔지를 전력의 숫자에 넣을 수 없는 이상 그 밖에 달리기를 기대할 수 있는 사람은 하시모토 정도다. 결코 압도적으로 오래달리기에 강한 그룹이라고 말할 수 없다. 그리고 무엇보다도…….

"한심한 이야기지만, 잘난 척 설명하고 있는 나도 우리 그룹에 썩 도움이 될 것 같지 않아."

케세이 본인이 가장 잘 알고 있으리라. 이 그룹에서 끈기와 달리기 실력 모두 불안한 사람은 자신이기 때문이다. 하지만 책임자로서 대책을 생각해 내놓았다.

"역전 달리기의 총 거리는 18km. 한 사람이 못해도 1.2km는 달려야 하는 규칙이니까, 15명이 한 그룹이면 모두 똑같이 1.2km를 달려야만 해. 하지만 10명 그룹은 그 배분을 확 바꿀 수 있어."

"다쳐서 못 뛴다고 하고 그 녀석 몫까지 달리는 건 안 되지?"

"당일에 부상이나 질병으로 인한 결석은 페널티를 받게되니까. 수적으로 불리해질 뿐만 아니라 기록이 대폭으로 가산되는 구조야. 그렇게 안이하지 않지. 그리고 교대 포인트는 반드시 1.2km마다라는 것도 중요해."

샛길 따위는 학교 측이 최대한 차단했다. 정정당당하게 해야 할 때는 정정당당하게 해야만 한다. 달리기에 자신이 없는 케세이, 야히코는 최소 라인인 1.2km의 거리를 달리게 되겠지. B반의 세 사람도 최소 라인에 넣어야 할지 모른다. 알베르트는 달리기는 그럭저럭 빠른 편이지만 끈기 면에서 과제를 껴안고 있다. 가령 모두가 최소 거리로 뛰었을 경우, 나머지 네 사람이 똑같은 거리를 달린다고 치면 일인당 2.7km 이상. 오래달리기를 잘하는 학생이라면 충분히 거리를 벌 가능성이 있다. 내가 생각하는 것을 케세이도 그대로 말했다. 그 말을 전부 들은 멤버들.

"그럼 내가 3km…… 아니 3.6km인가, 아무튼 그 거리를 달릴게."

먼저 그렇게 선언한 사람은 이시자키였다. 이 멤버들 중에서 잘 달리는 축에 속한다는 건 의심할 여지가 없다. 뒤이어 다른 사람도 손을 들었다.

"그럼 나도 할 수밖에 없네. 장거리는 좀 뛰는 편이니까."

하시모토였다. 그룹의 대표 격인 두 사람이 순순히 큰 부담을 떠맡겠다고 맹세했다. 이렇게 해서 7.2km.

"고마워."

케세이가 고개 숙여 고마움을 표시했다.

이런 분위기라면 나도 조금이나마 나서야 할까.

"그럼…… 나도 할 수 있는 데까지 해볼게. 어디까지 기록을 낼 수 있을지는 잘 모르겠지만."

"괜찮겠어? 키요타카."

"너무 과도한 기대는 하지 말아줘."

하지만 중요한 건 이다음이다. 가장 높은 잠재력을 가진, 학년 최고의 운동신경을 자랑하는, 스도조차 적수가 안 될 코엔지, 이 남자의 존재.

코엔지가 많이 달려줄수록 다른 학생들이 굉장히 편해진다.

최소 단위인 1.2km는 달리겠지만, 그 이상의 약속은 현재까지 하지 않았다. 무엇보다도 진심으로 달려줄지 어떨지조차 알 수 없다. 만약 나를 포함한 아홉 명이 전력을 다해 달린다고 해도, 코엔지가 걷거나 성실히 임하지 않는다면 절망적이다.

"코엔지, 너도 달려줬으면 좋겠어."

가장 큰 짐이라는 것을 자각하고 있기 때문에 케세이는 이제껏 없던 저자세로 코엔지에게 머리를 숙였다.

그런 코엔지는 침대 위에서 자기 손톱을 보며 히죽거리고 있었다.

"코엔지."

다시 한번 케세이가 냉정하게 불렀다.

"물론 나도 달리지. 하지만 저 애들처럼 장거리를 달리는 건 내키지 않네."

두말 않고 받아들일 리는 물론 없었다.

이시자키는 코엔지를 노려보았지만, 대뜸 시비 걸지는 않았다. 요 며칠간 코엔지의 행동을 이해하기 시작해서, 그런 행동들을 해 봐야 의미가 없다는 사실을 배웠던 것이다.

"우리 그룹이 꼴찌가 되는 건 피하고 싶어."

"그래, 네가 하고 싶은 말이 뭔지는 잘 알아, 안경 군."

손톱에서 시선을 뗀 코엔지가 케세이를 내려다보았다.

"장거리는 무리여도 최소한 1.2km는 사력을 다해 달려줬으면 해."

그룹 멤버 모두의 시선이 코엔지에게 쏠렸다.

"약속은 할 수 없겠어. 가령 이 그룹이 총점에서 꼴찌가 되더라도 난 퇴학당하지 않아. 책임자인 네가 퇴학당할 뿐이지. 네가 설마 같은 반 친구인 나를 지목해서 길동무 삼는 비도덕적인 행위를 할 리도 없고. 안 그래?"

만약 책임자가 케세이가 아니라 이시자키나 야히코였더라면 코엔지는 열심히 달렸을지도 모른다.

하지만 케세이는 같은 반인 만큼 자신을 길동무로 삼는 건 말도 안 된다고 여기고 있었다. 가령 여기서 협력하지 않으면 길동무로 삼겠다고 협박한다면 조금이나마 코엔지가 달릴 가능성도 있지만, 그 대신 끝까지 코엔지의 협력을 얻을 수 없으리라.

"……그럼 말해줄래? 어떻게 하면 협력해줄 거지? 만약 프라이빗 포인트를 원한다면 내가 줄게."

자신이 그룹의 발목을 잡고 있다는 걸 알아서 케세이는 자기 포인트로 처리할 생각이었다.

"혼자 짊어지려고 하지 마, 유키무라. 나도 많진 않지만 포인트를 가지고 있어."

"나도 낼게."

이시자키에 이어 하시모토도, 그리고 야히코 일행도 덩달아 나섰다. 티끌 모아 태산이라고 했으니, 아홉 명의 프라이빗 포인트를 모으면 나름대로 액수가 될 것이다.

그룹 전체의 압력이 담긴 부탁에 코엔지는——.

"안타깝지만 난 포인트가 아쉬운 상황이 아니라서. 게다가 포인트가 없으면 없는 대로 얼마든지 충실하게 학교생활을 보낼 수 있으니까."

결속이 강하게 다져진 그룹의 마음 따위 전혀 닿은 기색이 없었다.

역시 약간의 현금으로는 코엔지를 움직일 수 없다.

그렇다고 반을 위해 열심히 해달라고 말해봐야 더 헛수고겠지.

요 며칠간 코엔지를 움직이기 위해 나를 포함한 그룹 내 모든 멤버들이 지혜를 쥐어짜냈다. 혹은 학년을 초월해서. 하지만 어느 것 하나도 성공하지 못했다.

"그럼 달리지 않겠다는 거야?"

"그렇지."

살짝 고민하는 척하더니 코엔지가 입을 열었다.

"너희에게 도움은 안 될 것 같군."

그렇게 거절하는 코엔지.

참고 있던 이시자키가 벌떡 일어나 달려들려고 하는 것을 케세이가 만류했다.

"다만 하나만은 안심하길 바라. 필요 이상의 행동을 할 생각은 없지만, 최소한의 행동은 할 테니까. 나한테도 방식이란 게 있으니."

"그 말은…… 남들과 같은 결과는 남기겠다는 건가?"

"그래. 뭐, 나야 최소한이라고 해도 나름대로 우수한 성적을 받겠지만. 그건 너희한테 희소식이겠지?"

코엔지의 말에 다른 아홉 명은 생각했을 것이다.

그래도 조금이나마 그룹으로서 자각하고 동료를 생각하

271

기 시작했다고.

하지만 사실은 전혀 다르다. 내가 분석한 코엔지는 자기 자신을 위해서밖에 움직이지 않는다.

지금까지 치른 시험 모두 코엔지는 전례 없는 행동을 해 왔다.

하지만 그 행동 어느 것 하나도 코엔지를 퇴학으로 내몰 수 있는 수준이 아니었다.

코엔지는 99%, 케세이가 자신을 길동무로 삼지 않을 거라는 사실을 알았지만 그래도 가능성은 남아 있다. 노골적으로 나쁜 성적을 남긴다면 학교 측에서도 그 점을 지적할 것이다. 길동무로 선택되었을 때 달아날 곳을 잃어버릴 게 자명하다. 이 남자는 그런 실수를 저지르지 않는다.

"뭐가 우수한 성적이야? 평소에 좌선 하나 제대로 한 적 없는 네가 가능하겠냐고."

"홋홋후. 좌선 따위야 유아 시절에 다 마스터했거든. 노 프라블럼."

"무슨 유아 시절이 그래?"

그런 지적을 받으면서도 코엔지는 유쾌하다는 듯 계속 웃었다.

그래도 케세이는 그것으로 충분했는지도 모른다.

서로 협력하자는 생각은 코엔지에게 없지만 최소한의 약속은 했다. 이 부분이 고무적이다. 같은 반 친구이기 때문에 코엔지의 잠재 능력이 얼마나 높은지 잘 안다. 좌선과 필기시험 등 미지수인 부분도 많지만, 오래달리기 같은 체력 쪽으로는 믿어도 될 것 같다.

1

한 가지 문제를 해결하고 난 후에는 아침 청소 시간이었다.

여느 때와 다름없이 케세이가 청소하려고 했을 때 이시자키가 걸레를 빼앗아 들었다.

"좀 쉬어. 역전 달리기 당일에 못 달리면 그게 더 민폐니까."

"아니, 하지만——."

"쉬라고. 대신 필기시험에서 힘 좀 써주라. 한 120점 정도 받아야 된다?"

"……으응. 120점은 무리지만 100점을 목표로 할게……."

상부상조라는 것을 이해한 이시자키. 케세이는 고마워하면서 옆에 앉았다.

"훌륭한 마음가짐이네, 불량 군."

"시끄러, 죽여버린다, 코엔지. 네놈은 첫날부터 지금까지 하나도 안 하고 있잖아!"

"그랬나? HAHAHAHA."

코엔지는 걸레도 빗자루도 들지 않고 밖으로 산책을 나가버렸다.

2학년과 3학년에게 찍혀가면서도 실로 당당한 행동거지다.

"저건 병이야, 병. 저런 녀석을 데리고, 과연 윗반으로 갈수 있겠냐?"

D반까지 우리를 걱정해주는 형국이라니.

"……자신은 없네."

늘 윗반을 목표로 하는 마음이 강한 케세이지만 역시 코엔지는 규격에서 벗어난 것 같았다.

내일 본 시험에서 코엔지가 어떻게 움직여 줄지도 큰 변수다. 아침에 대화를 나누었을 때는 최소한의 약속을 받아냈지만, 절대라는 보장이 있는 것도 아니다. 보이지 않는 부분에서 농땡이 칠 가능성이 얼마든지 있다. 만약 이 청소처럼 참가 자체를 거부하게 된다면 꼴찌가 될 가능성은 극히 높아진다. 그러면 지금은 가만히 봐주고 있는 상급생들도 갑자기 이를 드러낼지 모른다.

나는 코엔지가 그런 짓을 하지 않는 타산적인 인간이라고 생각하면서도 그 예상을 배신할지도 모르는 비상식적인 면을 경계했다.

케세이의 불안해하는 모습을 알아차렸는지 이시자키가 다가갔다.

"걱정하지 마. 우리가 보완하면 되니까."

"네가 그렇게 말하니까 정말 안 어울린다. 하루 만에 철들었냐?"

"시끄러, 하시모토. 그래서 뭐 불만 있어?!"

"불만은 없지. 그룹의 순위는 내 계획 설계에도 영향을 미쳐. 하나라도 더 높은 순위로 합격하고 싶어. 그렇지? 야히코."

"……뭐, 그렇지. 성가신 그룹에 속한 이상 할 수밖에 없어. 한심한 성적을 받으면 카츠라기가 실망할 테니까."

언제나 카츠라기를 중심으로 생각하는 야히코를 향해 씁쓸하게 웃으면서도 하시모토는 야히코의 어깨를 두드렸다. 야히코는 야히코대로, 오래달리기 등 운동 쪽으로 자신이 걸림돌이 된다는 것을 자각하고 있었다. 이런저런 말은 하지만 태도는 초반보다 상당히 조심스러웠다.

"난 사카야나기의 지시로 몇 번인가 카츠라기와 대치한 적이 있어. 그래서 네가 날 좋아하지 않을 거라고 생각하지만, 이번에는 거짓 없이 순수하게 같은 편이야. 지금만큼은 예전 관계를 잊어주길 바란다."

"흠. 글쎄, 어떨지."

야히코는 말은 거칠게 하지 않았지만, 하시모토에 대한 신뢰도가 낮았다. 지금까지 같은 반이면서 카츠라기를 방해했기 때문에 용서할 수 없는 부분이 있겠지.

"이번에 카츠라기를 책임자로 세운 것도 너잖아."

"난 연루되지 않았어. 그건 마토바의 방침이었어."

하시모토가 부정했지만, 야히코는 받아들이지 않았다.

그래도 꾹 참고 그룹의 일원으로 움직여주는 것은 높이

평가해주고 싶다.

2

시험이 내일로 다가온 마지막 저녁 식사 시간.

나는 트레이를 들고 걸어가는 이치노세를 발견하고 말을 걸었다.

특별히 정보 수집이 목적인 것은 아니다.

다만 왠지 평소의 이치노세답지 않은 분위기가 느껴졌기 때문이다.

"무슨 힘든 일이라도 있어?"

"응? 아, 아야노코지구나. 아니 별로, 지금 좀 생각할 게 있어서 그럴 뿐이야."

"어려운 문제에 부딪친 모양이네."

이치노세는 계속 가려고 하다가 일단 발걸음을 멈추었다.

"내일 드디어 시험인데, 아야노코지는 이번 시험을 어떻게 생각해?"

"상당히 추상적인 질문이네."

"솔직한 느낌을 말해줬으면 좋겠어."

"지금까지 쳤던 시험보다 좀 어려운 것 같기도 하고. 다른 시험보다 퇴학당할 위험이 높은 것 같아."

"그렇지……. 하지만 이제 3학기가 되었으니까 시험이 어려워지는 것도 자연스럽지 않아?"

"그럴지도."

"위험이라는 말이 나와서 말인데. 책임자라는 제도가 있잖아? 그룹의 리더가 되는 거."

"응."

"그 책임자가 되는 건 무척 위험한 일이지만…… 이기기 위해서는 스스로 책임자가 되는 것도 중요하잖아?"

나는 부정하지 않고 이치노세의 말에 귀를 기울였다.

"퇴학당할 위험이란 말을 들어도 왠지 뜬구름 잡는 이야기 같아서 실감도 별로 나지 않고. ……솔직히 눈에 보이지 않는다는 부분이 커. 하지만 정말 무서운 건 그렇게 해서 잃게 될 반 포인트도 프라이빗 포인트도 아니라고 생각해."

"……반 친구들, 이라는 건가?"

"응. 친구를 잃게 될 위험은 차마 헤아릴 수도 없어."

"만에 하나 반 친구들 중 누군가가 퇴학당하게 되면 그땐 어떻게 할 셈이야?"

"어떻게 할까."

이치노세가 천천히 고개를 들고 희미하게 웃었다.

"아야노코지는 역시 머리가 좋구나."

"왜 말이 그렇게 돼?"

"그야, 보통은 퇴학이 결정되고 나면 속수무책이잖아? 그런데 넌 『그다음』이 있다는 걸 알고 있으니까."

"단순히 정신적인 의미로 한 질문이었는데……."

"정신적인 질문이었으면『어떻게 할 셈』이라는 표현은 쓰지 않았을 것 같은데?『어떻게 될까』라든지, 완전히 표현을 다르게 해서『반이 괜찮을까?』라든지."

"미안. 정말로 나를 너무 과대평가하는 거야. 난 그냥 일본어를 이상하게 썼을 뿐인데."

"그렇다고 치더라도 그건 존경할 만한『직감』이라고 생각해."

너무 길게 얘기했네, 하고 말하며 또 보자고 인사한 후 헤어졌다. 이치노세도 혼자 생각하고 싶은 게 많겠지. 그렇게 멀어져가는 이치노세를 지켜보니, 다른 학생들도 그녀에게 말을 거는 모습이 보였다. 인기인도 참 괴롭겠군. 혼자 생각할 시간을 좀 가져보려고 해도 주위에서 가만히 내버려두지 않는다. 평소 같으면 미소를 보여줄 이치노세였지만, 오늘은 좀 달랐다.

"응…… 미안해, 지금은 좀, 그럴 기분이 아니어서……."

누가 봐도 기운이 없는 이치노세는 친한 두 소녀를 거의 무시하다시피 하며 스쳐 지나갔다.

"미안해. 여러 가지 사정이 있어서 오늘은 혼자 있고 싶은 기분이야."

저게 연기가 아니라는 건 분명한가.

임간학교 초기 때와는 완전히 다른 사람이 된 것 같은 상태였다.

그 모습을 보고 깨달았다. 사카야나기가 움직이기 시작한 모양이구나.

이번 시험에서 파란이 일어나는 곳은 남자가 아니라 역시 여자 쪽, 일지도 모르겠군.

3

시험 전날 쯤 되면 상황은 크게 달라지는 법이다.

식당의 전체적인 분위기는 평소와 별로 다르지 않았지만, 밝게 웃는 사람과 우울해하는 사람이 극명하게 갈려 있었다. 요컨대 그룹으로서 성공한 곳과 그렇지 않은 곳의 명암이 엇갈렸던 것이다.

복도로 나오니 케이가 식당 입구 벽에 기대 있었다.

아무렇지 않게 지나가는 척하면서 종이쪽지를 내게 건넸다. 그리고 케이는 금세 식당 안으로 들어가 버렸다. 친구들과 합류해서 밥이라도 먹겠지. 케이와 헤어진 후 나는 종이를 확인한 다음 잘게 찢어 교내 곳곳에 배치된 쓰레기통 여러 군데에 나눠 버렸다.

이번 일주일 동안 잘 버텨주었군. 하지만 그것도 마침내 한계에 다다른 모양이다.

나는 식당에서 멀어져 학교 건물 구석으로 이동했다.

케이에게 감시를 부탁한 인물이 혼자 있을 시간을 찾아 방황하고 있었기 때문이다.

이 임간학교에서 혼자 있을 수 있는 시간은 제한적이다.

한밤중을 이용하는 방법도 있지만, 공동 숙소에서 장시간 자리를 비우면 남들이 눈치챌 게 뻔하다.

그렇다면 쓸 수 있는 것은 모두가 식당에 모이는 타이밍.

그 인물이 향했다는 방향으로 걸어가 보니 그녀가 몸을 잔뜩 웅크리고 앉아 있었다.

내가 있는지도 모르고 소리 죽여 우는 모습을 보자, 나는 순간 어떻게 해야 좋을지 몰라 머뭇거렸다.

하지만 아무리 남들 눈에 잘 띄지 않는 장소라고는 하나 언제 어떤 타이밍에 다른 학생이 나타날지 알 수 없다. 그러니 빨리 해치우자.

"힘든 일이 있으면 호리키타…… 전 학생회장한테 상의해야 하는 것 아닌가?"

"앗?!"

고개를 든 소녀. 3학년 A반 타치바나 아카네.

자신의 한심한 모습을 들키자 당황하며 눈물을 얼른 닦았다.

"뭐, 뭐죠?"

"그게 중요한 게 아니라 방금 말한 대로일 뿐인데."

"별로 힘든 일 없는데요."

"힘든 일도 없는데 그렇게 울고 있는 거라면 그건 그것대로 문제네."

"안 울었어요!"

타치바나는 그렇게 말하며 시선을 회피했다.

그 자리에서 움직이려고 하지 않는 건 밝은 장소로 돌아가면 붉게 충혈된 눈, 눈물의 흔적이 더욱 선명해지고 만다는 걸 알아서겠지.

"혼자 있고 싶을 때도 있는 거예요."

"물론 사적인 공간이 거의 없긴 하지만."

굳이 예를 들자면 화장실 정도가 있지만, 거기도 오래 있는 건 부자연스럽다.

들어가고 나가는 것을 목격하는 학생도 적지 않을 테고.

"난 일단은 호리키타 전 학생회장 편에 설 생각이야."

물론 거짓말이지만, 그렇게 말해두면 타치바나도 어느 정도는 나를 신뢰할 수 있겠지.

"그렇다고 해도 전력으로 도움이 안 돼요."

뭐…… 그렇게 말한다면 돌려줄 말은 아무것도 없다. 오히려 정보를 흘리는 만큼 위험을 떠안게 되겠군.

"적이 되지 않는 것만으로 다행이라고 생각해줘."

"그나저나 선배한테 반말하지 말아줄래요? 지금까지는 호리키타 군이 있어서 강하게 말하지 못했지만……."

나는 그 부탁보다도 평소에 '호리키타 군'이라고 부르는 게 더 신경 쓰였다.

이제 학생회장이 아닌데 '호리키타 학생회장'이라고 부르는 것도 이상한 이야기지만.

전, 이라는 단어를 붙여서 부르는 방법도 있지만 타치바나가 쓰는 건 부자연스럽다.

"그쪽은…… 1학년은 좋겠네요. 천하태평해서."

"마음이 많이 약하네. 내일 시험에 뭐 불안한 점이라도?"

"난 별로, 아무것도 없어요. 책임자를 맡았지만 그룹 멤버들과의 관계도 나쁘지 않고. 오히려 돈독한 편이에요."

"그럼 왜 이런 데서 울고 있었는데?"

"아, 안 울었다니까요?"

내가 타치바나의 눈가를 가리키자, 당황하며 손으로 만져 얼굴이 젖었는지 확인했다. 젖지 않았다는 것을 알고는 살짝 화난 눈빛으로 노려보았다.

"내가 걱정되는 건…… 불안한 건 호리키타 군이에요."

그것도 거짓말은 아니겠지만, 거짓말이리라.

아직 그 부분에 대해서는 다룰 수 없다.

"걱정하지 마. 그 남자가 불안해할 것 같아?"

"호리키타 군은 ……호리키타 군은 줄곧 혼자 싸워왔어요. 지금까지 쭉 2학년이랑, 그리고 3학년과도. 혼자 주위 사람들을 상대하는 게 얼마나 힘든 일인지 그쪽은 모르겠죠."

이해하려고 해도 내가 알 리 없다.

"나구모가 이끄는 2학년이 적인 건 어느 정도 알고 있었지만, 3학년에도 적이 있었던 거야? 그래도 학생회장까지 맡았던 남자인데 그를 거스르는 반란분자가 그리 많진 않겠지."

"그쪽은 호리키타 군을 독재자 따위로 착각하고 있는 건가요? 학생회장이라고 해서 나구모처럼 제멋대로 행동하지 않아요. 어떤 시험이든 방심할 수 없으니까요."

그렇지만 3학년의 속사정을 이렇게까지 들을 기회조차 없었다. 하물며 호리키타 마나부의 배경 따위는 어느 것 하나 제대로 아는 게 없다. 그런데 시험을 방심할 수 없다는 건……

"설마 지금까지 3년 동안 반끼리 싸움이 팽팽하게 이어져 오고 있었다는 거야?"

"적어도…… 호리키타 군이 무너지면 A반에 절대라는 건 없어요."

"호오……."

하긴 나구모도 말했었지. 3학년 A반과 B반의 차이는 312점이라고. 호리키타의 오빠를 제외하고 전력이 약하다면, 혹은 B반에 우수한 학생이 있다면 충분히 있을 법한가.

"그 녀석도 평범한 학생이었다는 거네."

"호리키타 군은——! ……아무것도 아니에요."

무심코 소리치고 만 자신을 억누르듯 말을 도중에 멈추었다.

그런 후 분한 감정을 토해내듯이 느릿느릿 말을 이었다.

"우리 A반이 항상 발목을 잡고 있으니까…… 잃지 않아도 될 반 포인트를 많이 잃었고, 프라이빗 포인트도—— 그는 항상 자신을 희생해가며 친구들을 지켜주었어요."

타치바나의 말이 진짜라면 호리키타의 오빠가 설마 히라

타 같은 타입이라는 건가. 솔직히 그렇게 보이진 않는다. 물론 3학년 A반에 속한 타치바나가 하는 말이니까 어느 정도는 사실이겠지. 아마도 선한 사람이라는 걸 일체 드러나지 않고, 뒤로 처리해온 일도 많이 있었을 터다. 그걸 누구보다도 옆에서 많이 지켜봐온 사람이 여기 있는 이 여자.

"그러니까 지금 상황이 걱정돼서 의기소침해 있다고?"

"나도 남자 쪽 상황을 듣고는 있어요. 호리키타 군이 나구모의 도전을 받아들였다는 것도, 그 탓에 옴짝달싹할 수 없게 되었다는 것도. 우리가 전혀 힘이 되지 않는다는 것까지."

"힘이 될지 어떨지는 열심히 하기에 따른 부분도 있잖아."

"그런 건 나도 알아요."

눈에 눈물이 차올랐는지 타치바나가 팔로 다시 한번 눈가를 훔쳤다.

그 눈물은 호리키타 마나부를 생각해서였는지도 모르지만, 그 밖에도 사정이 있었다.

"지금 힘든 일이 있는 것 아니야?"

"……없어요. 아무것도요."

그렇게 말하며 부정했다.

"정말 그래?"

"집요하군요. 난 별로 힘든 거 없다니까요."

"만약에—— 아니, 그렇게 말한다면 내 착각이었나 보지."

"그래요, 착각이에요. 그러니까 호리키타 군한테 이상한 이야기 하면 절대 안 돼요."

"그러지."

단단히 경고한 타치바나는 식당으로 돌아갔다.

만에 하나라도 호리키타의 오빠에게 진실을 알리고 싶지 않다는 건가.

하지만 그 판단은 틀렸어, 타치바나. 자기희생으로 해결될 문제가 아니야.

"내가 손쓰지 않으면 완전히 막다른 길에 내몰리는 건가."

가냘픈 타치바나의 뒷모습을 바라보며 그렇게 확신했다.

4

늦은 밤. 나는 미세하게 삐걱거리는 침대 진동에 잠을 깼다. 암흑 속에서 한 학생이 움직이고 있었다. 물론 그게 누구인지는 앞이 전혀 보이지 않아도 잘 알았다. 내 위에서 자고 있어야 할 하시모토였다. 그는 침대 사다리를 타고 조용히 착지한 다음 손전등도 없이 방을 빠져나갔다. 그 후 나도 느릿느릿 몸을 일으켰다.

거의 틀림없이 화장실에 가는 거라고 생각했지만, 그게 아닐 가능성도 있긴 하다.

지금까지 보낸 일주일 동안, 하시모토가 한밤중에 화장실에 간 적이 없었다는 게 좀 마음에 걸렸다.

나는 약간의 간격을 두고 하시모토의 뒤를 밟기로 했다.

만에 하나 문밖에 서 있어서 들키더라도, 화장실에 가고 싶어 일어났다고 둘러대면 그만이다.

같은 침대를 공유하는 나니까 하시모토도 자기가 깨워버렸다고 생각하고 말 것이다.

나는 살금살금 복도로 나갔다.

비상등과 외부에서 들어오는 달빛만 있을 뿐이었지만, 손전등 없이도 간신히 걸을 수는 있었다.

하시모토가 화장실 방향으로 사라지는 게 보였다. 나도 그 뒤를 따라 걷기 시작했다.

화장실은 모퉁이를 한 번 돈 후 복도를 쭉 직진하면 되는데 하시모토는 거기서 왼쪽으로 꺾었다.

아무래도 순수하게 화장실을 향하는 건 아닌 듯했다.

1층으로 내려간 하시모토는 실내화 바람으로 밖에 나갔다. 나는 근처 벽 뒤로 몸을 숨겼다. 하시모토 말고 다른 학생의 모습은 보이지 않았다. 그냥 시험 전에 잠이 오지 않아 바깥바람이라도 쐬러 나온 건가? 아니면 누굴 기다리는 걸까? 그 답은 곧 나왔다.

이쪽으로 향하는 기색을 느낀 나는 일단 다른 곳으로 자리를 옮겼다. 그의 목적으로 여겨지는 또 하나의 그림자가 모습을 드러냈다. 그림자는 하시모토가 간 길을 걸어 밖으로 나왔다.

벌레 우는 소리 하나 나지 않는 상황인 만큼 사람 목소리는 상상 이상으로 깨끗하게 들렸다.

"여기야, 류엔."

"도대체 무슨 용건이지?"

"이야기를 좀 하고 싶어서. 식당에서 말하기엔 네가 너무 튀어. 이런 늦은 밤이 아니면 도저히 불러낼 수가 없잖아?"

"마지막 날에 말인가."

"마지막 날이니까 불러낸 거야. 다른 애들은 모두 곤히 잠든 시간대니까."

"……과연. 그건 그렇군."

시험 당일 새벽에 굳이 밤을 지새울 학생은 없다.

그래서 하시모토는 류엔과의 밀회로 이 타이밍을 골랐다는 건가.

하지만 류엔과 하시모토라니, 생각지도 못한 조합……도 아닌가.

류엔은 무인도 때 이미 A반과 관계를 맺고 있었다. 그 중간 다리 역할을 하시모토가 했어도 뭐 하나 이상한 점은 없다.

"돌려 말하는 건 잘 못하니까. 바로 물어보지. 너, 정말 너희 반 리더를 그만뒀냐?"

"크큭, 못 믿는 눈치군."

"적어도 이시자키 무리가 널 구워삶았다는 건 도저히."

그 부분이 마음에 걸린다고 하시모토가 말했다.

하긴 이시자키에게 당했다는 건 좀 바보 같긴 하다.

"그 녀석은 그렇다고 쳐도, 알베르트는 성가시지. 정면으로 싸우면 힘들어."

"하긴. 뭐, 알베르트는 위협적이겠지. 다만, 내가 아는 류엔 카케루는 그런 상대에게도 겁내기는커녕 늘 반격할 방법을 고민하는 남자였는데?"

의심이 옅어지기는커녕 오히려 늘어나기만 한다고 말하고 싶은 눈치였다.

"나한테 반기를 들 만한 녀석들을 정리하는 데 질렸을 뿐이야. 계속 너희 A반을 착취하는 이상, 난 늘 안전지대에 있어. 다른 녀석들을 도와줄 의리 따윈 없어."

"그렇군. 그게 진리네."

"이제 알겠냐?"

"글쎄. 솔직히 아직 반반이랄까. 그리고 난 개인적으로 네가 지금 상황에 나서기를 바라고 있어."

"네놈의 용돈 벌이를 위해서?"

"그렇지. 나도 너처럼 『약속된 A반』을 원하니까."

2,000만 포인트를 모으면 A반으로 이동할 권리를 살 수 있다.

그것을 얻은 학생은 그날부터 탄탄대로. 누구나 부러워할 상황이다.

하지만 실현하기란 쉽지 않다. 아무래도 하시모토 역시 그걸 노리는 학생 중 하나인 모양이다.

"승리로 끝나는 것을 약속받고 싶다면 사카야나기를 팔 각오도 있겠지?"

"필요하다면."

하시모토는 그렇게 대답했다가 곧바로 둘러댔다.

"사카야나기를 파는 대가는 값싸지 않다고, 류엔. 지금 우리 반에서 사카야나기보다 위에 선 인간은 없으니까 말이야. 모처럼 유리한 진영에 서 있는 거야, 알잖아?"

"박쥐 외교가 언제까지 먹힐지 볼 만하겠군."

"중간다리 역할은 잘하는 편이거든, 바람이 불어오는 쪽에 서야지. 그나저나 이렇게 직접 얼굴 보고 말하길 잘했어. 보니까 눈빛은 아직 죽지 않은 것 같군."

하품을 쩍 한 후 하시모토는 마지막으로 이렇게 덧붙였다.

"너희가 히라타네 반에 밀렸을 때는 무슨 짓을 한 건가 싶었는데, 의외로 만만치 않은 상대일지도 모르겠어."

"뭐?"

"냉정하게 멤버들을 보니 골고루 모여 있어. 빨리 눌러버리고 싶어."

"네가 그 녀석들을 높이 평가할 줄이야. 신경 쓰이는 남자라도 있었나?"

"적어도 코엔지는 위협적이야. 그 녀석이 반을 위해 움직인다면 솔직히 A반도 어떻게 될지 장담 못 해. 그리고 히라타, 유키무라 등 학력이 높은 학생도 있어. 스도도 1학년 중에서는 굴지의 신체 능력을 가지고 있고."

"다른 애들은 그렇다고 쳐도 그 남자가 움직일 거라는 생각은 도저히 안 드는데."

하시모토는 웃은 후 그 점에 동의했다.

"그래도 언제 어떻게 될지 모르지. 돌다리도 두들겨보고 건너는 게 낫다고 하잖아. 만약 히라타 무리가 A반으로 올라가더라도 내가 끼어들 여지만 남겨둔다면 문제될 건 없어."

"너한테 그럴 만한 능력이 있는지 의심스럽지만, 지나쳐서 다치지 않는 선에서 열심히 해봐."

류엔은 하시모토를 무시하면서 이야기를 매듭지으려고 했다.

"개똥같아도 너무 길어지면 귀찮아."

"그래."

두 사람의 대화가 끝난 것을 알아차린 나는 얼른 그곳에서 벗어나기로 했다. 하시모토도 곧 방에 돌아오겠지. 그 전까지 침대에 눕지 않으면 어떤 식으로든 들킬 수 있다.

그때 다가오는 또 다른 낌새를 느낀 나는 방으로 돌아가는 것을 중단했다.

그는 곧 류엔 일행을 알아차리고 말을 걸었다.

"1학년도 이런 시간에 밀회냐?"

"어?"

교내로 돌아온 류엔 일행 앞에 선 사람은 나구모 미야비와 호리키타 마나부였다.

순간 발을 멈춘 류엔은 금세 흥미를 잃고 다시 걸음을 뗐다. 나구모가 걸어오고 있는 쪽이었다.

하지만 나구모는 비켜서려고 하지 않았다.

"비켜."

류엔이 노려보았지만 나구모는 흥미롭다는 듯 웃었다.

하시모토도 무슨 일인가 싶어 복도로 돌아왔을 때 나구모와 눈이 마주쳤다.

"네가 장난질 치던 얘기는 익히 들어서 잘 알고 있어. 이름이 류엔이라고 했나, 지금부터 호리키타 선배와 좀 할 이야기가 있는데 너도 같이 가자."

온 김에 너도, 하고 하시모토에게도 말했다.

"흥미 없는데."

류엔은 나구모의 어깨에 자기 어깨를 부딪쳤다.

"세게 나오네. 내가 무섭지 않나? 류엔."

"학생회장이고 나발이고, 나한테 방해되는 놈은 다 눌러 버린다."

"호오."

꿈쩍도 하지 않는 류엔에게 나구모는 꽤 흥미를 느낀 것 같았다.

"싫어하지 않아, 너 같은 타입. 내 학생회에는 어울리지 않지만."

걸음을 떼려는 류엔에게 나구모가 계속 말했다.

"번외로 내기에 참여하지 않을래? 오늘 칠 특별시험, 나랑 호리키타 선배 그룹 중에 누가 더 높은 순위를 차지하는지 말이야. 한마디에 1만 포인트 어때? 네가 어디 걸든 맞히면 내가 그 금액을 줄게. 물론 틀리면 네가 내야 하지만."

"시시하네. 그런 푼돈에는 관심 없어."

"1만이 푼돈이라고? D반은 늘 돈이 모자라지 않나? 그럼 액수를 좀 더 늘려도 상관없는데?"

"100만. 그 금액을 걸면 응해주지."

그렇게 말하며 뒤돌아보는 류엔.

"하하하, 재밌는 녀석이네, 류엔. 대담한 농담이야. 이제 가도 좋아."

아무래도 류엔의 말을 농담으로 여긴 모양이었다.

"그 정도 액수를 걸 용기도 없으면서 나를 내기 따위에 끌어들이지 말라고."

"야, 거기 1학년. 류엔이 100만을 낼 수 있다고 생각하나?"

하시모토에게 묻는 나구모. A반과의 밀약을 아는 하시모토의 입장에서는 류엔에게 포인트가 있다는 사실을 잘 안다. 하지만——.

"글쎄요…… 반이 달라서 뭐라고 말씀 못 드리겠네요."

"휴대폰이라도 있어서 확인이 가능하면 참가해도 좋았을 텐데 말이지. 아쉽네."

결국 내기 이야기는 이대로 끝인 듯했다.

하시모토도 이때다 싶어 나구모 일행의 앞에서 사라지려고 했다.

이제 그들은 안중에도 없는지, 나구모는 두 사람에게서 시선을 떼고 호리키타의 오빠를 쳐다보았다.

"호리키타 선배. 내일 시험에서 기권하세요."

갑작스러운 제안이었다.

류엔은 흥미 없다는 듯 가버렸지만 하시모토는 무심코 걸음을 멈췄다.

"기권하라고?"

"네."

"그건 아까 류엔이 말한 농담보다 더 질 떨어지는 얘기인데."

"의외로 진심입니다만."

다만, 하고 말을 덧붙였다.

"선배를 위해 하는 말이에요."

"좀 더 이해할 수 있게 설명하는 게 어때? 넌 이야기를 혼자 속으로 완결시키는 버릇이 있는데, 아직도 안 고쳐졌군."

"죄송합니다. 미래가 너무 많이 보이는 것도 한 번 고려해 볼 문제네요. 선배가 기권하지 않을 경우, 선배가 후회하게 될 거라서 그래요. 말하자면 이건 제가 드리는 자비죠. 미리 경고하지 않고 위험에 빠트릴 수도 있지만, 그건 너무 무자비하잖아요?"

"무슨 짓을 할 셈이지? 경우에 따라서는 용납할 수 없어."

"알고 있어요. 승패의 조건은 제삼자를 끌어들이지 않고, 정정당당하게 이기는 것. 하지만 지금 이대로 시험에 들어가면 누가 이길지는 뚜껑을 열어볼 때까지 모르는 일이죠. 물론 접전일 건 예상할 수 있어요. 그러니까 저는 더 이기고 싶어요. 그래서 손을 좀 써두었습니다."

"그게 기권 권고와 이어지는 건가?"

"그렇게 하는 게 제일 덜 타격 입고 끝날 테니까요, 선배.

선배는 제가 깔아둔 포석이 뭔지 읽었나요? 아니, 아직 모르고 있죠. 제 생각을 파악할 수 있는 학생 따위, 이 학교에는 한 사람도 없어요. 그런 상황인 겁니다. 선배가 마음에 들어 하는 녀석도 똑같이…… 1학년의 누구라고 했죠?"

나구모는 고개를 휙 돌려 의도적으로 하시모토를 쳐다보았다.

하지만 하시모토가 알 리 없다.

"아아, 그렇지. 그러고 보니 이 1학년이랑 같은 그룹에 있었던 것 같은데. 아야노코지 키요타카."

하시모토가 의식하도록 내 이름을 강조해서 말하는 나구모.

"넌 어떻게 생각하지? 하시모토. 아야노코지에 대해서."

"어떻게, 라니요…… 걔는 그냥 평범한 앤데요……."

예상하지 못했던 내 이름이 나오자 하시모토가 동요했다.

"그렇지? 그런데 호리키타 선배는 아무래도 아야노코지를 1학년의 그 누구보다도 높이 평가하는 모양이야."

"그야 체육대회 릴레이 때 좋은 승부를 펼쳐서 그런 것 아닌가요?"

"보통은 그렇게 생각하겠지. 하지만 그게 다가 아닌 것 같단 말이야. 사카야나기도 류엔도 이치노세도 아니고, 호리키타 선배는 아야노코지를 높이 평가하고 있어. 같은 그룹의 너라면 뭔가 느끼는 게 있을 줄 알았는데."

"아니요……."

"어떻게 된 거예요, 선배. 이제 슬슬 이유를 알려주시죠."

"확대 해석이야, 나구모. 내가 언제 아야노코지를 높이 평가한다고 너한테 말했지? 사실과 다른 소문을 퍼트려봐야 너한테 좋을 게 없어. 1학년을 놀리는 건 그쯤 해둬."

"죄송합니다, 선배. 그렇군요. 미안하다, 하시모토. 방금 내가 한 말은 농담이었어."

"그, 래요……?"

내용은 다소 신경 쓰이지만 나는 이만 돌아가기로 했다.

세 사람이 복도를 막고 있는 이상, 나는 반대쪽 계단을 통해 방으로 돌아가야 한다.

멀리 돌아가야 하지만 다른 루트를 통해 가기로 결정했다.

하시모토가 방에 돌아왔을 때 내가 없다면, 이 이야기에 묘한 신빙성이 생길 수 있다.

내가 방에 돌아오고 몇 분 후 하시모토가 조용히 들어왔다.

암흑 속에서 아래 침대에 있는 내게 시선을 보내는 것 같았지만, 그것으로 끝.

그 후 침대 위로 올라간 하시모토는 조용히 잠자리에 들었다.

○여자들의 승부 후반전 호리키타 스즈네

내일이면 본 시험이 시작된다. 원래는 학생들이 저녁 식사에 입맛을 다시고 있을 지금 이 시간.

나 호리키타 스즈네는 공동 숙소에서 어떤 인물과 만나는 중이었다.

이 시간에는 다른 학생들 모두 식당에 가 있을 테니 둘만 남기 쉬웠다.

"있지, 호리키타. 솔직히 말해서 호리키타는 현재 상황을 보지 못한다고 생각해."

눈앞에서 쿠시다가 진지한 눈빛으로 나를 보고 있었다.

그렇다고는 하나 이곳은 좁은 임간학교 안. 어디에 눈과 귀가 있을지 알 수 없다. 어디까지나 눈앞에 있는 것은 형식적인 쿠시다 키쿄라는 것을 잊어서는 안 된다.

"현재 상황을 보지 못한다는 게 무슨 뜻이니?"

"넌 나를 감시하는 목적…… 혹은 동료로 인정받기 위해서 날 억지로 같은 그룹에 넣었어. 그렇지?"

계속 누가 올 것을 예상하고 쿠시다는 평소 태도에 가깝게 나를 대했다. 하지만 말투에서 강한 느낌이 묻어났다. 휴대폰 녹음 등 잔재주를 부릴 수 있는 상황이 아닌 게 확실해서겠지. 그것은 나로서도 환영할 일이었다. 본성을 아예 숨긴 채 대화하면 아무런 진전이 없을 테니까.

"응. 네 말대로 그런 목적이 있었다는 건 일부 부정할 수 없어."

일부, 라는 부분을 살짝 강조해서 전할 생각이었지만 쿠시다는 신경 쓰지 않았다.

"개인적인 감정으로 움직이는 것 같은데, 그거 전략적으로 좀 그렇지 않나? 물론 너랑 나는 사이가 별로 좋지 않지. 그래도 그룹 성적을…… 아니, 반을 위한 길을 생각한다면 사적인 감정은 빼야 하는 것 아닐까?"

그렇게 말한 쿠시다는 한숨을 푹 내쉬면서 팔짱을 낀 채 자기 생각을 밀어붙였다.

"자기 개인적인 일을 우선하니까, 승패도 뒷전으로 미루는 거지. 안 그래?"

"그래, 그것도 부정하지 않을게."

"인정하는구나."

실제로 부정할 수 있는 재료가 없다. 페이퍼 셔플이 결정된 후로 나는 줄곧 쿠시다만 생각하고 행동했다. 겨울방학 때 같이 차 마시자고 그녀를 불러낸 것도 그랬다. 지금까지 살면서 한 번도 하지 않았던 행동들을 하고 있다.

"뭘 해도 헛수고. 이제 그만 그 사실을 이해했으면 해."

"미안하지만 그건 들어줄 수 없는 부탁이야."

쿠시다와의 문제를 해결하지 않는 한, 나는 앞으로 나아갈 수 없다.

"내가 할 말은 아니지만, 억지로 나오게 한 학생회장 앞에

서 맹세했던 것 벌써 잊었어? 내가 느끼는 참기 힘든 분노
는 그렇다고 쳐도, 어쨌든 난 너를 방해하지 않기로 약속했
어. 어리석은 행동을 하지 않을 거라는 것 정도는·너도 알
고 있다고 생각했는데. 아니면 내가 약속을 쉽게 깰 것 같
다고 생각하는 거야?"

그 질문에는 대답하지 않았다.

아마 쿠시다도 내 감정을 알고 있으리라.

절반은 그렇다, 가 정답이다. 쿠시다가 내키지 않아 하면
서도 약속은 지키는 성격일 거라고 기대했지만, 한편으로
는 나를 퇴학시키기 위해 움직이고 있을지도 모른다는 두
가지 감정이 혼재하고 있었다.

만약 쿠시다를 의심하지 않았다면 이런 식으로 온종일 그
녀에게 달라붙어 있을 필요도 없으니까.

그리고 오빠는 입이 무겁지만, 졸업하고 나면 맹세도 더
는 없는 것이나 마찬가지다. 내가 어떤 행동을 일으킨다면
오빠가 졸업해서 없어져버리기 전까지의 시간밖에 없다.
남은 시간이 얼마 없는 것이다.

"너한테 신뢰받고 싶어."

나는 직구를 던져 승부를 걸었다.

"아주 솔직하구나."

그것을 정면으로 받으면서 쿠시다는 희미하게 웃었다.

하지만 이 미소는 긍정적인 뜻이 아니다. 그걸 착각해서
는 안 된다.

"무슨 일이 있어도 난 네 과거를 발설하지 않아. 내가 어떻게 하면 믿어주겠니?"

"미안하지만 믿을 일은 없을 것 같아."

쿠시다가 딱 잘라 말했다.

"발설해서 내가 얻을 이익이 없어."

"물론 그럴지도 모르지. 누군가에게 말한 걸 알게 되면 난 용서치 않을 거고, 중학교 때처럼 반을 아예 붕괴시키는 것도 고려할지 몰라. A반을 노리는 호리키타는 물론 그런 단점밖에 없는 짓을 하지 않겠지. 그렇게 생각하는 게 자연스러워."

내 생각은 그대로 쿠시다에게 전해진 것 같았다.

그래도 그녀에게는 꺾을 수 없는 이유가 있는 거겠지.

"하지만 말이야, 난 지금 환경이 숨통 막혀."

"숨통 막힌다고……?"

"예를 들어서 말이야, 목에 칼을 들이밀면서, 다치게 하지 않을 테니까 협력하라고 하면 넌 따를 수 있어? 다치게 하려 해도 다치게 할 수 없는 상황이랑, 다치게 하려고 마음만 먹으면 얼마든지 다치게 할 수 있는 상황은 입장이 다르다는 거야. 내 말뜻 알겠니?"

쿠시다는 아무도 신뢰하지 않는다. 이익이라든지 불이익 같은 것으로 판단하는 게 아니라, 자신 이외의 사람이 유리해질 수 있는 정보를 가지고 있는 게 마음에 들지 않는다.

그래서 나를 배제하려고 하고 있다.

성가신 것은 내 손은 그 칼을 놓을 수 없다는 것.

"하지만 그 바람에 넌 스스로 네 목을 조르고 있는 것 아닐까? 실제로 너에 대해 아는 사람이 조금씩 늘어나고 있어."

"그러네. 상황이 힘들어진 건 인정할게."

"넌 현명한 아이야. 학력, 운동신경은 남들 이상이고, 소통 능력도 우리 학년 최고…… 아니, 어쩌면 학교 최고일지도 몰라. 이렇게 너랑 대화하고 있으면서도 네 빠른 두뇌 회전에 감탄하고 있어. 같은 반 친구로서 협력해준다면 우리 반에 큰 도움이 될 거야. 주변 애들도 너에게 고마워할 거야."

"그 다 안다는 듯한 말투가 무엇보다도 나를 화나게 한다는 걸 모르니? 나라는 진짜 인격을 알고 있으니까 그런 제안을 할 수 있는 거잖아. 그게 마음에 안 든다고. 아무것도 모르는 사람이었으면 나한테 절대 그런 식으로 말하지 않아."

"그건……."

과거를 아는 인물은 절대 받아들일 수 없다. 그런 강력한 의지가 전해져왔다.

"넌 나보다 머리가 좋으니까 굳이 이 학교가 아니어도 되지 않아? 그리고 내가 봤을 때 넌 단순히 오빠랑 같은 학교에 가고 싶어서 여기 온 것일 뿐이잖아? 네 오빠는 곧 졸업해버리니까 무리해서 남을 필요 없지 않니? 다른 학교에 가서 공부해서 진학이든 취직이든 하고 싶은 대로 하면 되는 거야. 자, 이제 됐지?"

더 이상 쓸데없는 이야기는 시간 낭비일 뿐이라는 듯, 쿠시다는 대화를 마무리 지으려고 했다. 나는 그것을 말리지 못하고 조용히 숨을 토했다.

"당분간은 얌전히 있을게. 하지만 너를 믿고 협력하는 일은 절대 없을 거야. 나 아니면 너, 우리 둘 중 하나가 이 학교에서 사라지지 않는 한, 이 이야기는 끝까지 평행선을 달릴 뿐이라는 걸 기억하는 게 좋아."

"……알았어. 오늘은 여기까지만 하자."

"오늘만이 아니라, 이게 마지막이야."

그 말을 남기고 쿠시다는 복도를 걸어갔다.

"무력하네, 나는."

기댈 수 있는 친구가 별로 없다.

이럴 때 가장 의지할 수 있는 사람은 아야노코지지만, 그와는 거리가 생겼다.

내가 억지로 쿠시다 앞에서 학생회 이야기를 꺼내게 한 게 원인이겠지.

하지만 나에게도 물러설 수 없는 게 있다.

그녀와의 한 치의 양보 없는 고집은 계속 만나서 풀 수밖에.

아무리 그의 도움을 받을 수 없다고 해도 나는 쿠시다를 선택할 것이다.

아니, 선택해야만 한다.

○사각

　임간학교 최종일, 즉 특별시험으로 그룹의 우열을 결정짓는 날이 찾아왔다. 지금까지 일주일 동안 전 학년, 남녀 총 36개나 되는 소그룹이 각자의 시간을 보냈다.

　사이가 깊어져 유대감을 키운 그룹, 붕괴 직전까지 내몰린 그룹, 혹은 사이가 돈독해지지도 나빠지지도 않고 그저 무덤덤하게 모든 일정을 끝낸 그룹도 있을 것이다.

　우리 그룹은 처음에는 그 누구도 서로 마음을 터놓을 일이 없다고 생각했다.

　하지만 결과적으로는 서로 마음의 거리를 많이 좁힌 게 사실이었다.

　물론 완벽하지는 않다. 어디까지나 여기저기 짜깁기한 그룹이니까.

　내일이 되면 다시 적대 관계로, 지금은 일시적인 동료에 지나지 않는다.

　그래도 마음 한 구석으로는, 이 그룹의 활동이 끝나는 것에 일말의 쓸쓸함을 느끼고 있었다.

　"일단 할 일은 다 했어. 결과가 어떻든 이 그룹에 후회는 없어."

　"나도 그렇게 생각해. 일주일 동안 책임자를 맡아줘서 고마워, 유키무라."

이시자키와 케세이가 누가 먼저랄 것도 없이 손을 내밀고 가벼운 악수를 나누었다.

"결과가 어떻게 되든 상관없이 최선을 다해보자."

"잘 부탁한다."

다른 학생들도 저마다 서로를 칭찬했고, 악수하는 애들도 있었다.

그런 다음 우리는 그룹끼리 지정된 교실로 향했다.

결속력도 나무랄 데 없다. 제일 큰 걱정은 코엔지였다.

현재까지는 차분하게 그저 순순히 우리를 따라 걷고 있었다.

하지만 언제 폭주해버릴지는 아무도 예측할 수 없다.

이미 같은 그룹의 2학년과 3학년은 도착해 있어서 우리도 허둥지둥 자리에 앉았다. 그 후 종소리와 동시에 교사가 들어오더니 시험 내용을 설명하기 시작했다.

전 학년이 한 데 뒤섞인 대그룹이라고는 해도 시험 자체는 소그룹 혹은 학년별로 치르게 된다. 어디까지나 대그룹은 집계 시의 순위에 영향을 미칠 뿐이었다.

아무리 임간학교가 넓다고는 하나 모두가 동시에 같은 시험을 치르면 박 터지기 마련이다.

시험 내용은 역시 네 가지 항목으로, 예상에서 빗나가지 않았다.

'선', '스피치', '역전 달리기', '필기시험'.

우리 1학년은 좌선부터 시작하게 되었다. 그다음으로 교실에 가서 필기시험. 그 후 역전 달리기와 스피치를 하는 흐름이었다. 한편 2학년은 역전 달리기부터 치르는 힘든 출발. 3학년은 스피치를 가장 먼저 하는 듯했다.

1

조식을 먹은 우리는 좌선 도장으로 향했다.

오늘 아침은 청소가 면제되고 곧바로 시험이 시작되었다. 1학년 남자 모두 한 자리에 모였다.

"그럼 지금부터 좌선 시험을 시작하겠다. 채점 기준은 두 가지. 도장에 들어올 때부터 보여주는 예의작법과 동작. 좌선 중에 자세가 흐트러지는가를 볼 거야. 좌선이 끝나고 나면 다음 시험 지시가 있을 때까지 각자 교실에서 대기하도록. 호명된 학생부터 줄을 선 다음 그 순서대로 시험을 치르게 된다. 그럼 시작하지. A반 카츠라기 코헤이. D반 이시자키 다이치——."

교사가 이름을 부르기 시작했다.

카츠라기 다음에 이시자키가 불린 것은 의외의 전개.

주위에서 웅성거리는 소리가 일어났다.

"빨리 빨리 움직여라, 이시자키. 다음은 1학년 B반 벳푸 료타."

어리둥절해하던 이시자키가 허둥지둥 줄을 섰다.

"평소랑 순서가 다른 건가……."

케세이가 당황하며 급히 마음의 준비를 했다. 과연 예상하지 못했던 상황이다.

일주일 동안 계속해서 좌선을 해왔지만 전부 소그룹끼리 뭉쳐 있었다. 양옆으로 그룹 내에서 친한 애들끼리 앉았는데, 이번에는 학교 측이 랜덤으로 자리를 지정했다. 자기 영역 안에 낯선 학생을 들이게 되는 셈이다. 세세한 차이 같아도 시험 당일, 마음의 준비가 되어 있지 않은 지금은 뛰어 넘어야 할 숙제가 하나 더 생긴 느낌이리라.

마음을 흔들려는 학교 측의 노림수에 벌써부터 일부 학생이 영향을 받았다.

동요하는 케세이의 어깨 위에 커다란 손이 내려앉았다. 알베르트였다. 마음을 차분히 가라앉히라고 말하는 듯한 그의 마음 씀씀이에 케세이는 조금이나마 냉정을 되찾은 것처럼 보였다.

"미안해. 첫 번째 시험부터 이러면 그룹의 사기에도 영향을 미치겠지."

책임자의 중압감을 마이너스가 아닌 플러스로 여기려고 노력하는 케세이.

그 후 케세이의 이름이 호명되자, 또랑또랑 대답한 후 도장 안으로 들어갔다.

나는 결국 그룹에서는 알베르트의 앞, 끝에서 두 번째 순서로 불리게 되었다.

도장 안에 많은 교사가 보드와 펜을 들고 서 있었다.

게다가 보다 정확하게 채점하기 위해서인지, 도장에 어울리지 않는 카메라까지 몇 대 설치되어 있었다.

좌선의 기본은 이미 머릿속에 들어 있고, 놓칠 일은 없다. 구조상 감점 방식이 뚜렷하다면 우선 완벽하게 만점을 받을 수 있는 계산이다. 좌선을 대충할 필요는 없다고 판단한 나는 확실하게 만점을 받아두기로 결심했다.

거리가 떨어진 곳에서 코엔지도 좌선을 하고 있었는데, 그 동작에 틀린 점은 없었다.

실로 아름다운 자세를 조금의 흐트러짐도 없이 완벽하게 유지했다. 연습할 때는 단 한 번도 진지한 적 없던 남자였는데, 과연 그답다고 할까. 시험을 치르는 동안 눈을 감아야 하기 때문에 자세한 것은 확인할 수 없지만 별문제 없이 해낼 듯하다.

2

좌선을 마친 모두는 잡담하지 않고 퇴실하기 시작했다.

물론 도장 밖으로 나갈 때까지가 채점 범위 안이리라. 교사들의 시선을 받으며 조용히 도장을 빠져나간 학생들은 일단 각 교실로 돌아가라는 지시에 따라 이동했다.

그룹 전원이 교실에 모이자 케세이가 긴장이 풀렸는지 바로 의자에 몸을 맡겼다.

"시험 때 다리가 저렸어……."

"잘 참아냈어?"

이시자키도 다리가 저렸는지 신경 쓰이는 부위를 만지며 케세이에게 물었다.

"겨우. 하지만 약간 감점됐을지도 몰라."

"뭐, 걱정해도 소용없잖아. 이미 끝났으니까 어쩔 방법도 없고. 너도 그렇게 생각하지? 아야노코지."

하시모토가 그렇게 말하며 나를 쳐다보았다.

"그래. 다음은 케세이가 잘하는 필기시험이야. 거기에 집중하는 게 나아."

간밤에 나구모에게 들은 내용이 하시모토의 머릿속에도 남아 있을 터다.

그렇다고 나에게 직접 뭔가를 물어올 리도 없다.

애당초 호리키타의 오빠가 나를 특별시하는 부분이 뭔지 하시모토는 모르니까.

우리 이외에도 1학년 두 소그룹이 합류했다.

그중 하나는 아키토가 책임자로 있는 류엔 그룹이었다.

이시자키와 알베르트가 류엔 쪽으로 시선을 보내는 걸 알았다.

류엔은 우리를 쳐다보지 않고 일 인석에 앉았다. 누군가에게 말 걸지 않고 그냥 혼자. 그룹에 속해 있으면서도 그룹 속에 없었다.

완전히 자기만 고립된 분위기를 자아냈다.

"아무래도 이상하단 말이야."

내 옆에 선 하시모토가 혼잣말 같은 대사를 중얼거렸다.

무시하는 건 간단하지만 지금은 살짝 응해줘 볼까?

"뭐가?"

"이시자키와 알베르트의 눈빛 말이야. 도저히 증오하는 상대를 보는 것 같지 않은데. 마치 주인에게 버림받은 반려동물처럼 애수가 담긴 눈빛이야."

"난 잘 모르겠어. 그의 지배를 견뎌내지 못한 이시자키 무리가 먼저 싸움을 건 거 아니었어?"

"그건 그런데⋯⋯ 어쩌면 류엔의 퇴장에 뭔가 다른 이면이 있는 것 아닐까?"

나와 류엔을 연결 지을 재료를 하시모토는 가지고 있지 않다.

하지만 나구모가 류엔에게 흥미를 느끼게 된 것도 고려하면, 억지로 그 방향으로 이야기를 끌고 가는 것도 이상하지 않다.

"글쎄⋯⋯ 난 다른 반 사정은 잘 모르니까."

"그래? 이상한 걸 물어봐서 미안하다."

잠시 후 10분간의 휴식이 끝나고 그대로 필기시험으로 들어갔다.

필기시험에 관해 특별히 언급할 만한 점은 없다.

이 임간학교에서 배운 것이 그대로 출제되었다.

이것도 요령을 부리지 않는다면 거의 틀림없이 만점을 받을 수 있는 내용이었는데, 고전하는 학생이 있다면 50~70점 정도까지 예상해볼 수 있다.

어떻게 할까…….

주변 아이들이 진지하게 시험지를 마주하는 가운데, 나는 어디서 점수를 깎일지 모색했다.

아마도 개별 결과 발표는 하지 않을 듯하지만, 학교 측에 계속해서 만점 받는 모습을 보이는 것은 썩 좋지 않다.

최근에는 그냥 가만히 있어도 나를 주목하는 학생도 많으니까.

다만 고득점을 확보하고 싶은 것도 내 본심이다.

그리고 도달한 결론.

나는 어려워 보이는 문제를 딱 하나 틀리는 선에서 끝냈다.

이렇게 하면 95점 이상은 받겠지.

문제를 전부 다 풀었을 때 창밖이라도 내다보고 싶은 기분에 휩싸였지만, 괜히 그랬다가 컨닝 오해를 사면 곤란하기 때문에 가만히 눈을 감고 시험이 끝나기만을 기다렸다.

필기시험이 끝나자 그룹끼리 일단 모여서 간단한 자가 채점에 들어갔다.

뭐, 자가 채점을 한다고 해서 결과가 달라지는 건 아니지만, 그 문제를 맞았는지 틀렸는지 궁금한 상태로 질질 끌어도 별수 없으니까. 조금이나마 기분 전환 효과는 있다. 코엔지는 시험이 끝나자마자 교실에서 나가버렸기 때문에 한 명은 제외지만.

이시자키는 의외로 몰랐던 문제가 많았던 모양이다. 내가 들어 둔 보험이 유효할 것 같았다.

그렇다고는 하나 필기시험은 전체적으로 간단했으니 어느 그룹이나 높은 수준을 유지하리라.

그리고 도장에서 다른 학생들의 모습을 본 바로는 필기시험과 마찬가지로 좌선도 큰 차이는 없을지도 모른다. 다들 어느 정도 똑바로 좌선을 하는 것처럼 보였다.

스피치도 좌선과 다름없이 배운 대로 잘한다면 점수 차이가 별로 나지 않을 것 같기에, 시험 중에서는 확실히 순위에 따른 결과가 나오는 역전 달리기가 가장 큰 영향을 미칠 듯하다. 단순히 순위로 점수를 매긴다면 그룹에서 1위를 차지하는 것은 만점인 100점이라고 생각할 수 있는데…….

1위=100점이라고 생각하는 건 너무 안이한가? 기록도 영향을 미칠 것 같다. 반대로 6위라도 기록이 좋으면 어느 정도 가점을 받지 않을까? 얼마나 빠르게, 그리고 높은 순위로 끝내느냐가 열쇠이다.

밖으로 나가니 몇 대나 되는 밴이 대기하고 있었다. 이 밴으로 배턴 터치 위치까지 학생들을 태워갈 모양이었다. 우리도 밴에 올라탄 다음 교사에게 다시 설명을 들었다.

학생 한 명 당 최소 1.2km 이상은 달려야 한다는 것.
배턴 터치 위치는 1.2km 지점마다 인정한다는 것.

사고로 인해 완주하지 못할 경우, 혹은 최소 조건을 채우지 못했을 경우는 실격.

이 세 가지 정보를 유념하며 첫 주자인 케세이만 다시 내려주고 밴이 출발했다.

우리가 달리는 순서는 달리기에 자신이 없는 학생부터였다. 케세이가 1번 주자, 다음으로 B반의 스미다, 토키토, 모리야마로 이어진다. 5번 주자가 야히코다. 초반은 사고가 비교적 덜 일어난다는 점과 달릴 때 추월당할 부담을 최대한 주지 않기 위한 배려였다.

이 다섯 사람이 최소 거리인 1.2km를 달린다. 그렇게 총 6km를 소화하고 나면 하시모토가 이어받아 반환점까지 포함해 3.6km를 전력으로 질주한다. 그리고 알베르트가 배턴을 건네받아 1.2km를 뛰고 나서 3.6km를 뛸 이시자키에게 배턴 전달. 알베르트 다음에 나여도 좋았지만, 같은 반 친구끼리 이어받는 편이 더 호흡이 부드럽게 이어지리라는 계산을 케세이가 넣었던 것이다.

코엔지는 1.2km밖에 달리지 않기 때문에 내가 2.4km를 달리고 마지막으로 배턴을 넘겨준다. 케세이가 내린 최종 결론은 이것이었다.

코엔지를 마지막 주자로 삼은 것은 조금이라도 의욕이 생기도록 골인의 영광을 양보하기 위한 것과, 코엔지가 배턴을 다음 주자에게 넘기지 않을 수도 있다는 불안을 없애기 위함이었으리라.

중간 주자로 넣어서 코엔지가 대충 뛰어버리면 누가 늦게 뛰었는지 파악할 수 없는 단점도 있다.

밴에서 이시자키가 내리자 차안에는 운전하는 교사와 나, 그리고 코엔지 세 사람이 남았다.

어차피 되돌아오니까 이시자키보다 우리가 먼저 내려도 됐지만, 달리는 순서대로 내리는 규칙이라도 있었나 보다.

이제 내가 최종 골인 3.6km 전 지점에서 대기하면 된다.

온 길을 되돌아 이동하기 시작하는 밴.

"아야노코지 보이. 솔직히 묻겠는데, 역전 달리기에서 1위를 차지하면 종합적으로 어떻게 되지?"

"……그걸 나한테 물어도 내가 알 리 없잖아? 그리고 애당초 시험 결과는 대그룹의 평균점이야. 선배들이 활약하기 나름이겠지."

우리가 아무리 노력해도 다른 쪽에서 죽을 쑤면 1위는 어렵다.

"거짓말이라도 1위할 가능성이 있다고는 안 하는군."

"그렇게 말한다고 열심히 할 너도 아니잖아."

"글쎄 어떨까. 네가 달릴 거리 중 1.2km를 나한테 맡겨보는 건 어때? 내가 전력을 다해서 달리면 다른 그룹에 이길 가능성이 무척 높지."

몸을 내밀어 내 귀에 그렇게 속삭이는 코엔지.

"무슨 바람이 분 거야?"

"변덕이지. 내 변덕이 도와줄 수도 있다고 말하는 거야. 나쁘지 않잖아?"

"그러니까 네 말은 2.4km를 책임져서 결과를 남기겠다는 거야?"

"그런 딱딱한 표현은 넣어둬. 그냥 단순한 변덕인 거니까."

"그래? 미안하지만 거절할게. 케세이가 짠 작전을 내 마음대로 바꿀 생각은 없어서."

"훗훗후. 그래? 그거 아쉽군."

코엔지가 그렇게 말하며 내게서 멀어져 자리로 돌아갔다.

무슨 속셈인지는 모르겠지만, 모험을 할 생각은 없다.

변덕을 부려 돕겠다는 말은 시험 중에 또 마음이 변해서 대충 할 수도 있다는 뜻이다. 코엔지가 약속한 것은 최소 거리 뿐. 즉 나머지 1.2km는 얼마든지 대충할 수도 있겠지. 방금 내가 책임질 것인지 물었을 때 말을 얼버무린 것이 그 증거다. 또 내 판단이 원인이 되어 괜한 문제를 일으켰다가는 내게도 불똥이 튈 수 있다.

"넌 내가 생각한 것보다 영리한 것 같군. 하지만 동시에 따분한 남자이기도 해."

그렇게 평가해서, 앞으로 나를 다른 학생과 똑같이 보게 된다면 고마운 일이다.

나는 밴에서 내려 골인 지점까지 3.6km 남은 위치에서 이시자키가 오기만을 기다렸다.

"야, 아야노코지."

그곳에는 당연히 다른 그룹의 남자애들도 있었는데, 그중 히라타가 내게 아는 척했다.

"네가 마지막 주자는 아니겠지?"

"응. 나 다음에 코엔지가 대기하고 있어. 너희는 스도인가?"

"응. 본인은 더 달리고 싶어 했지만 말이야. 우린 15명이 뛰어야 하니까 그럴 수도 없으니."

지금쯤 최종 1.2km 앞에서 스도가 코엔지에게 경쟁심을 마구 불태우고 있겠군.

"나로서는 인원이 많아서 다행이야. 조금이나마 편하니까."

"어쨌든 서로 힘내보자. 커트라인만 넘기면 아무도 퇴학 당하지 않을 테니까."

"응."

기다리고 있는 동안에는 서로 잡담을 나누거나 가만히 마음을 다스리는 등 뭘 해도 자유였다.

1.2km마다 급수 포인트가 설치되어 있었기 때문에 물을 마실 수도 있었다.

뭐, 달리기 전에 물을 벌컥벌컥 들이마셨다가는 복통이 올 가능성도 있지만……

한 학생이 그런 내 걱정이 무색하게 페트병 속에 든 물을 마구 들이켰다.

"아, 긴장된다……."

그렇게 중얼거린 학생이 뒤돌아보다가 나와 눈이 마주쳤다. 박사였다.

대화 상대를 찾고 있었는지 내게 다가왔다.

"아야노코지도 이 위치였구나."

"아, 아야노코지? 이 위치였구나……라고?"

박사의 말에 나는 귀를 의심했다.

평소 박사라면 '아야노코지 님~, 이 위치였사옵니까~' 하고 나왔을 텐데.

"으응…… 그게, 그 말투는 이제 안 쓰기로 했어. 원래 캐릭터를 만들어보려고 썼던 말투인데, 좌선 때 주의 받은 뒤로는 어찌됐건 그만두려고 생각해서."

"그, 그래?"

박사와 어울리지 않는 평범한 말투에 나는 동요를 감출 수 없었다.

갑자기 개성이 확 죽었다고 할까, 학생 A 같은 인상이다.

그 후로도 얼마간 박사는 평범한 말투로 말을 걸었는데, 솔직히 귀에 남는 게 없었다.

말투 하나에 느낌이 이렇게 확 달라질 줄은 몰랐다.

그나저나 케세이는 배턴을 잘 전달했을까.

시간이 얼마나 걸리든지 간에 완주를 했느냐가 중요하다.

뭐, 이런 말은 좀 나쁘지만 대그룹이 꼴찌가 되거나 우리 그룹이 커트라인을 넘기지 못해도 내게 피해가 올 일은 절대 없지만.

그래도 기왕이면 퇴학자가 나오지 않는 게 가장 낫다는 것이 내 진심이다.

얼마나 시간이 경과했을까. 마침내 한 학생이 모습을 드러냈다.

하지만 이시자키가 아니라 칸자키가 이끄는 B반 중심 그룹이었다. 그리고 속속 학생들이 도착했다. 이시자키는 3위와 접전을 펼치며 네 번째로 들어왔다.

"하아, 하악. 잘 받아, 아야노코지! 꼭 1위 해라!"

그렇게 소리치며 배턴을 넘겨주었다.

상위권을 노릴 수 있는지 없는지는 코엔지에게 달렸지만, 나는 아무 말 없이 배턴을 받아 달리기 시작했다.

"대충 뛰면 죽여버린다!"

배턴을 건네고 마지막 남은 힘으로 그렇게 외친 이시자키가 그 자리에 쓰러지듯 무너져 내렸다. 산길을 3km 이상 뛰어 올라갔으니 당연히 그렇게 되겠지. 나는 호흡이 흐트러지지 않도록, 그러면서도 다른 아이들보다 빠르게 달려 앞서 있는 주자들과의 거리를 조금씩 좁혀나갔다.

내가 빠른 속도로 공격한다기보다는 상대가 힘이 떨어진 듯 보이게 하면서 추월했다.

그렇게 하면 자기가 느려진 탓에 추월당했다고 착각하기 쉽다.

오르막과 내리막이 있다고는 하나 2km 정도의 거리 따위는 숨이 거칠어질 수준도 아니다.

이리하여 나는 결과적으로 한 명을 제치고 2위와 근소한 차이로 3위가 되어 코엔지에게 배턴을 넘겼다.

여기까지 9명이 이어받은 배턴, 그 운명은 눈앞의 남자에게 달려 있다.

"자. 그럼 가볍게 땀 좀 흘려볼까?"

머리칼을 쓸어 올린 후 배턴을 받은 코엔지는 아무렇지 않은 표정으로 달리기 시작했다.

전력은 아니겠지만 충분히 빠르다. 이 정도라면 괜찮으리라.

보이지 않게 된 후로 걷거나 하지 않는다면, 말이지만.

그 후, 우리를 조마조마하게 만들긴 했지만 코엔지는 2위를 빼앗아 무사히 골인. 1위는 따라잡을 수 없었던 걸까, 아니면 따라잡지 않은 걸까. 아마도 후자 쪽이리라.

격렬한 달리기 후에 이어지는 스피치는 1학년에게 이보다 더할 수 없는 지옥이었을지도 모른다.

바닥 난 체력을 쥐어짜내, 소리 높여 외쳐야만 했으니까.

하지만 특별히 쓸 만한 부분은 딱히 없었다.

코엔지의 다소 연기하는 듯한 스피치 방법에는 의문을 품었지만 어쨌든 다들 나름대로 무난하게 끝냈다고 느꼈기 때문이다.

3

이리하여 하루 동안의 긴 특별시험이 끝났다.

그룹, 아니 전교생 대부분은 초죽음이 되었다.

우리 그룹은 결성 초기에 예상했던 것보다 훨씬 높은 점수를 받을 것이 틀림없으리라. 평균점으로 승부를 본다면 우리 그룹에게도 충분히 승산이 있다. 남은 건 나구모 무리와 3학년 그룹이 얼마나 점수를 받았는가, 겠지.

적어도 커트라인을 밑도는 결과는 되지 않았을 터다.

첫날과 마찬가지로 남학생 전원이 체육관에 모였다.

그 후 여학생들도 하나둘 모이기 시작했다.

지금부터 남녀를 합해 특별시험 결과가 발표될 예정이다.

시각은 이미 저녁 5시 전. 학교로 돌아갔을 때 즈음에는 늦은 밤이 될 거라고 예상할 수 있다.

"임간학교에서의 8일 동안 학생 여러분 수고 많았습니다. 시험 내용은 달라도 몇 년에 한 번 꼴로 개최되는 이번 특별시험. 지난번에 치렀던 특별시험보다도 전체적으로 평가가 높은 올해가 되었습니다. 전적으로 여러분의 팀워크가 좋았던 것이 요인이겠죠."

처음 보는 초로의 남자가 시종일관 미소를 유지하며 그렇게 말했다.

아무래도 이 임간학교를 책임지는 인물 같았다.

"먼저 결과부터 알아보게 될 텐데, 남학생은 모든 그룹이 학교 측이 준비한 커트라인을 완전히 넘어, 퇴학자가 0이라는 아주 이상적인 결말을 얻게 되었습니다."

그렇게 발표한 순간, 남자들 사이에서 안도의 한숨이 새어 나왔다.

"그렇구나, 퇴학자는 없구나⋯⋯."

가슴을 쓸어내리듯 케세이가 숨을 토했다.

그 등을 이시자키가 가볍게 때렸다.

"처음부터 퇴학당할 생각 따위는 없었잖아. 우리는 1위를 노렸으니까."

"그렇지."

생각을 어떻게 했던지 간에, 퇴학을 피할 수 있었던 것은 엄청나다.

다만, 초로의 남자가 쓰는 말투가 어딘지 좀 걸린다.

만약 학교 전체적으로 퇴학자가 나오지 않았다면 굳이 '남자'라고 강조해 말하지 않았을 것이다.

그 말인즉슨——.

"그럼 지금부터 남자 그룹 종합 1위를 발표할 텐데, 지금은 3학년 책임자 이름만 호명하도록 하겠습니다. 그 그룹에 속한 1학년부터 3학년 학생들은 훗날 보상으로 포인트가 주어질 것입니다."

그렇게 설명한 남자는 천천히 이름을 불렀다.

"3학년 C반—— 니노미야 쿠라노스케 군이 책임자를 맡은 그룹이 1위입니다."

발표 직후, 3학년 일부에서 환호성이 터져 나왔다. 순간 어느 그룹인지 몰랐지만 호리키타의 오빠가 소속된 대그룹이라는 걸 금방 알았다.

아무래도 나구모와의 대결은 호리키타의 오빠가 이긴 모양이다.

"해냈네, 호리키타. 역시."

그 후 2위부터 최하위까지 그룹이 발표되었는데 상급생들 입장에서 보면 그건 덤에 지나지 않았다. 별로 신경 쓰는 모습도 없이 후지마키가 그랬듯 호리키타의 오빠를 칭찬했다.

"어이, 유키무라, 우리 2위 했어. 해냈네!"

"응, 잘됐어. 정말 다행이야."

점수 차이는 공표되지 않아서 잘 모르지만, 나구모는 2위. 아깝게 졌다고 할 수 있다.

2위라도 어쨌든 나구모는 패배했고 이제 다소 얌전해질 거라고 모두가 그렇게 생각했다.

솔직히 나는 이번 승부에서 어느 쪽이 이길지 잘 몰랐다.

전혀 흥미가 없었으니까.

그런데 가까이에 있는 나구모는 계속 웃고 있을 뿐 조금도 동요하는 기색이 없었다.

그렇게 패기 넘치는 자세로 승부를 걸어놓고 진 남자의 모습이 아니었다.

그것도 그렇겠지. 이 남자는 뒤로 어처구니없는 '나쁜 장난'을 쳤으니까.

"1위가 된 걸 축하드립니다, 호리키타 선배. 역시 선배네요."

호리키타의 오빠가 들을 수 있도록 나구모가 큰 목소리로 축하인사를 건넸다.

호리미타의 오빠는 딱히 대답하지도 붕 뜨지도 않고, 묵묵히 결과 발표 시간을 보내고 있었다.

아니, 어쩌면 불길한 예감을 느끼기 시작한 건지도 모른다.

"네가 졌다, 나구모."

아무것도 모르는 3학년 후지마키가 나구모에게 말했다.

건방진 후배의 콧대를 꺾은 기분이었겠지.

"과연 그럴까요? 결과 발표는 이제 막 시작됐는데요?"

"헛소리 집어치워. 승부는 결정 났어."

"그렇죠. 물론『남자』는 결정 났죠."

"남자는? 여자는 상관없어. 그런 조건이었잖아, 나구모."

"네, 상관없어요. 저와 호리키타 선배와의 승부에서는, 전혀요."

이해할 수 없는 나구모의 단어 선택에, 후지마키의 표정이 험악해졌다.

옆에서 이야기를 듣고 있던 3학년 B반 이시쿠라는 그 모습을 조용히 지켜보았다.

"그럼 다음으로…… 여자 그룹 발표를 하겠습니다. 1위 그룹은, 3학년 C반 아야세 나츠 양이 소속된 그룹입니다."

이번에는 여자들 중 일부에서 기쁨의 함성이 일었다. 3학년 아야세의 대그룹에 소속되어 있는 1학년은 호리키타와 쿠시다 등 C반을 중심으로 한 소그룹. 포인트를 꽤 많이 벌었을지도 모르겠군. 하지만 기쁨도 잠깐, 문제의 시간이 찾아왔다.

"음…… 그리고 몹시 안타깝게 생각합니다만, 여자 그룹 중에서 커트라인을 밑도는 평균점을 받은 소그룹이 하나 존재합니다."

남자도 여자도 대부분 그 발표에 얼어붙었다. 기뻐하던 학생들도 순간 조용해졌다.

너나할 것 없이 모두가 특별시험에 열심히 임해서 커트라인을 넘으려고 노력했다.

그러나 결과란 때로는 잔인한 것.

누군가의 퇴학이 결정되었다.

다만 그게 1학년인지 아니면 상급생인지, 혹은 모두인지는 아직 알 수 없었다.

호리키타의 오빠는 뭔가 눈치챘는지 나구모를 쳐다보았다.

시종일관 짓고 있는 꺼림칙한 미소의 의미를 찾기라도 하듯이.

하지만 이미 늦었다.

"우선 최하위 그룹은…… 3학년 B반, 이카리 모모코 양이 소속된 그룹입니다."

남자와 마찬가지로 곧바로는 그 그룹에 누가 포함되어 있는지 알 수 없었다. 하지만 여자 일부에서 비명에 가까운 소리가 나서 누가 들어 있는지 조금씩 드러나기 시작했다.

이리하여 대그룹 최하위는 정해졌다. 남은 것은 어느 소그룹이 커트라인을 넘지 못했는가이다.

최악의 경우 세 학년에서 동시에 퇴학자가 나올 수도 있다.

"그럼 다음으로, 평균점 커트라인을 넘지 못한 그룹은……."

좌선도 비교가 안 될 만큼 정적에 잠긴 체육관.

0.1초라도 더 빨리 그 결과를 알고 싶다며 모두가 남자의 입을 주목했다.

"마찬가지로 3학년——."

그렇게 소리 내어 읽어갔다.

점점 미소 짓는 사람들과 점점 긴장하는 사람들로 양분화되었다.

"책임자—— 이카리 모모코 양의 그룹입니다. 이상입니다."

그렇게 선언된 순간, 지금까지 참고 있기라도 했는지 나구모가 환하게 웃었다.

슬로모션처럼 느리게 흘러가던 시간이 다시 원래대로 시

간을 쪼개기 시작했다.

하지만 아직 많은 학생은 사태를 완전히 받아들이지 못했다.

나구모가 웃은 것은 얼굴도 모르는 학생이 퇴학당하게 되어서가 아니다.

3학년 B반 학생이 한 사람 퇴학당하게 된, 그게 전부인 이야기……로 끝나지 않기 때문이다.

"무슨 짓을 한 거야, 나구모!"

사태를 이해한 3학년 A반 후지마키가 덤벼들었다.

호리키타의 오빠는 달려가지는 않았지만 표정이 몹시 살벌했다.

"아직 결과 발표 중이에요, 선배. 진정하세요. 아직까지 후지마키 선배는 아무 상관도 없잖아요? B반 학생이 퇴학당하게 된 것 뿐인데요. 오히려 라이벌과 차이가 더 벌어졌으니 잘된 것 아닌가요?"

나구모가 코웃음 치며 대답했다.

"자, 조용히 하기 바랍니다. 정말 유감입니다만 그룹을 책임졌던 이카리 양의 퇴학이 결정되었습니다. 아카리 양은 그룹 내에 연대 책임을 물을 수 있으니, 정해지면 나중에 저에게로 와 주세요. 이어서 1위 여자 그룹을 발표하도록 하겠습니다."

유감이라고 말하면서도 담담하게 이어지는 결과 발표.

하지만 이미 호리키타의 오빠는 1위를 차지한 것 따위는 아무래도 좋을 것이었다.

얽매일 줄 알면서도 얽매였다.

우수하고 남의 모범이 되는 사람이었기에 오히려 나구모 미야비에게 크게 한 방 먹었다. 영역 밖에서 들어온 공격.

"아야노코지, 후지마키 선배가 왜 저렇게 화를 내는 거야……? 나구모 선배의 말처럼 책임자는 B반 학생인데. A반한테는 잘된 일 아니야?"

의문스럽게 여긴 케세이가 귓속말로 내게 물었다.

"아니, 문제는 책임자가 아니라 길동무 쪽인 것 같은데."

"뭐?"

해산을 명령받고 귀가 버스가 올 때까지는 떠날 준비를 위한 자유 시간이었다. 나구모는 당당하게 계속 그 자리에 머물며 한 여자를 불렀다.

"이카리 선배. 가르쳐 주세요. 선배가 과연 누구를 길동무로 삼을지 모두 궁금해하니까."

퇴학 처분을 받은 3학년 B반 이카리라는 여자는 차분했다.

오히려 같은 그룹에 속한 여자들이 더 걱정하는 모습이었다. 이카리의 그룹은 주로 B반과 D반으로 구성되어 있었다. 아사히나와 케이가 준 정보이므로 틀림없으리라.

그리고 거기에는…… A반에서 온 유일한 참가자, 타치바나 아카네도 있었다.

나는 호리미타의 오빠를 쳐다보았다. 그리고 마음속으로

천천히 말을 걸었다.

알고 있어. 확실하게 A반으로 졸업하기 위해, 그리고 나구모 대책 차원에서도 A반 모두에게 책임자를 맡기 말라고 지시했지? 성적만 잘 남기면 퇴학당할 일은 없으니까 말이야.

하지만 완벽하게 보호할 수는 없다는 걸 넌 이미 알고 있었어. 그래서 나구모의 승부를 받아들여 정정당당하게 싸울 무대를 마련했지. '악의'를 방지하기 위하여. 그리고 여학생들과의 불필요한 접촉을 피했어. 그 틈을 놓치지 않고 나구모가 여자들을 노릴 위험을 줄이려고.

원만하게, 할 수 있는 모든 방법을 동원했어, 그건 인정해줄게.

하지만 나구모의 악의는 그 이상이었던 거야.

이제는 더 이야기할 것도 없겠지.

이 특별시험은 나구모가 학교 측도 모르게 놓은 덫 그 자체.

덫에 걸린 인물도 지금 자신의 상황을 깨닫고 있었다.

그 인물은 금방이라도 쓰러질 듯 얼굴이 새파랗게 질렸다.

"그야 뻔하지 않아? 우리 그룹의 평온을 망가뜨린 A반의 타치바나야."

모두가 들을 수 있게, 이카리가 화난 목소리로 말했다.

"나구모…… 호리키타와 한 약속은 제삼자를 끌어들이지 않는 거였잖아!"

후지마키가 금방이라도 때릴 듯한 자세로 달려들었다.

"잠깐만요. 저는 아무 상관없는데요."

"안 봐도 뻔하지!"

화내는 것도 당연하다. 누가 어떻게 봐도 연관되어 있다는 걸 다 알 수 있는 분위기를 스스로 풍기고 있었다.

"그럼 선생님께 길동무 통보를 하러 이만."

담담하게 말한 이카리는 교사가 있는 곳으로 향했다. 그와 동시에 반 친구인 이시쿠라도 이카리에게 바싹 달라붙어 움직였다. 아무도 그녀를 붙잡을 수 없었다. 타치바나마저도.

"타치바나 선배는 이카리 선배 그룹의 발목을 잡았어요. 그래서 평균점 커트라인을 넘지 못했고, 길동무로 선택되었죠. 그게 전부 아닌가요?"

후지마키와 달리 호리키타의 오빠는 나구모에게 따지기 전에, 가만히 서 있기만 한 타치바나에게 먼저 말을 걸었다.

3학년 중 일부는 뭐라고 설명할 수 없는 표정으로 자리를 떠났다.

"호리키타 군, 미안해요……."

"타치바나, 왜 좀 더 일찍 나한테 상의하지 않았어? 너라면 이상하다는 걸 눈치 챘을 텐데, 분명."

"그건…… 호리키타 군한테, 부담이 된다는 걸 아니까……."

그렇게 눈물 흘리며 사과하는 타치바나.

분명 처음에는 몰랐겠지. 그룹이 결정되는 단계에서부터 덫에 걸렸다는 사실을. 하지만 시간이 지나면서 점점 실감했을 것이 틀림없다.

자신이 속한 그룹은 '타치바나 아카네'를 끌어내리기 위해 결성되었다고.

타치바나는 기적을 바라며 시험에 임했을 것이다.

하지만 예상대로 현실은 비정했다.

그러나 타치바나는 받아들일 각오도 동시에 했을 터였다.

만약 자신이 퇴학당하더라도 반 포인트를 100점 잃는 선에서 끝난다고.

"아름다운 우정, 혹은 애정이라고 할까요? 축하드립니다, 호리키타 선배. 다시 한번 찬사를 보내드리죠. 제가 졌습니다."

패자의 변이라고는 도저히 생각할 수 없는 말투로, 나구모가 칭송했다.

그것을 고맙게 받아들일 사람은 아무도 없겠지.

"기상천외, 아니 규격에서 벗어난 전략이라고도 할까요? 제 수를 읽은 사람은 아무도 없었어요. 호리키타 선배, 당신까지 포함해서 아무도."

폭소하면서도 나구모는 상처받은 상대에 대한 공격을 늦추지 않았다.

"가르쳐 주세요, 타치바나 선배. 학생회 임원도 맡았고 3학년 A반 졸업을 코앞까지 둔 시점에서 퇴학당하는 기분은 어

떤가요? 그리고 호리키타 선배. 지금 심정이 어때요? 분명 지금껏 느껴본 적 없는 조바심에 휩싸여 있지 않나요?"

그 말에 호리키타의 오빠가 조용히 숨을 토했다.

"어째서 나를 노리지 않았지?"

"설령 지금 같은 방법을 선배에게 써먹었더라도, 당신을 퇴학시킬 수 있을 거란 생각은 들지 않았으니까? 생각지도 못한 방법으로 방어해올 것 같아서 무서웠어요. 그것도 그거지만, 딱히 호리키타 선배를 퇴학시키고 싶은 마음이 없었거든요. 오히려 당신이 퇴학당해버리면 앞으로 얼굴을 볼 수가 없잖아요? 그래서 특별히 선택한 사람이 타치바나 선배예요. 그녀의 존재를 지워버렸을 때, 선배가 어떤 표정을 지을지 보고 싶었거든요."

단순한 호기심, 흥미 때문이라고 말하며 웃었다.

"서로 추구하는 바는 다르지만 난 너를 믿었어. 다른 건 몰라도 승부를 펼칠 때는 정정당당하게 겨룰 수 있는 남자라고. 그런데 그게 아니었나 보군."

그렇게 말하는 호리키타에게도 나구모는 주눅 들지 않았다.

"신뢰란 경험치와 비슷해요. 점점 쌓여서 두꺼워지죠. 그 궁극적인 형태가 가족이라고 생각해요. 밤길에 타인과 맞닥뜨리면 경계하지만 그게 가족이라면 완전히 마음을 놓아버립니다. 그것과 비슷하지 않을까요? 2년 동안 호리키타 선배는 저를 호감으로 여기지 않았으면서도 일정한 신뢰를 보냈어요. 비록 가치관은 다르지만 말한 것은 전부 실행해 왔으니까요. 당신이 지시를 내리면 따르고 규칙을 지켰습니다. 그렇다고는 해도 선배는 예리한 사람이니까요. 100% 저를 믿은 건 아닐 거예요."

호리키타의 오빠가 단속하라는 지시를 내리고 정보를 모으는 것 정도는 나구모도 알았을 터다.

"하지만…… 설령 저를 의심했다고 해도 선배가 먼저 약속을 깰 수는 없었겠죠."

전수방위(專守防衛)의 힘든 부분이다.

"그 한 번의 호기심 때문에 넌 소중한 것을 잃었다. 나구모."

"신뢰 따위, 제가 먼저 버렸어요. 후배를 생각하는 선배에게 이해받기 위해서요."

약속은 지킨다, 약속은 지킬 수 있다. 그렇게 바탕에 깔린 생각을 나구모는 깨끗이 덧칠해버렸다.

신뢰와 존경, 그런 장벽을 모두 걷어내 버리고 승부하고 싶다.

그런 나구모의 도전장이었다.

"네 방식은 충분히 이해했다."

"그거 다행이네요. 이건 어디까지나 전초전에 지나지 않으니까요."

그리고 나구모가 물었다.

"필요하다면 몇 명이든 퇴학자를 더 만들어내면 돼요. 그게 이 학교의 본래 방식이에요."

"넌 타치바나가 퇴학당한다는 전제를 깔고 계속 이야기하고 있군."

주위가 술렁이는 가운데, 호리키타의 오빠만 냉정하게 말을 이어나갔다.

"자, 잠깐만, 호리키타 군!"

타치바나가 소리쳤다. 하지만 호리키타 마나부의 눈에는 강한 결의가 실려 있었다.

"에헤헤. 반반이라고 생각했는데, 역시 토해낼 거예요? 이 타이밍에 대량의 돈과 반 포인트를?"

퇴학 조치 취소. 조건만 갖춰진다면 누구나 쓸 수 있는 궁극의 수단.

"부탁이야, 제발 그만둬. 내가 잘못한 건 내 책임이니까⋯⋯ 그러니까──."

필사적으로 말리는 타치바나.

하지만 후지마키도 호리키타 마나부의 생각에 동의하는지 A반 학생들에게 말했다.

"지금까지 A반이 A반으로 기능할 수 있었던 이유를, 우리 반 사람이라면 누구보다 잘 이해하고 있을 거야. 그렇지?"

"맞아, 호리키타. 걱정하지 말고 써, 써!"

같은 A반 친구들이 시원시원하게 말했다.

"정말로 괜찮겠어요? 호리키타 선배. 3학년, 그것도 이런 타이밍에 퇴학자를 『구제』한다는 건, A반의 자리를 내줄 준비에 들어가는 게 되는데요?"

"설령 한 번 자리를 내준다고 해도, 다시 되찾으면 그만이야. 네가 말하는 학교의 방식으로 말이지."

"그런가요? 뭐, 그것도 괜찮겠네요."

지금부터 미야비는 분명 자기가 세운 전략을 유쾌하다는 듯 밝히겠지.

듣지 않아도 이미 아니까 일일이 들어줄 필요는 없다.

나는 이 자리를 벗어나기로 했다.

더는 여기 있어 봐야 할 수 있는 일이 아무것도 없기 때문이다. 처음부터 끝까지 불안한 표정으로 살피던 호리키타 스즈네가 보였다. 내 존재를 알아차리지 못할 만큼 오빠만 바라보고 있었다.

신경 쓰지 않고 체육관을 빠져나오니, 케이가 나를 기다렸는지 입구 옆에 서 있었다.

그리고 내가 복도로 걸어가자 살짝 뒤처져서 걷기 시작했다.

"키요타카의 말이 맞았어. 너, 정말 다 알고 있었구나? 타치바나 선배를 노린다는 걸. 퇴학당하게 만든다면 호리키타 선배 이외에 아무나 상관없는 줄 알았는데……."

"이 특별시험의 규칙. 그 제작과 구축에 학생회가 관여하고 있다는 걸 들은 시점에 그럴 거라 생각했어. 물론 퇴학자가 누구라도 상관없지. 하지만 모처럼 놓은 큰 덫이야. 보다 효과적인 연출을 보여주려면 상대는 제한적이야. 그 녀석과 접점이 깊은 여학생은 타치바나 정도밖에 없으니까 말이야."

케이, 이치노세, 아사히나로부터 받은 정보를 이어 붙여 도출한 결론.

3학년 B반 이시쿠라와 나구모의 절묘하게 들어맞는 호흡도, 명백하게 두 사람이 연결되어 있다는 냄새를 풍겼다. 나구모는 2학년 전체뿐 아니라 3학년 A반 이외의 인물도 포섭한 상태였다.

"대그룹 전원이 결탁해서 낮은 점수를 받고, 타치바나가 소속된 소그룹의 멤버는 시험을 대충 치렀을 거야. 그렇게 하면 커트라인을 넘지 못하는 건 간단하니까."

그렇게 설명했지만 케이는 납득이 가지 않는 부분이 있는 모양이었다.

"하지만 왜 하필 B반을 이용한 거야? 책임자를 D반 학생으로 정해도 됐을 텐데? B반으로 한 바람에 결국 호리키타 선배는 여전히 A반이잖아? B반으로 떨어지게 만들고 싶었다면 그렇게 했어야 하는 것 아니야?"

케이의 착안점은 좋다. 과연 그 말도 맞다. 이 작전을 결행한다면 D반 학생을 책임자로 만들어, A반과 B반의 거리를 좁히는 편이 낫다, 라고 보통은 생각하기 마련이다.

"이건 B반이어서 가능했던 일이야. 타치바나가 실수 없이 특별시험 과제를 마치면 길동무로 삼기가 쉽지 않아. A반 이외의 세 반이 제대로 손을 잡지 않으면 함정에 빠트릴 수 없어. A반이 될 가능성이 현 상황에서 가장 낮은 D반의 경우는 하나라도 더 높은 반을 노리기 위해 막판에 C반이나 B반을 길동무로 삼을 수도 있지. 하지만 B반 학생이 책임자가 되면 절대 그럴 일이 없어. 이 시기에 아래 반을 길동무로 삼아 떨어뜨릴 이유가 없으니까 말이야."

한편 D반과 C반의 입장에서 보면 A반과 B반 학생이 퇴학 처리가 되고 알아서 자빠지는 것이니 기꺼이 협력하리라.

그리하여 이카리의 그룹은 일련탁생 하여 철저하게 타치바나를 나쁜 사람으로 만들었다. 무슨 일이 생기면 대놓고 악의를 담아 싫은 티를 냈으리라. 타치바나가 밤에 시끄럽게 해서 잠을 못 잤다. 타치바나의 지시에 따른 결과 성적이 나빠졌다. 특별시험 결과만 놓고 보면 평범해도 이 일주일 동안 계속해서 발목을 잡았다는 게 뒷받침되면 길동무 대상에 충분히 오를 수 있으리라.

이의를 제기하면 심의가 열리겠지만, 보이지 않는 곳에서 방해받았다고 소그룹 전원이 말을 맞추면 인정할 수밖에 없다. 물론 나쁜 전례로 남을 것이고, 몇 년 후에 개최될 임간 학교 특별시험에서는 규칙을 수정할 것이다.

이런 식으로 나구모가 공들인 전략은 결실을 맺어, 타치바나를 퇴학당하게 만드는 데 성공했다.

"……그런데 잘도 이런 작전을 성공했구나 싶어. 내가 B반 학생이라면 친구를 위해 퇴학당하는 것 따위 절대 받아들이지 않을 텐데. 그 대가가 뭘까?"

"대가가 뭔지는 잘 모르겠지만 적어도 이카리가 퇴학당할 일은 없을 거야."

"뭐? 하지만 책임자잖아?"

"호리키타의 오빠도 그렇게 나왔잖아? 프라이빗 포인트 2,000만 점이랑 반 포인트 300점을 내면 퇴학 취소, 즉 구제가 가능하다고. 그걸 행사하면 되니까."

"뭐야, 그렇게 하면 뭐가 이익인지 잘 모르겠는데. 오히려 손해 아닌가?"

"반 포인트 지출은 뼈아프지만, A반도 똑같은 방식으로 구제한다면 차이는 발생하지 않아. 거기에다가 프라이빗 포인트도 전혀 타격이 없겠지."

"그만큼 3학년 B반이 부자라는 거야?"

"아니. 그 전략을 나구모가 제안했을 때 절대 조건은 모든 프라이빗 포인트를 대신 떠맡는 거였을 거야. 그 정도는 하지 않으면 협력할 리가 없지."

분명 버스 안에서 나구모는 이시쿠라와 접촉하여 미리 2,000만 포인트를 양도했을 것이다. 계속 냉정했던 이카리, 그런 이카리와 함께 이시쿠라가 움직인 것이 그 증거다.

"2학년은 단합이 아주 잘 돼. 2학년 전체가 돈을 조금씩 보탠다면 일인당 15만 포인트도 필요 없지. 퇴학자 한 사람을 구제하는 것 따위 일도 아닐 거야."

"굉장히 막무가내로 싸우는 방식이네. 절대 정상이 아니야."

"그게 나구모 미야비의 방식인 거겠지."

시험을 보고 전략을 짠 게 아니다. 전략을 떠올린 다음 시험을 만들어냈다.

호리키타 마나부가 이끄는 A반은 혼자 총 2,000만이나 되는 프라이빗 포인트를 낼 지경에 처했다. 이는 어마어마한 타격이라고 할 수 있으리라.

졸업 때까지 앞으로 한두 개는 남아 있을 특별시험 전에 막대한 자금을 잃은 것이다.

다음 시험에서 혹시라도 호리키타의 오빠가 퇴학당할 처지에 놓이게 됐을 때 분명 자금이 부족하다. 구제는 불가능하리라.

"슬슬 헤어지는 편이 좋겠군."

"하나만, 하나만 더 가르쳐줘."

아직 궁금한 부분이 있는지 케이가 물고 늘어졌다.

"나구모 선배가 생각한, 타치바나 선배를 퇴학으로 몰아붙이는 수단을 막을 방법은 없는 것 같은데 말이야. 완벽하게 덫에 걸렸달까. 키요타카가 움직이지 않은 건 그런 이유 때문이야?"

"상당히 강력한 한 수였던 건 틀림없어. 적을 성공적으로 보내버린 시점에서 돌파구는 거의 없어."

프라이빗 포인트가 강력한 무기가 된다는 좋은 전례를 남겼다.

"만약 내가 타치바나 선배와 똑같은 상황에 놓였다면……?
구제도 불가능한 상황이 오면? 역시, 그때는 어쩔 도리가
없는 거야?"

그런 말을, 케이가 작은 목소리로 물어왔다.

"내가 굳이 대답하지 않아도 알 거 아니야? 네가 퇴학당
하게 두지 않을 거야. 무슨 수를 써서라도."

그 후, 호리키타 마나부는 A반이 보유한 반 포인트와 프
라이빗 포인트를 써서 타치바나를 '구제'하는 선택을 했다.
그리고 예상대로, B반의 이시쿠라 역시 이카리를 구제했
다. 두 반이 동시에 '구제' 권리를 행사하는 이례적인 사태
가 일어났다.

그리고 이때부터 전 학년을 아울러, 고도 육성 고등학교
의 퇴학자가 점점 속출하게 된다.

다음에는 기필코. 그런 마음을 가슴에 담고 발매 예고를 했음에도 불구하고 또 늦어지고 말았습니다. 안녕하세요, 키누가사 쇼고입니다.

이렇게까지 예고대로 되지 않으니, 아무래도 이상하다고 스스로도 느끼고 있습니다.

이제 슬슬 나올 거야, 슬슬 나올 거야 하면서 매번 예고한 날보다 늦어지고 마네요. 정말 너무하네!

확실하게, 후기에서는 발매 선언을 하지 않겠다고 말씀드립니다. 손가락이 아프게 된 지 벌써 7~8주? 더 됐나…… 아무튼 그 정도가 지나갔습니다만, 완치까지는 아직 멀어서…… 겨우 지금까지 해왔던 대로 4개월 간격을 유지하려고 자기관리를 해가며 현재진행형으로 치료하고 있습니다.

그나저나 어느새 5월. 올해도 시간이 정말 순식간에 흘러가네요. 『어서 오세요 실력 지상주의 교실에』 발매가 시작된 지 3년이 지나가려고 하고 있으니 정말 빠르죠. 1권 당초에는 이렇게까지 길게 출간과 집필이 이어질 줄 몰랐던 부분도 있었기 때문에 기쁨도 큽니다만, 최근 들어서는 손가락뿐 아니라 몸이 전체적으로 한계가 온 것도 실감합니다. 정말로, 조심하겠습니다.

그럼 아주 살짝만 맛보기로 이번 8권도 소개해볼까요?

실력지상주의 8권에는 상급생들이 속속 등장하기 시작합니다.

별로 대단치 않은 상급생, 어딘지 수상한 상급생, 믿음직스러워 보이는 상급생까지, 폭넓게 등장하니 이번 8권도 재미있게 읽어주시면 감사하겠습니다. 다음 9권은 그게, 그러니까, 구구, 구월, 구월에 나……나올, 아니, 이제 선언하지 않기로 정했으니까요! 그만햇!

바보짓은 이 정도로 해두고……. 개인적으로 줄곧 원하는 것에 대한 이야기도 하나.

소망이라고 할까 뭐랄까, 마사지 의자가 갖고 싶어요. 엄청나게 갖고 싶어요. 하지만 너무 비싸요. 게다가 자리를 꽤 차지해서 집에 둘 장소가 없어요. 계속 고민하다가 시간만 흐르고. 결국 결정을 내리지 못했습니다. 과연 살 수 있는 날이 올 것인가, 말 것인가.

괜찮은 마사지 의자 아시는 분, 알려 주세요.

YOUKOSO JITSURYOKUSIJYOUSYUGI NO KYOUSITSU E 8
©Syougo Kinugasa 2018
First published in Japan in 2018 by KADOKAWA CORPORATION, Tokyo.
Korean translation rights arranged with KADOKAWA CORPORATION, Tokyo.

어서 오세요 실력지상주의 교실에 8

2018년 9월   1일 1판 1쇄 발행
2022년 9월 15일 1판 6쇄 발행

저   자 키누가사 쇼고
일 러 스 트 토모세 슌사쿠
옮 긴 이 조민정
발 행 인 유재옥
본 부 장 조병권
편 집 1 팀 김준균 김혜연 박소연
편 집 2 팀 박치우 정영길 정지원 조찬희
편 집 3 팀 곽혜민 오준영 이해빈
라이츠담당 맹미영 이윤서 이승희
디 지 털 김지연 박상섭 최서윤
미   술 김보라 박민솔
발 행 처 ㈜소미미디어
인쇄제작처 ㈜코리아피엔피
등   록 제2015-000008호
주   소 서울시 마포구 토정로222, 403호 (신수동, 한국출판콘텐츠센터)
판   매 ㈜소미미디어
마 케 팅 박종욱
영   업 최원석 최정연 한민지
물   류 백철기 허석용
전   화 (02)567-3388, Fax (02)322-7665

ISBN 979-11-6190-773-4 04830
ISBN 979-11-5710-286-0 (세트)